漫時光
山河枕
第一部・生死赴
中卷
墨書白 著
高寶書版集團

目錄
CONTENTS

第十二章　楚家

這話出來，衛韞忍不住笑了。他曲起腿，手搭落在膝蓋上，眼裡帶了玩味：「嫂嫂繼續說。」

雖然是讓她繼續，可衛韞卻已經猜測了個八九不離十，楚瑜沒有受他這份愉悅情緒影響，神色沉靜，分析道：「他已知你與姚勇敵對，因而特意製造出自己被姚勇搶功勞的模樣，你若得知，必然認為他和你一條戰線，從而對他降低戒備。」

「而姚勇棄城、他被搶功，此事待到他時他日，你欲扳倒姚勇之時，便可成為一條導火線，一把斬人刀。他作為關鍵人物，你必然會有招納之意。他如今大概正在昆陽等著你的人上門。」

「可他這樣關鍵的人物，姚勇怎會留下給我？」衛韞用手敲著自己的膝蓋，思索著道：「我若是姚勇，此人要麼招攬要麼殺，顧楚生……」

衛韞皺起眉頭，看向楚瑜，有些猶豫道：「他是被秦王案牽連那個顧家的長子是吧？」

「正是。」楚瑜點點頭：「如今他沒有任何自保能力，絕對做不到和姚勇相抗衡，若姚勇要殺他，從實力上來說，他毫無反擊之力。所以等你到達昆陽時，他或許已是姚勇的人了。」

「那我更得看重他了。」衛韞點了點頭，又有些擔憂：「可是……他若是在我趕去之前，就被姚勇殺了呢？」

聽到這話，楚瑜卻笑了：「他既然做了這事兒，必然有著打算。若他被姚勇殺了，也不足以讓你費心。」

「倒也不能這麼說，」衛韞想了想，還是道：「他畢竟救了白城的百姓，無論是否招攬他，這樣的人都不能讓他死於姚勇手中。」

「這樣吧，」衛韞思索片刻，朝著旁邊招了招手：「衛秋。」

「主子。」衛秋上前，恭恭敬敬。

衛韞扔了一塊玉佩過去，吩咐道：「你帶二十名天字暗衛去昆陽，暗中保護顧楚生的安全。不到生死關頭不要出手，且先看看他的本事。」

衛秋領了玉佩，便走了下去。

衛府畢竟是百年門第，與顧楚生那些本就根基不穩的家族不同。如今一切安穩下來，衛韞整理接手了衛家勢力，如今的確比顧楚生能做的事多很多。

楚瑜的心慢慢安定下來，她抿了口茶，茶水升騰起暖氣，她不由自主手握住茶杯，從茶杯上汲取一些溫暖。

衛韞轉過頭來，看見楚瑜捧著茶杯的模樣，隨後便道：「去加些炭火，再拿件狐裘來。」

「不妨事。」楚瑜聽見衛韞的聲音，回過神來，清醒許多，她繼續道：「你可還有其他要問的？」

「也沒什麼了。」衛韞笑了笑：「既然清楚顧楚生沒有什麼辜負嫂嫂的，那我也就放心了。若嫂嫂日後還喜歡他，我可以……」

「不喜歡了。」楚瑜看著茶杯裡漂浮著的茶梗，平靜道：「早已經不喜歡了。」

衛韞愣了愣，卻沒有深究，呐呐點了頭。

楚瑜沒再糾結於此，反而換了個話題，將自己心裡近來最記掛的事問出來：「你打算何時回歸前線？」

「嫂嫂覺得什麼時候合適？」衛韞抬頭看她，卻是將問題拋回楚瑜身上。楚瑜明白衛韞的意思，此時這個問題不僅僅是一個簡單的意見詢問，更是一個考察。如果楚瑜說得和衛韞心思一致，日後衛韞才可能再和她討論這些。

楚瑜思索片刻，慢慢道：「先讓姚勇跌個大跟頭罷。」

「要多大的跟頭？」衛韞凝視著她。

楚瑜一字一句：「足以讓陛下澈底收了他的權勢的跟頭。」

「如今誰上戰場去，都要面臨和姚勇明爭暗鬥勾心鬥角的局面，腹背受敵，你過去與送死無異。陛下或許多少知道姚勇的作為，卻因種種顧慮想要保下姚勇，只有讓陛下看明白，如果只有一個姚勇，將是怎樣的局面，他才能狠得下心來捨了姚勇。」

楚瑜說著這些話，目光定在衛韞身上，衛韞看著窗外，神色裡帶了幾分悲憫。

楚瑜忍不住向前探了探，艱難道：「只是到那時候，必定已是生靈塗炭江山飄零，小七，你可捨得？」

衛韞端著杯子，抿了口茶。他垂著眼眸，似乎在思索，楚瑜也沒打擾他，靜靜等候著。

等了一會兒之後，衛韞抬起頭，認真道：「捨得。」

「姚勇若在前線掌勢，我過去，也不過是以卵擊石，重蹈我父兄覆轍而已。只有他澈底被拔去了爪牙，我上前線才不是白白送死。我可以死在戰場上，但我絕不容許自己死在陰謀詭計裡。」衛韞的目光裡染著光，他緊握著杯子，克制著情緒：「若此戰敗了，戰爭中有無辜百姓顛沛流離，那也不是我的錯。是今日坐上天子、前線官兵元帥的責任，又豈容得我來愧疚？我該做的，就是早一點把姚勇拉下馬，早一點讓天子看清他的真面目。等把他處理了，還我一個乾乾淨淨的大楚軍隊，再招募有才能的兒郎。」

衛韞說著，自己動搖了，他挺直了脊梁，握住茶杯，板著臉，力圖讓自己去相信，自己所說的一切，就是自己所想。

楚瑜卻從這些細微的姿勢中察覺出衛韞的僵硬和掙扎。

他學著當一個忠義之臣護家護國十四年，突然有一天要變得和顧楚生、姚勇一樣，將百姓天下納入算計的範疇之中，又怎能習慣？

她一時無言，也不知該如何勸慰，沉默了半天，終於聽衛韞道：「夜深了，該說的也都說了，嫂子去睡吧。」

楚瑜應了聲，卻沒動，衛韞抬眼看她，終於聽楚瑜道：「小七，咱們都會長大的。」

長大了，就是要把這個曾經以為純善或者純惡的世界，變得善惡交織。要在一片混沌裡，小心翼翼維持著那片清明。

衛韞聽出話語裡的勸慰，他也不知該如何回覆，只能低低應了聲：「嗯。」

楚瑜也再無什麼可說，站起身，同衛韞說了一聲便走了出去。

等楚瑜出去之後，衛韞自己靜靜待了一會兒，他喝完了茶壺中最後一杯茶水，站起身來，寫了一封摺子，連夜送進宮裡。

摺子裡他洋洋灑灑將宋文昌誇了一大堆，最後總結了一下，前線平衡姚勇抵抗北狄這件事兒，非宋文昌莫屬，這京城裡那麼多公子，就宋文昌最合適。

送完摺子後，衛韞心裡舒服了些，終於安心睡了。

而楚瑜在另一邊，卻是睡得不大安穩。這一天的事兒發生得太多，等到晚上她才能靜靜思考。

沒有人打擾，她才能撥開雲霧，看到白日裡所看不到的地方。

顧楚生為什麼選衛韞？

如今衛韞不過十五歲，外界對衛韞的認知少之又少，顧楚生為什麼在如今的情形下，選衛韞當做盟友？

他認識衛韞嗎？

應該沒有。上輩子顧楚生也是到衛韞上了戰場之後才和衛韞第一次見面，認可了衛韞，從而結盟。

但這輩子……以顧楚生如今的能力，他應該根本沒有見過衛韞才對。

顧楚生做事一向沉穩，什麼時候會為了一個沒見過的人，以命相托了？

楚瑜頗有些疑慮，直覺這事情之中，有了她不知的變化。只是她沒有深究，便昏昏沉沉睡了過去。

第二日清晨，她睡醒不久，便得了通報聲，卻是楚建昌帶著謝韻、楚錦和楚臨陽、楚臨西兩兄弟來了。

她坐在床上皺眉想了片刻，終於還是去了大廳。

去時看見一家四口待在大廳裡，她走上前，恭恭敬敬給自己的父兄行了個禮，隨後道：「今日大家怎麼都來了？」

「昨個兒的事兒，我們都聽說了，」謝韻嘆了口氣：「妳父兄聽了著急，所以趕緊來看看妳。」

「看我做什麼？」楚瑜笑了：「也不是什麼大事兒，我也沒放在心上。」

「沒放在心上便好，」謝韻嘆了口氣：「阿錦年幼不懂事，我怕妳們姐妹之間生了間隙，所以特意過來，讓她給妳道個歉，妳便原諒她有口無心吧？」

楚瑜沒說話，她端坐到主位上，給自己倒茶抿，輕輕抿了一口。

她做這些動作時，大家都瞧著她，靜靜等候著她說話。謝韻慢慢皺起眉頭，有些不滿：「怎麼，妳莫不是還要同阿錦計較不成？」

「若她真是有口無心，那我抽她一頓鞭子，也就罷了。」楚瑜放下茶杯，抬頭看向楚錦，神色平靜凌厲，帶著直指人心的審問之意：「可是到底是精心設計還是有口無心，我想阿錦心裡，比誰都清楚。」

這話說出來，謝韻臉色就變了，她不滿道：「妳怎麼能這樣想妳妹妹？事兒我都已經知道了，她同妳聊天時也不知道那後面就是宋世子一群人，怪該怪那衛韞，明明聽見妳們聊天卻不吭聲，怕就是記恨我幫妳求放妻書一事，刻意等著羞辱妳呢！」

楚瑜沒說話，她坐在首位上，給楚建昌、楚臨陽、楚臨西倒了茶。

楚建昌有些不耐煩，卻壓著性子，按照楚瑜的瞭解，明顯是路上已經和謝韻吵過一架，不想再多做爭執。

見楚瑜沒有回應，謝韻皺起眉頭：「妳不說話是什麼意思，有什麼不舒服便說出來，一家人把心思藏在心裡，又有什麼意思？此事阿錦乃無心之失，我帶她上來道歉，也不是什麼大事，道完歉後便就罷了，妳也別太斤斤計較。反倒是放妻書一事我要問問妳，衛韞已經將放妻書寫了，如今衛家喪事也辦了，妳打算什麼時候走？總不至於真為衛珺守靈三年吧？三年後妳都十八了，再想尋門好親事，怕是不容易。」

楚瑜耐心聽著謝韻說話，等她說完了，卻是看向了楚建昌，平靜道：「父親是怎麼個意思？」

「全看妳的意思。」楚建昌想了想，思索著道：「衛家乃忠義之門，妳願意留，願意走，我都覺得可以。十八歲也沒多大，別聽妳母親瞎說，到時候妳嫁不出去，我就從軍營裡抓一個給妳。臨陽，你手下不是有一個叫王和之的嗎？要是我們家阿瑜不成親，你把他留著，也不准成親！」

聽了這話，楚臨陽不由得失笑。

「父親又說孩子話了。」楚臨陽性格向來溫和沉穩，與楚家這暴烈男兒的性子全然不同，他似如出身於百年世家的公子，帶著雍和從容。

他的目光落到楚瑜身上，眼裡帶著疼惜：「母親說得有道理，阿瑜妳若為衛珺守靈三年，想再嫁，一方面年紀的確大了點，另一方面則是外人看來，妳或許對衛家太過情誼深重，若阿瑜想尋一個所愛之人，怕會成為對方日後心中芥蒂。如今衛家已經平穩，仁義之上，阿瑜並未有失，若再留下去，阿瑜需得好好想想，值不值得。」

楚臨陽向來關愛她。

楚臨陽自幼隨楚建昌南征北討於戰場之上，小時候楚瑜就是跟在這位哥哥後面，這位哥哥寬厚溫和，始終無條件包容著她，才讓她養成後來那份無法無天的脾氣。

楚瑜看著楚臨陽的目光，抿了抿唇，認真道：「值得。」

楚臨陽並未詫異，對於這個妹妹的性子，他或許比任何人都瞭解，他點了點頭道：「若妳認真想過，那也無妨。十八歲之後，哥哥會替妳找到妳喜歡的人嫁過去，若找不到合適的，那便留在楚府，家裡多個人吃口飯，也沒什麼大事。」

「是啊，」楚臨西湊過來，嬉笑著去拉楚瑜的袖子：「大妹妹回來了，可有人陪我活動筋骨了，家裡那把龍纓槍都生銹了咧！」

「你們胡說八道些什麼！」謝韻一把將楚臨西推過去，看著楚瑜，嚴肅道：「阿瑜，他們都是糙漢子，不能明白女子的苦，妳一個人……一個人……」

「一個人，也無妨。」楚瑜淡淡開口，不想再與謝韻在這個話題上糾纏，她將目光落在楚錦身上：「只要妹妹少給我惹些麻煩，那便好了。」

「是我錯了，」楚錦見楚瑜看過來，紅了眼道：「我沒明白姐姐的心思，同宋家說了放妻書的事兒，也不曾想宋世子就將姐姐請過來了……我真沒有想將姐姐私奔一事兒傳出去的想法，當時只是隨口一問，沒有想過這樣多人在那樹後……」

楚錦一面說眼淚一面落下來，哭得梨花帶雨，謝韻心疼得不行，忙道：「莫哭了、莫哭了，妳姐姐會明白的。」

楚建昌和楚臨西也是有些手足無措，見著這女子的眼淚，向來是兩個大男人的軟肋。只有楚臨陽端坐在楚瑜邊上，面色沉靜，抿了口茶，靜默不言。

楚瑜瞧著這亂哄哄的場面，沉默了一會兒，等著楚錦哭聲緩了下來，她才開口：「妳可知，妳做的事兒我從來沒在人前說過，是為什麼？」

楚錦聽著這話，有些茫然地抬頭。

楚瑜看見有些無奈：「因妳是我妹妹，我總想著，我楚家人心思純良，性情耿直，妳所作所為，大概是我誤會了妳，因此我給了妳兩次機會。」

「第一次，妳誘我與顧楚生私奔，卻將所有責任推給我。我不願說出來，是我不想讓家裡人對兩個女兒都失望。一個敗壞家風毫無頭腦跟著一個罪臣之子私奔，一個心機叵測毫無親情推著家姐跳入火坑。」

「我沒有……」楚錦倉皇出聲，連忙搖頭：「我沒有！」

「說不願去跟著顧楚生吃苦，苦苦哀求我的是不是妳？說顧楚生對我有愛慕之意，助他與我傳信的是不是妳？給我出主意願替我嫁入衛府，欺瞞父母的，是不是妳？」

「大姐！」楚錦提高了聲音：「妳怎可陷害我至此！」

「是我有心給妳潑汙水，還是事實，妳我心裡明白。」楚瑜神色平靜，每一句話都說得從容篤定。她抬眼看她，目光如鷹：「那一次，是我自己的選擇，那也就罷了。這一次妳邀請我前來，宋府妳去過多次吧？妳連庭院中一草一木都清楚得很，又怎會不知那個位置暗藏乾坤？」

「我不知道，」楚錦一口咬定：「我怎會知道那裡有人？姐姐自己心髒，莫要以為阿錦也是如此。」

「是，妹妹總是無辜，」楚瑜輕笑：「所以私奔的是我，名聲被毀的是我，錯的都在於我，妹妹只需要輕飄飄一句我無心無意，多大的事兒都是我挨著扛著。」

楚錦咬著唇，含著眼淚，輕輕顫抖：「姐姐這是記恨我了。可讓姐姐搶我未婚夫的是我嗎？顧楚生至今仍舊對姐姐念念不忘、為此甚至退了我的婚，這事兒錯在於我嗎？」

聽到這話，楚瑜微微一愣，卻是沒想到，顧楚生居然為她退了楚錦的婚？

這……這怎麼可能？

楚瑜眼中的驚詫之色落入所有人眼中，這樣的氣氛，楚臨陽卻輕輕笑了起來：「我們阿瑜尚不知道，自己還有如此魅力吧？」

這話出來，緩和了劍拔弩張的氣氛，楚臨陽看著這兩姐妹，笑意盈盈道：「妳們這兩人，公說公有理婆說婆有理，我都不知道到底如何是好了。可是無論到底真相是如何，過去都過去了，大家都是一家人，便不作追究了吧？」

「是不作追究，還是大哥維護著姐姐，不想追究？」楚錦捏著拳頭，死死盯著楚臨陽。

楚臨陽目光落到她身上，他的目光從來如此，溫和清淺，卻彷彿將世事了然於心。他靜靜看著楚錦，慢慢道：「小妹確定，要將此事追究下去嗎？」

楚錦迎著楚臨陽的目光，他的聲音很溫和，沒帶半點威脅，然而楚錦就這麼對著他的目光，微微顫抖起來。

楚臨陽輕輕一笑：「家和萬事興，就這樣罷了吧。」

楚錦低下頭去，小聲道：「好吧。」

楚臨陽笑了笑，轉頭看著楚瑜道：「阿瑜覺得呢？」

「話我已經說了，信不信是你們的事，我沒在外面說，是顧忌楚家的聲譽，也不願與她逞這口舌之利，可是楚錦，妳若再如此咄咄相逼，便不要怪我了。」

楚錦沒有說話，含淚低頭不語。

楚臨西察覺不對，跪坐著沒敢說話，悄悄看了楚瑜一眼，又看了楚錦一眼，楚臨陽看向楚臨西，溫和道：「臨西你可是想說什麼？」

「要不……」楚臨西憋了半天：「要不咱們吃飯吧，你們這個樣子，我太壓抑了。」

楚瑜聽見楚臨西的話，不免笑出聲來。她點了點頭，抬手道：「行吧，我這就讓人備食。」

說著，楚瑜將晚月招呼過來，吩咐了準備的菜食後，便聽楚臨西道：「不知今日衛小侯爺可在府中？」

「自然是在的。」楚瑜聽了楚臨西的話，有些疑惑道：「哥哥可是有事？」

楚臨陽頷首點頭，同楚瑜道：「勞煩引見。」

楚瑜自然不會推辭，留了楚建昌帶著謝韻等人在大廳，楚瑜帶著楚臨陽出了房中，剛走到長廊之上，楚瑜便聽楚臨陽道：「畢竟是姐妹，要照顧母親心情，若要動手，看在母親面上，還是要有分寸。」

聽到這話，楚瑜不免笑了，聲音裡帶了幾分冷意：「哥哥這是什麼意思？」

「我知道妳並不屑於與她爭執，妳今日並不與她將話說到底，是在給她第三次機會，也是在給楚府和母親機會。」

楚瑜聽到這話，神情慢慢緩和下來，楚臨陽手負在身後，慢慢道：「我知妳心裡委屈，可妳這性子，若是動手，要麼施壓於家中與家中決裂，要麼暗中動手直接除了阿錦，又或是布個大局毀了她這輩子……無論如何，都殺雞太用牛刀了，本不必妳出手的。」

「哥哥未免太看得起我。」楚瑜垂下眼眸，神色恭敬。

楚臨陽輕輕笑開：「妳當年在邊境自己訓練了一支自己的護衛軍，十二歲帶著回了華京，後來我卻誰都沒見著，妳以為我心裡沒數嗎？」

楚瑜手微微一顫。

她抬頭看著楚臨陽，楚臨陽眼中全是了然：「妳和楚錦，我心裡清楚。我並不知她為何成了如今的樣子，可自家姐妹，當年妳我三兄妹都不曾侍奉在母親身邊，唯獨她一直伴隨母親長大，為人子女，若因口舌之爭奪母親心頭明珠，未免太過殘忍。事情不到這一步，不若交給兄長。」

楚瑜沒說話，兩人並肩走在長廊之上，楚瑜聽著木製地板發出的悶響，許久之後，終於慢慢開口：「我的確不在意她那些不入流的手段，可是兄長，我並不是不會難過。」

她抬眼看向楚臨陽，頭一次對著家人，傾訴那軟弱的內心。

「我沒有在外面說這些，而是對著家人說，是因為我在意的不是這件事所帶來的結果，而是家人是否給我應有的公平。可兄長捫心自問，母親對她與我，公平嗎？」

「她處處與我比較，我身為她親姐，她甚至如此設計陷害，毫無維護之心。我若是個普通女子，我若在意名節名聲，楚錦如此作為，那是在做什麼，那是在毀我一輩子！可母親怎麼說的——無心之失，讓我原諒。她楚錦是否無心，母親真的一點都沒察覺嗎？」

楚臨陽沒有說話，他靜靜聽著楚瑜聲音越發激昂，從頭到尾保持著這份冷靜自持。

上一輩子的楚臨陽從未與她這樣交談過，他們兄妹之間都是恭敬又友愛，直到楚臨陽去世——宋家上前線之後，楚臨陽急轉去了鳳陵城，遭遇了包圍戰。

那一戰誰都不知道到底發生了什麼，眾人只知道，鳳陵城在楚臨陽去後被北狄圍困，近乎三個月音訊全無，等衛韞到前線時，就看見楚臨陽遙遙站在城樓之上，手執長槍，魏然挺立。

他站在那裡，敵軍便畏懼得不敢上前，城牆上全是殘損，城牆下有許多深坑，到處都是被烈火灼燒過的痕跡。

衛韞帶兵破城後，只見屍山血海，整個城樓樓上全是化作深黑的鮮血，屍體堆積在城樓之上，早已腐爛生蛆，而一直站在城樓上的楚臨陽，在衛韞觸碰之時，便倒了下去，原來已是故去多時。

偌大的鳳陵城，居然沒有一個活人，僅憑楚臨陽的屍體，守到了衛韞救援。

沒有人知道那三個月，這個城中到底發生了什麼。沒有人知道楚臨陽是如何用五千兵力守住鳳陵城，也沒有人知道北狄為何看著楚臨陽的屍體便不敢上前，只能從鍋中餘留的殘肢中推揣測，那三個月的鳳陵城，是怎樣的人間慘狀。

楚瑜看著面前溫和的楚臨陽，驟然想起他未來的結局。

——他為什麼去鳳陵城？

因為楚錦欲嫁宋文昌，然而宋文昌卻被困於鳳陵旁邊的蓉城！楚錦哭著求楚臨陽，楚臨陽為救宋文昌，聲東擊西奇襲生擒北狄三皇子，引北狄主力圍困鳳陵城後，讓宋文昌逃走後領兵來救。可宋文昌懦弱小人，得救後一路倉皇逃脫，卻在半路被北狄埋伏，身死途中。而後全線淪陷，衛韞也膠著於昆陽，等衛韞平復昆陽戰局來救，已是來不及了。

楚瑜看著面前神色平靜柔和的青年，慢慢閉上眼睛。

「兄長，我心中對阿錦的芥蒂，乃日積月累，並非某一件事。我給了她三次機會，如今是第三次，她若再品性不端，兄長抱歉，我絕不留手。」

「我明白了。」楚臨陽嘆息道：「我會處理好，妳放心吧。」

楚瑜慢慢鎮定下來，她睜開眼睛，卻是道：「兄長打算如何處理？」

「阿瑜，」楚臨陽同她來到衛韞門前，他頓住步子，慢慢道：「妳可知我為何覺得阿錦可憐？」

楚瑜有些迷惑，楚臨陽笑了笑：「妳覺得母親偏心，又焉知阿錦不覺得，我與父親偏心？阿瑜啊，」楚臨陽聲音裡帶了嘆息，他抬手放到楚瑜肩上，神色裡滿是無奈：「我也想公平，可是，我是她兄長，卻是妳哥哥。」

兄長和哥哥，這已是親疏之別。

楚臨陽看著她，覺得面前梳著婦人髮髻的姑娘，似乎與他第一次見她時並沒有多大的差別。

楚瑜和楚錦剛出生時，他抱起了楚瑜，而楚臨西抱起了楚錦。

從此以後，楚瑜哭了是他背著，學著走路是他陪著，她叫的第一聲是哥哥，她第一次騎馬，第一次射箭，第一上戰場，全都是他手把手教出來的。

而楚錦在那華京高門華府之中，繡花學詩，也不過就是逢年過節，匆匆一面。

他想要公正，可卻公正不了，只能在平日之間，儘量端平那一碗水，對楚錦好一些。

有那麼多黑暗的東西他不願讓楚瑜看見，他是楚瑜的大哥，便理應將世間所有的光和溫暖給她，而不是將這狼狽不堪的一面送她。

楚錦那樣的人何須楚瑜髒了手呢？

楚臨陽有些無奈，若不是他常年在邊境，早日察覺這些，又怎麼會讓楚瑜受這些委屈呢？

楚瑜聽著他的話，有些愣神，楚臨陽拍了拍他的肩頭，轉身走了進去。

下人已經提前進來通報過，他剛步入門中，便看衛韞站起身，面上平靜沉穩，朝著楚臨陽行了個禮道：「楚世子。」

楚臨陽朝他朝他鞠躬：「衛侯爺。」

「世子請坐。」

衛韞抬手，讓楚臨陽坐下，楚臨陽順著衛韞指著的位置，跪坐下來。

衛夏懂事地帶著人退了下去，房中留下衛楚兩人，薰香爐中燃著嫋嫋青煙，楚臨陽抬眼看過去，笑著道：「這是阿瑜喜愛的味道。」

「如今家中一切都由她布置。」聽到楚瑜的名字，衛韞的口吻明顯溫和許多，給楚臨陽添了茶：「不知世子前來，所為何事？」

楚臨陽喝了口茶，沒有出聲，他慢悠悠道：「臨陽來此，是想助世子一臂之力。」

聽到這話，衛韞抬起眼，目光中帶了幾分審視。

楚臨陽平靜開口：「姚勇無能，實乃陰險小人，又深得陛下寵信，此戰若仍舊以姚勇為主帥，待到日後消磨了國力，怕是再無還手之力。北狄新皇如今已於祭壇立下誓約，騎兵不入華京，北狄絕不收兵，可見此次北狄決心之堅，絕無和談可能，故而臨陽此番前來尋找侯爺，願助侯爺一臂之力，儘快滅除姚勇。」

衛韞沒說話，輕敲著桌面，楚臨陽靜靜等候他，片刻後，衛韞輕笑一聲：「我不過一少年，世子如何覺得，我有如此能力？」

「我信的不是侯爺，是衛家。」楚臨陽抬眼看向衛韞：「百足之蟲死而不僵，在下不信衛家在軍中，如今沒有一點殘留。」

四世三公之家，其底蘊非普通家族所能比，若不是衛家忠心耿耿，又未曾在華京多做經營，衛韞又何至於此？

衛韞審視著楚臨陽，楚臨陽端起茶杯，輕抿了一口，面上儒雅從容。

「那，世子打算如何助我？」衛韞盯著楚臨陽。

楚臨陽輕輕一笑：「如今南越國已有異動，我與父親即將奔赴西南，關鍵時刻，還望侯爺指點。」

聽到這話，衛韞瞳孔緊縮。

楚臨陽此刻的言語，無異於已經將西南軍隊關鍵時刻的主動權全部交給了他！

衛韞心跳得飛快，然而他面上仍舊不動，只是道：「我明白了。」

楚臨陽抬起手來，含笑拱手：「靜候佳音。」

衛韞點點頭，他明白楚臨陽要什麼，認真道：「你放心，我會儘快扳倒姚勇。」

楚臨陽含笑點了點頭，告退了去。

這一番話說得不算長，楚瑜只在門口等了一會兒，便見楚臨陽走了出來，楚瑜迎上前，忙道：「說完了？」

「嗯。」楚臨陽點了點頭，同楚瑜一起往飯廳走去，與楚瑜聊了一會兒她平日在衛府的日常之後，便跨入了大廳。

這時飯菜已經擺了上來，所有人等著他，楚臨西一見兩人進來，就巴巴上來挽住楚瑜的袖子，撒嬌道：「妹妹妳可來了，二哥都餓死了。」

「你這副樣子，哪裡像是二哥？」楚臨陽笑了笑：「明明就是小弟。」

「是是是，我是小弟，」楚臨西忙笑著道：「小弟請哥哥、姐姐用膳，行了吧？」

楚臨西這番打趣，氣氛終於活潑起來，楚錦在一旁默默坐著，一言不發，低頭吃著飯。

一家人說說笑笑吃著東西，待到天黑時，楚建昌便帶著謝韻要離開，謝韻三番五次勸說楚瑜回家，見實在勸說不動，只能含著淚離開了。

楚瑜送著一家人上馬車，楚臨陽站在她邊上，他是最後走的，等所有人上了馬車，他轉頭道：「我不日將去西南，妳在家好好照顧自己。」

聽到這話，楚瑜微微一愣，她腦中無數念頭閃過，最後卻只是道了句：「在西南就好好待著，多給我寫信說說你的近況，別去了就音訊全無。」

她本想提醒楚臨陽許多事，比如不要去鳳陵城，不要為宋家出頭，不要離開西南……然而在開口之前，她卻驟然想起衛家的結局。

勸阻沒有效果，有時候甚至不知道原委。所以只能直接去做。

不讓楚臨陽去鳳陵城，與其和楚臨陽說，不如在宋文昌被困前就解決了宋文昌，宋文昌沒機會被救，也就不會有楚臨陽救人一事。

與其千叮萬囑，還不如讓楚臨陽多寫幾封信給她，瞭解他的情況。

楚臨陽沒想到楚瑜會說這些話，楚瑜年少時很親近他，長大後感情卻越發內斂。他愣了愣之後，慢慢笑開，溫和道：「行的，妳放心吧。」

說完之後，楚臨陽上了馬車，楚瑜看見馬車搖搖晃晃走遠，才慢慢回了府中。

她走了沒幾步，就看見衛韞站在長廊上，提燈等著她。楚瑜有些詫異：「你在這裡做什麼？」

「本想跟著嫂嫂送一送楚將軍，沒想到卻來晚了些。」

「哦，沒事兒，」楚瑜笑著走過去：「我自己送就行了，我家人不太講究這些。」

「衛夏說妳似乎和家人起了些衝突？」衛韞詢問。

楚瑜挑了挑眉：「誰這樣多嘴多舌？」

「也是關心。」衛韞提著燈，慢慢道：「我就是來問問，可有需要我幫忙的地方？」

「沒什麼。」楚瑜下意識出口，然而說完後，她又有那麼幾分後悔，她嘆了口氣：「小七，一個人是不是說沒什麼慣了，別人就覺得她沒什麼？」

「那要看她說的對象，對她上不上心。」衛韞沒有轉頭看他，他看著前方，目不斜視，聲音平穩又從容：「妳同我說過沒什麼，二嫂同我說過沒什麼，母親也同我說過沒什麼，可我卻從不覺得，妳們是真的是沒什麼。人心都是肉長的，不過是撐著自己站起來，誰又是真的沒什麼？」

聽著衛韞的話，方才那份躁動在楚瑜心中慢慢淡去，她轉頭看著衛韞，這一段時間，他似乎又長高了一點，初見的時候，他們差不多高，如今衛韞卻明顯比她高了一些。她想起未來衛韞的模樣，玩笑道：「小七你要快點長高，以後好好孝敬嫂嫂。」

衛韞斜睨瞧她，微勾的眼裡含著清淺的笑。

「行，」他點頭：「到時候人參、鹿茸、冬蟲夏草，我都找來給您當飯吃，我衛七從來是個孝敬長輩的人，您倒時可千萬別客氣。」

這話楚瑜聽明白，是衛韞埋汰她以後是個老太太，她從衛韞手中搶了他的燈輕輕敲了他的手一下，衛韞頓時大叫一聲，捂著手痛苦道：「不好，骨折了！」

楚瑜瞟了他一眼，淡淡提醒：「浮誇了啊。」

衛韞嘆了口氣：「嫂嫂，妳不心疼我。」

「我心疼你，」楚瑜微微一笑：「沒了你，我以後怎麼把人參、鹿茸當飯吃啊？」

兩人打鬧著往回走去，一時之間，楚瑜竟全然忘了，方才那些煩惱的、討厭的、不安的情緒。

等衛韞送她回屋告退時，她才猛地反應過來，叫住衛韞：「你來等我，是不是特意來安慰我的？」

衛韞聽到這話，面上露出幾分不好意思，他摸了摸自己的鼻子，有些羞澀道：「我見嫂嫂不開心，也不知道怎麼勸慰。想起嫂嫂以前勸我，就是讓我給嫂嫂說說山水，給嫂嫂說話的時候，我就不會一直想那些痛苦的事兒。所以我想，我既然在府裡，就讓嫂嫂陪我說說話好了。」

楚瑜沒說話，她就瞧著他。

少年示好的方式笨拙又簡單，與他在外那小侯爺的沉穩模樣全然不同。她的目光柔和下來，瞧了他許久，才終於道：「謝謝你，我好很多了。」

衛韞笑開來：「那就好。」

楚瑜擺了擺手：「你去吧。」

衛韞便行了禮，告退下去了。

楚瑜睡下時，楚家一家人終於回了府裡。謝韻埋怨著楚建昌，不滿道：「你看看你教的孩子，都成什麼樣了，有一點女子的樣子嗎？當年我就說，讓你把孩子交給我，交給我，你一定要帶到西南去，你看看如今成了什麼樣？她到底明不明白守寡三年意味著什麼？她三年後要是嫁不出去、嫁不到好人家怎麼辦！」

「母親，」楚臨陽在背後出了聲：「妹妹並不是尋常女子，母親便不要以尋常女子之心去衡量了吧。與其討論阿瑜如何，母親倒不如問問自己，是如何將阿錦教成這樣心思叵測的女子的？」

「大哥！」楚錦含淚出聲，正要說什麼，就看楚臨陽轉過頭來，微笑看著她：「妳不要說話。」

看著那微笑，楚錦渾身顫抖起來。

楚臨陽抬手指向祠堂的方向，溫和道：「去那裡跪著，嗯？」

「臨陽……」謝韻有些不安：「你這樣……」

「我怎樣？嗯，不公平？母親，妳知道真正不公平是怎樣？」楚臨陽眼神裡全是冷意：「如果我真的不公平，妳以為她楚錦還能在這裡站著跪祠堂？就憑她做這些混帳事兒，我早給她嫁到豬食巷去了！」

「你怎麼能認定她就是有意……」謝韻強撐著自己。

楚臨陽冷冷一笑：「因為楚瑜是我妹妹，她也是我妹妹，她們的品性，我清楚得很。到底是我偏心還是妳不公，母親，妳自己也清楚得很。阿瑜是有本事，也可以不在意，可妳別總想著出了事兒就讓阿瑜忍。」

說著，楚臨陽抬眼看向站在一邊的楚錦，冷聲道：「跪著去！」

楚錦沒說話，她冷冷看著楚臨陽，轉身離開。

等楚錦走了，楚臨陽轉頭看向謝韻，他溫和道：「母親，我對阿錦好，妳也別那麼偏心，多對阿瑜好一些。若阿瑜不好過，我便讓阿錦也不好過，好不好？」

「你……你……」謝韻急促道：「我怎麼生了你這樣的逆子！」

楚臨陽沒說話，他平靜地看著謝韻，那目光看得謝韻遍體生寒。

所有的言語止於唇齒之間，楚臨陽見她收了聲，優雅地轉過身，慢慢往祠堂的方向走去。

楚錦進了祠堂後，自己便跪了下來。沒有多久，楚臨陽便站到她後面。月光拉長了他的身影，他們的影子交織在一起，楚錦的身子忍不住顫抖，楚臨陽輕輕嘆了口氣：「妳怎麼就這麼想不開，要去招惹阿瑜呢？」

楚瑜沒說話，她慢慢捏緊了拳頭。

楚臨陽瞧著她的背影，眉目間全是溫和：「妳還記得妳十二歲那年，我對妳說的話嗎？」

「記得……」楚錦聲音打著顫，彷彿陷入噩夢一般。

楚臨陽走到她身後，他的溫度靠近她，她顫抖得更重，楚臨陽蹲下身子，含笑看著她的側臉：「再給哥哥說一遍？」

「不要……招惹姐姐。不要……設計姐姐。不要……對姐姐心存惡念……讓她、容她、愛她。」

「我說錯了嗎？」楚臨陽聲音溫柔如水。

楚錦的眼淚慢慢落下來，沙啞著聲音道：「沒有。」

「那今日之事，妳能給我個理由嗎？」

楚錦不敢說話，她咬緊了下唇，一句話都不敢說。

楚臨陽瞧著她，眼中全是玩味：「若不是阿瑜今日說出來，我都不知道，妳這樣大的膽子。慫恿她私奔，設計她名譽，阿錦，是這些年我對妳太好了嗎？」

楚錦還是不說話，楚臨陽猛地提高了聲音：「說話！」

「你要我說什麼……」楚錦哭著回頭，她再也無法忍耐：「你讓我說什麼？你要理由，該是我問你理由，同樣都是妹妹，你憑什麼這麼對我！你為什麼這麼對我！」

「是，十二歲那年是我設計她掉進井裡，可你也給她報了仇，我那麼相信你，你讓我下井我就下井，結果呢？你把我困在井下，那麼黑，那麼冷，你騙我在下面待了三天！她發三天高燒替她報仇，你把我在井下關了三天，這還不夠嗎？憑什麼我就要忍她讓她，她喜歡什麼就給她？」

「你問我理由？」楚錦彷彿什麼都不在意了一般，她大笑出聲：「好，我告訴你，我要比她好！我要給你看清楚，你瞎了你的狗眼，我比她好一千倍一萬倍！我嫁的比她好，我名聲比她好，我什麼都比她好，你這個做哥哥的錯了！你看錯了！」

「當年是你說的——」

楚錦哭得上氣不接下氣，她平時的哭，都是楚楚可憐，梨花帶雨。然而今日的哭泣卻是完全不管不顧，眼淚鼻涕混合在一起，全然沒有了儀態。

她彷彿一個孩子一般，匍匐在楚臨陽腳下，痛哭出聲：「是你說，我一輩子都趕不上她，我若趕得上她，你也會如此對我的——」

「你如今還來問我理由？我還能有什麼理由！」

還能有什麼理由。

不過就是不甘心，不過就是想要爭。爭的哪裡是什麼榮華富貴，爭的不過是他這一份獨一無二的寵愛。

她也想像楚瑜那樣，被一個人放在心尖尖上。

楚臨陽那份維護毫無理智決絕瘋狂，她渴望嫉妒瘋狂不甘。

她大哭大笑，楚臨陽就一直靜默看著。

直到最後，她哭不動了，趴在他腳下，小聲抽噎。楚臨陽瞧著她，眼裡帶著憐惜。

「對不起，我沒想過，小時候的事情，會對妳有這麼大的困擾。」

他的聲音很溫和，楚錦慢慢抬頭，眼裡帶了期望。楚臨陽拿出手帕，遞給她。

楚錦看著這方手帕，忍不住愣了神。

這個人很溫柔，是一種安定的、無微不至的溫柔。

她從小就喜歡這個哥哥，每一年逢年過節他都會回來，那時候她就會站在門前，抱著他前一年送給她的布娃娃等著他。

他每年都會送不一樣的布娃娃回來，都是她喜歡的。

可十二歲那年，跟著他回來的不僅是布娃娃，還有她那位一直長在西南，到十二歲才不暈馬車的姐姐。

見過楚瑜，她才知道，原來這個人給她的布娃娃，只是他溫柔裡最微不足道的一份。年少的她心生嫉妒，她將一隻貓兒扔進井裡，哄楚瑜去救貓，想用這樣的方式傷害楚瑜，發洩自己內心那份不滿。

這件事被楚臨陽知曉，他沒有罵她，反而和家裡說，帶她出去遊玩。她那時多歡喜啊，以為沒有了楚瑜，哥哥就只是自己的哥哥了。卻不曾想，當楚臨陽帶著她出門之後，當天夜裡，他便將她騙到一口枯井裡。

她以為的，最好的哥哥，將她騙到井裡，然後在井口漠然地看著她。

她哭著求他放她出來，他卻靜靜看著她：「阿瑜高燒什麼時候退，妳就什麼時候出來。」

「那她死了呢？」

楚臨陽笑了，那笑容溫柔又冷靜，在月色下看得人的心為之顫抖。

他溫柔問她：「她死了，妳還活著做什麼？妳不該償命嗎？」

那一瞬間，她看著面前的人從容平靜的神情，絕望和不甘鋪天蓋地湧上。

她哭著問他：「為什麼，她哪裡好，我也是你妹妹，你為什麼這樣對我？」

楚臨陽靜靜看著她，冰冷道：「她哪裡都比妳好，妳之心性，一輩子都趕不上。」

「我怎麼趕不上？我怎麼不比她好？楚臨陽，若我比她好呢？」

「妳？」楚臨陽笑容更盛，卻彷若玩笑：「那妳想如何，便是如何。」

妳想如何，便是如何。

那言語撐了她多少年？

她讀書、認字、學詩詞歌賦、精琴棋書畫。她做到了當世女子所有要做到的最佳，楚瑜會什麼？除了舞槍弄棒，她什麼都不會。

可他心裡，楚瑜仍舊是那個獨一無二的好妹妹。

如果說最開始不過只是姐妹之間普通的嫉妒，日積月累，便成了嫉恨。

楚錦艱難地閉上自己的眼睛，再也發不出聲音，楚臨陽靜靜看著她，許久後，終於說：「我那時年紀小，不懂得用更好的辦法，是我的錯。可事情已經過去了，我給妳道歉。我希望家庭和睦，希望妳能體諒我，所以以後，不要去找阿瑜麻煩，好好當她是姐姐吧？」

「若我不當呢？」楚瑜沙啞著聲音。

楚臨陽有些無奈，嘆息道：「妳慣來知道我的脾氣，妳是我妹妹，我自然是不忍心殺妳的。只能分開情況來看吧。」

「妳若再做這種誣陷她名聲的事兒，我便拔了妳的舌頭。」

「妳若動手讓她受傷，我便廢了妳的四肢。」

「妳若讓她婚事受阻，我會為妳尋一門更『合適』的婚事，保證妳後悔一輩子。」

「若妳害死了她，」楚臨陽眼中帶著憐憫：「阿錦，我會讓妳知道，什麼叫做生不如死。」

楚錦不敢置信，慢慢抬頭，楚臨陽蹲下身子，低頭瞧著她。

「阿錦，人都會長大。今日若不是我攔著阿瑜，妳下一次再算計她，或許就死透了。」

「把人關在井裡這樣幼稚的事兒，哥哥不會再做了，妳明白嗎？」

楚臨陽眼裡溫和得讓她覺得害怕，楚錦顫抖不止。

楚臨陽脫下自己的外套，溫和搭落在她身上，他垂眸看她，滿是關切：「夜涼露寒，好好跪著吧。」

說著，他便站起身，往外走去，慢慢關上房門。

絕望、驚恐，十二歲那年在枯井裡等待死亡的恐懼湧現上來。

他知道的，十二歲之後，她就沒辦法一個人待在黑暗的地方，可他還是要合上大門。

他在懲罰她！他要她知道，楚瑜是她不可觸碰的神明，永遠不能觸及的存在。

「不要！」她試圖阻止大門合上，嚎哭著：「大哥，不要關門，我聽你的話，不要關門！」

然而沒有用。

正如十二歲那年她被他放進井裡，他從來不在意她的言語。

楚錦在屋裡嚎哭，楚臨陽站在門外，好久後，慢慢離開。

第十三章　年少幻夢

楚瑜第二日醒來，洗漱後到了飯廳，便看見衛韞已經坐在那裡了。蔣純和柳雪陽加上王嵐三個女人正聊著天，衛韞跪坐在首座上，正閉目養神。

他頭上束了玉冠，身上穿了件玉色外袍。他跪坐時，腰背自然挺直，帶著一種少年明銳，如寶劍立於座上。

聽見楚瑜的腳步聲，他慢慢睜眼，朝著楚瑜點了點頭：「大嫂來了。」

「嗯。」楚瑜到自己的位子上落座，看他明顯要出門的模樣，不由得道：「今日可是要出門去？」

衛韞點了點頭：「楚大人今日前往洛州，我去送別。」

楚瑜微微一愣，昨日楚臨陽同她說過要去西南的事，卻沒有說便是今日。楚瑜正要開口，衛韞便道：「既是大嫂娘家，大嫂不如同我一道過去吧。」

楚瑜笑著應了聲，衛韞看著那人眼角眉梢帶了歡喜，神色不由得軟了下來。

一家人用過膳後，衛韞領著楚瑜出門，上了馬車後，楚瑜慢慢想起來：「我父兄今日去西南，那宋家什麼時候出發去前線？」

「昨日已經去了。」馬車搖搖晃晃，楚瑜從車簾往外望去，見道上多了許多流民。

前方戰火紛飛，華京多少也受了影響，流民大批湧入華京，商辦採買也蕭條了許多。

看見這些流民，楚瑜不由得想起顧楚生。上輩子顧楚生其實並不是走這條疏散百姓的路出現在人前的。他先是昆陽縣令，將昆陽管理得井有條，投靠了姚勇之後，在姚勇提拔下從昆陽縣令升任為太守，再後來投靠衛韞，由衛韞直接提拔至金部主事、成為戶部特使，名義上是中央官員，實際上特派在昆州，掌管昆、青、白三州財政軍餉調用。

楚瑜上輩子，大楚和北狄打了足足兩年，這兩年幾乎把大楚國庫搬空，但因顧楚生優秀的財政能力，大楚並沒有發生大面積饑荒災難，也還算得過且過。

如今顧楚生走了疏散百姓的路子，也不知道能不能再像上輩子一樣投靠姚勇。如果不能投靠姚勇，那青、白兩州的民生也不知誰來管理，等到衛韞接手，不知道是什麼情形。

楚瑜皺著眉頭想著戰場上的事，衛韞也注意到她的目光。他瞧見外面流民乞討，以為楚瑜是因為流民心生不忍，便道：「我昨日已經聯合了各府，打算開倉放糧，先救濟著這些流民，等一會兒我去謝太傅府上，商量應對之策。」

「開倉賑糧不是辦法。」楚瑜想了想：「不如買些地來，將他們收做長工，去開墾荒地種些糧食吧。」

後面要打仗的日子還長，衛家封地均在戰線上，糧草大事，要做長遠計議。

衛韞聽著這話，斟酌著道：「華京地價昂貴，就算是舉衛府家財，怕也安置不下太多……」

「不到衛府，到汜水去。」

汜水在蘭州，離華京大約有三百里遠，蘭州多高山秀水，乃天險之地，又屬大楚腹中，少有征戰。楚瑜回顧著上輩子，大約是明年春天，華京便撐不住了，當時除了衛韞等武將，沒有任何人想過天守關會破，更沒想過北狄會在一夜之間長驅直入，兵臨華京門下。當時京中貴族捲了家財紛紛出逃，其中去得最多的地方，便是汜水。於是汜水一時之間寸土寸金，地價飛升。

楚瑜琢磨著未來，但不能說得太過明顯，便詢問衛韞道：「你覺得，姚勇可守得住天守關？」

「守不住。」衛韞果斷回答：「除非有其他人幫他，否則以他的性子，決計守不住天守關。」

「你為何如此肯定？」

楚瑜知道姚勇守不住，她本以為衛韞也只是猜測，卻不曾想衛韞竟是如此篤定。

衛韞笑了笑，給楚瑜倒了茶，又從抽屜裡拿了點心出來，慢慢道：「姚勇此人向來更擅玩弄權術，他極愛惜自己的兵力，從來不肯用自己的兵和北狄正面對抗，不到萬不得已，他絕不會折損自己的羽翼。」

「如今前線全是他的人，我不上前去，他絕不會安心，一定會保留實力，所以戰場上真要打，就得有人願意出血拼力，他從旁協助。陛下明白姚勇的心思，所以一門心思想讓我上戰場。我不去，陛下就把宋家派了出去。一方面宋家也不會這麼用心用力，另一方面，我已同宋世瀾結盟，」衛韞抿了口茶，聲音平靜：「我幫宋世瀾把宋文昌送上戰場，以他之心性，宋文昌怕是活不下來。只要他掌了宋家兵權，便答應我，只疏散百姓，絕不做正面交鋒。姚勇棄城，他就跑得比他更快。」

衛韞挑起眉頭。

「如此下來，陛下怕會震怒。」楚瑜皺起眉頭。

衛韞挑起眉頭：「我不就等著他震怒嗎？他若要罰逃兵，首當其衝該是姚勇。若他不罰姚勇，我便在華京中周旋，絕不讓他罰宋世瀾。他若罰了姚勇，罰得輕了，姚勇怕是不會在意。罰重了，我便可以回去了。」

「你倒是厲害了，」楚瑜笑出聲：「你還能幫他周旋，那怎麼不見你入獄時給自己周旋？」

「那時情況不一樣，」衛韞神色沉靜：「當時尚且年幼，衛府許多東西還沒接管。外加那時衛府落難，救衛府無甚好處，大家不願盡心盡力。而如今卻是借宋府鬥姚勇，世家皆在一條線上，我當出頭鳥，世家做暗中推手，他們有什麼不願意？外加上如今長公主對太子咬得狠，還有長公主當靠山，」衛韞面上露出些得意來：「我怕什麼？」

「你這人，」楚瑜看著衛韞說著國家大事，面上卻滿是少年氣才有的小嘚瑟，不由得失笑：「如此少年心性，怕不是要吃虧。」

「怎會？」衛韞嬉笑著湊上前：「不是還有嫂嫂幫著我嗎？」

話說完，兩人便愣了，衛韞不過是習慣性湊上來，他過往同長輩說話，向來這樣沒大沒小，然而等真的湊上來了，卻發現，這人不過和自己同齡。

她皮膚很好，哪怕湊近了看，也不見分毫瑕疵。光潔如玉，白皙如瓷，雖然不施脂粉，卻不遜於京中那些每日花了大把時間保養塗抹的名門貴女。

衛韞的目光忍不住凝在那肌膚上，這一輩子楚瑜很少這樣和男性接觸，衛韞驟然接近，她才察覺出來，男女之間的確是大為不同的。

他彷彿是一顆小太陽，光是這樣接近，就能感受到那灼人的溫度。

楚瑜有些尷尬，面上卻假作鎮定，片刻後，卻聽衛韞笑著說了句：「嫂嫂的皮膚真好，平日是塗抹了什麼香膏嗎？不如讓全府的女眷都用一樣的吧。」

聽到這話，楚瑜也不知道怎麼，舒了口氣。

衛韞退回自己的安全距離，面上依舊像方才一樣笑意盈盈，然而他卻覺得，鼻尖彷彿還縈繞著那麼股桂花香的味道。

以後不能靠那麼近了。

他琢磨著，不然總覺得有些奇怪啊。

衛韞退到自己位置上後，楚瑜終於平靜了些，延續了方才的話題道：「宋世瀾不幫姚勇，他們一個跑得比一個快，送了天守關，也是早晚的事兒了。」

「嗯。」衛韞應了聲，其實他還有其他打算，只是事情還沒走到那一步，他也就沒有多說。

楚瑜抬眼看了衛韞的神色一眼，斟酌著用詞，避免自己顯得太過先知，慢慢道：「若天守關失守，天守關到華京長驅之下，也不過是一日的路程，華京便守不住了。倒是貴族往外流亡，當地地價物價必然哄抬，我們提前先買了這些地，再借錢買一些耕種的地，這樣一來，等房產賣出，或許還能小賺一筆。」

「那嫂嫂是覺得，華京失守，大家會往汜水去？」衛韞說著，緊接著便明白過來：「是了，汜水離華京不算偏遠，又是長公主封地，本就有重兵把守，最重要是有天險可守，若華京失守，貴族必然要找個安全的地方。」

「可是，」衛韞皺起眉頭：「若大家沒去汜水，這借的錢怎麼辦？」

「那就靠你慢慢還了，」楚瑜將手搭在他肩上，認真道：「鎮國侯，你得努力啊。」

衛韞呆滯片刻，隨後沉默下來，想了想道：「行吧，所以我得找個有錢人借錢。」

「找誰？」楚瑜有些好奇。

衛韞笑了笑：「楚臨陽。」

楚瑜大驚。

完了，坑哥了。

看著楚瑜又驚又怕的模樣，衛韞很是高興。過了片刻後，楚瑜冷靜下來，她認真道：

「答應我一件事。」

「嗯？」

「別說借錢這主意是我說的。」

兩人商量著到了楚府，楚臨陽正站在門口清點出行的人，衛韞下來時，楚臨陽有些詫異，片刻後他看見楚瑜走下來，便明白衛韞這是帶著楚瑜過來送行。

衛韞上前給楚臨陽打了招呼，楚瑜跟了上來，瞧了周邊站著的人一眼後，便道：「父親呢？」

「還在梳洗。」楚臨陽笑了笑，招呼衛韞和楚瑜一起進門：「可用過早膳了？不如一起？」

楚府用膳的時間比衛府要晚，衛韞和楚瑜雖然吃過了，卻還是跟著楚臨陽走了進去。

衛韞和楚臨陽客套說著官話，楚瑜便在一旁靜靜聽著。楚家人正在吃飯，楚臨西跟謝韻撒嬌，房間裡都是笑聲，楚臨陽帶著衛韞、楚瑜一來，在場的人便愣了，隨後楚臨西歡喜地上前，十分高興道：「阿瑜，妳怎麼來了？」

「無禮！」楚建昌趕緊叱喝，但音調間並沒有真的動怒，板著臉道：「先給侯爺見禮。」說著，楚建昌便起身，給衛韞行了禮。衛韞趕忙扶起楚建昌，平穩道：「此番小七是特意來給楚伯父和楚大哥踐行，伯父就將小七當作晚輩，千萬別太過客氣。」

楚建昌聞言倒也沒推辭，笑了笑道：「那今日來我便當你是姪兒吧，可曾用過早膳？」說著，侍從從外面端了小桌上來，給楚瑜和衛韞擺放了位子。楚瑜坐到楚錦身邊，剛坐下，就發現楚錦目光有些呆滯，看上去神情恍惚。

楚瑜有些詫異，不明白為何一夜之間楚錦就這樣了。

她把目光落到楚臨陽身上，卻見楚臨陽正和衛韞說著話，兩人說了一會兒後，楚臨陽站起身，要帶著衛韞去逛園子，楚瑜忙起身，跟著道：「我也去！」

楚臨陽愣了愣，將目光落到衛韞身上，卻見衛韞面色不變，點了點頭。

楚臨陽便笑了，有些無奈道：「那便來吧。」

三人一起走出屋，楚瑜就跟在兩人後面，兩人當她不存在一般，衛韞同楚臨陽慢慢道：「你此去西南，到的時候，南越怕是不安寧了。」

「嗯。」楚臨陽點了點頭，一貫溫和的面容上鎖起了眉，有些擔憂道：「我已經收到前方線報，南越集兵五萬壓境。其實單打南越我不擔心，我是擔心北狄和南越同時進攻……」

「其實只要拖得久，也還好。」衛韞思量著：「南越國小人少，如今進攻，約是和北狄圖謀，想撈點好處。你把戰線拖長一些，等南越覺得吃力，這時候我們再主動許南越好處，南越自然會停手。所以這一戰，大哥只守不攻，拖著就好。其實此戰之難，在於北狄。」

「北狄到底怎麼突然就進攻來了？」楚臨陽不明白。

衛韞面上有些無奈：「北狄今年多天災，去年冬雪凍死了大批牛羊，今年夏季又逢暴雨，導致了瘟疫，如今民怨沸騰。新皇本就善戰，外加上國內壓力，便一心想攻下大楚。」

「那他打幾個城池就好，怎的如此不死不休？」楚臨陽還是不解。

楚家戰線在西南洛、徽兩州，偶有調派，但對於北方算不上瞭解，而衛家長居北線，說起這些事，衛韞要比楚臨陽知道得多。

衛韞聽著楚臨陽的詢問，眼神漸冷：「北狄凶悍，其實邊境常年是我衛家子弟扛著。他們凶，我們更凶。如今衛家沒了，北狄還會怕誰？」

楚臨陽沒有說話，提起此事，他心知衛韞比誰都難過。許久後，他長嘆一口氣：「你我因著阿瑜，也算親人。我想問你一句實話，當初戰場上，姚勇到底做了什麼，你可知曉？」

「不知。」衛韞平靜開口，抬眼看向楚臨陽：「能否麻煩你也給我句實話，為何你一口咬定，此事與姚勇有關？不是我衛家失誤？」

「你怕是忘了，」楚臨陽笑了笑：「我兩年前曾在北境跟你父兄共事過三個月，衛家的打法我清楚，追擊逃兵……」

楚臨陽搖了搖頭：「我不信。」

「而姚勇此人與你父親之間的分歧，我也清楚。」

三人轉過長廊，步入水榭之中。十二月的華京，湖面結了薄冰，像是打融一般的冰渣浮在水面上，看上去便讓人覺得寒冷。

衛韞下意識回頭，習慣性站在擋風的位置，不著痕跡將楚瑜護在後面，同楚臨陽落座下來。楚臨陽瞧了衛韞一眼，沒有多說什麼，旁邊侍從趕緊放了炭火在庭中，暖氣升騰起來，楚臨陽繼續道：「我與你大哥，還算舊友。當年阿珺曾囑咐我，日後他若有什麼不測，讓我照看著你。我答應過他。」

聽到這話，衛韞瞬間愣住了。

他呆呆看著楚臨陽，像一個驟然迷路的少年。他聽著衛珺的名字，有那麼幾分倉皇無措，楚瑜坐在後面，溫和道：「小七。」

衛韞聽到楚瑜那從容又沉穩的聲音，這才回神，撿起平日的姿態，慢慢道：「多謝大哥了。」

「我答應他，也不是沒有什麼條件的。我同他說，我會好好照顧你，也煩請他好好照顧阿瑜。沒有想到，他去的這樣早，」楚臨陽面上露出苦笑：「這筆生意，真是不大划算。」

衛韞沒有回聲，提及那故去的人，氣氛難免有些沉重。楚臨陽見大家沉默下來，笑了笑道：「罷了，不說這些，你們今日前來，是有其他事兒的吧？」

「嗯。」衛韞跟著楚臨陽轉換了話題，點頭道：「今日來，一為送行，二在於打聽一下西南的情況，三……」

衛韞抬起頭，眼巴巴看著楚臨陽。他與人交往，非親近之人向來高冷，此時雖然面上仍舊冷靜從容，眼裡卻全是渴盼，那孩子一般巴巴看著人的眼神，放在衛韞臉上，殺傷力太過巨大。楚臨陽直覺不好，握住茶杯，將目光轉了過去，力圖讓自己鎮定一點：「三什麼？」

「楚大哥，你看，你與我哥哥乃舊友，也是我嫂嫂的親哥哥，小七看你，就像看待我親哥哥一般。以前我哥哥常同我感慨，您擅長經營，生財有道，你看，您方不方便……」

「借錢？」楚臨陽瞬間明白衛韞的意圖，他微笑著轉過頭去：「不知小侯爺，想借多少呢？」

「也不是很多，我想這對楚大哥來說也就九牛一毛……」衛韞面上一派淡定，語氣裡帶著斟酌：「您看，就先借錢給我在洛州買一千畝……」

「小侯爺，」楚臨陽保持著微笑，慢慢開口：「一千畝地，你怎麼不去搶呢？」

衛韞保持鎮定，他的臉皮向來夠厚，面對楚臨陽的埋汰，不動聲色：「我知道您在外也放印子錢，我不是仗著親戚的身分白借，該給的利息我會給，您看怎麼樣？」

楚臨陽抿了口茶，公事公辦道：「你買一千畝地是打算做什麼？」

「安置流民，種糧。」衛韞沒有隱瞞，答得果斷。

楚臨陽抬眼看他：「我這裡借錢，月十厘，你若是買來種糧，怕是給不起。」

衛韞沒說話，他看了楚瑜一眼，在算帳這件事上，他其實是沒有那麼清楚的。那一眼楚瑜就明白衛韞的意思，她有些無奈，卻只能硬著頭皮頂上，「給得起。」

「嗯？」楚臨陽抬眼看向楚瑜，頗為意外：「鎮國公府這麼有錢了？」

「我們有把握的。」楚瑜頂著楚臨陽的目光，說得有些心虛。想了想，還是道：「汜水的地價肯定會漲的。」

楚臨陽沒說話，他喝了口茶，許久後，他終於道：「既然是我妹妹想做生意，那當哥哥的，自然是要支持一下。這錢我借你，等會兒我會讓人清點，晚些時間將銀票送到你府上。」

聽了這話，楚瑜和衛韞都舒了一口氣。楚臨陽瞧著他們倆跪坐在一起的模樣，忍不住笑了。那笑容裡滿是包容寵溺，楚瑜瞧見，一時不由得呆了呆。

楚臨陽靜靜看著她，好久後，終於道：「以往我走總不願意讓妳瞧見，怕妳難過，這一次妳也不要瞧，沒事兒就回去吧。」

楚瑜抿了抿唇，楚臨陽遠出從來不讓家人送別，這是他一貫的規矩。

她抬眼看著他，好久後，終於道：「好。」

兩人都是不擅言辭的人，這聲好之後，所有人便沉默下來，還是楚臨陽先開口，嘆息道：「走吧。」

三人一起回飯廳，屋裡的人已經用完飯，正坐在一旁說著話。

楚瑜和衛韞同眾人告別，轉身便打算離開。楚建昌和謝韻打算送他們離開，楚臨陽突然道：「我同阿錦去送就好。」

楚錦似乎早已經料到，她沒有吭聲，乖乖跟在楚臨陽身後，同楚錦衛韞一起走出來。

四人走在長廊上，楚臨陽帶著衛韞上前說話，楚錦和楚瑜遠遠跟在後面，楚瑜沒有出聲，楚錦也不說話，然而許久後，楚錦突然開口：「對不起。」

楚瑜有些詫異，她轉過頭，看見楚錦有些麻木的神情。

楚瑜從來沒從楚錦臉上看過這樣的表情，她記憶裡的楚錦，永遠是充滿野心與欲望的。

而此時此刻的楚錦，似乎什麼都不想要了。

她像一個精緻的玩偶，行走在長廊之上。楚瑜皺了皺眉眉頭：「妳怎麼了？」

「沒怎麼，」楚錦聲音裡沒有半分情緒，平靜道：「我對不起妳很多，今日給妳道歉。」

楚瑜沒說話，她的目光落在楚錦身上，想問什麼，卻又覺得，這與她並沒有多大干係，問多了，怕又多惹麻煩。

她壓抑著好奇心，聽著楚錦慢慢回顧著過往。

「十二歲那年，妳傷了腳，卻還是去井裡救貓，我答應妳用繩子拉妳上去，卻暈倒在井邊，讓妳帶著傷在井下困了一下午，這件事，是我算計妳。對不起。」

楚瑜微微一愣，沒想到楚錦說起這件事。

這件事她記得。十二歲那年，她初回華京，見到這瓷人一般的妹妹，甚是喜愛。楚錦身子骨差，謝韻不讓她養貓，於是楚錦就在後院，偷偷養了一隻小貓。

有一日小貓落水，楚錦哭著來求她救貓，那時候她腳上帶著傷，卻還是下井幫她救貓。楚錦說好在上面給她遞繩子，卻暈倒在井邊，然後楚瑜就在井下突出的岩石上蹲著，用身體溫暖著那貓兒，楚錦暈了多久，楚瑜就抱著那貓蜷縮在井下多久。

等後來最先她被楚臨陽發現，救起來的時候腳上傷口泡太久化了膿，當天晚上就發了高燒。

她向來身體好，那一次嚇壞了家裡人，連向來疼愛楚錦的謝韻，都忍不住對楚錦發了火。

這樣遙遠的事情，隔著兩輩子想起來，楚瑜也沒覺得難過，甚至因少年時那份天真，忍不住有了笑意。

她揚起笑容，滿不在意道：「啊，我知道。」

楚錦猛地一震，她頓住腳步，抬頭看她，神色莫測。

楚瑜有些不好意思，想起小時候的事，她甚至忍不住有些孩子氣的抓了抓頭髮：「就，那隻貓嘛。其實是我練武的時候不小心用石頭打到牠的腿，所以牠掉下井沒能爬上來。妳來找我時候我心虛，也沒敢和妳說牠那腿是我做的。」

楚錦沒說話，她張了張口，一句話也說不出來。

她怎麼能告訴楚瑜，那隻貓是她放下去的，不是貓自己摔下去的？

楚瑜沒注意到她的神色，還像小時候一樣，有些傻氣道：「我知道妳氣這件事，所以故意裝暈不拉我上來。暈不暈呼吸是不一樣的，我上來的時候就聽出來了。」

「那妳為什麼當初不直接告訴父母呢？」楚錦故作冷靜，捏著拳頭。

楚瑜回想著過往，心裡竟是覺得有幾分暖意：「本來是想的，結果我被抬到床上的時候，我看見妳在一旁怕得哭，一直問我我會不會死，我就覺得，算了。」

「這對我來說，本不是什麼大事兒，」楚瑜靠在長柱子上，語調裡帶了幾分無奈：「我要是告訴家裡人，按照家裡的脾氣，父親除了上軍棍就是上竹條，母親罵人傷人又沒重點，哥哥就更算了，他能把妳當我打，妳這身子骨，受不起。」

楚瑜說著，思緒忍不住遠了去。

其實年少的自己和楚錦，並不是那麼壞的關係。是怎麼一步一步走到後來的呢？

如果說楚臨陽死之前，楚錦做的一切是為了自己的富貴榮華，楚臨陽死之後，楚錦嫁給顧楚生之後，那鋪天蓋地的，簡直是恨了。

楚錦看著站在長廊上，眼中有回憶之色的楚瑜。她覺得有什麼翻湧在她喉間。

楚瑜偏了偏頭看楚錦，她比楚錦高出半個頭，楚錦瘦弱，站在她身邊，看上去讓人覺得柔弱又憐惜。

她眉眼間還有少年氣，並不全是楚瑜死去時，那精緻又惡毒的女人。楚瑜靜靜看著她，一時之間竟覺得，其實並沒有那麼恨的。

年少的楚錦也會偷偷養貓，也會哭著問她會不會死。

人的成長都是一步一步，哪有人真的從一開始，就壞成這樣？

來得及，一切都來得及。

楚瑜靜靜看著面前捏著拳頭，紅著眼的姑娘。她抿了抿唇，終於伸出手，將楚錦擁入懷裡。

「阿錦，」她抱著她，像年少時一樣，溫和開口：「妳該多出去看看。這世間有大好山河，妳不該拘於這宅院寸土。妳會發現所謂財富不過過眼雲煙，所謂男人的一時愛慕不過晨間露珠，所謂女子的名聲、後宅的心機，那都是在消耗妳的生命和美麗。妳本來就是個特別特別好的姑娘，」

楚瑜說著，楚錦捏著拳頭，睜著眼睛，眼淚簌簌而落。楚瑜感受著肩頭被眼淚打濕，她擁緊她一些，嘆息道：「我不知道妳為什麼會變成今天這樣，可是阿錦，妳該找回妳自己。別被這世間的陰暗、恐懼、絕望、痛苦種種，去把自己變得面目全非。可能妳不懂我今天在說什麼，但這也是我作為姐姐，想給妳的最好的東西。妳把我當家人，我就把妳當家人。妳若把我當仇人，阿錦，」楚瑜嘆息：「我也從不是個讓人欺辱的人，妳可明白？」

「我沒有，」楚錦咬牙開口：「想欺辱妳。」

「我知道，」楚瑜溫和了聲音，放開她，靜靜看著她，重複道：「我知道。」

楚錦抬眼迎向她的目光，牙齒微微顫抖。

「我只是……」

只是什麼？

她說不出口，過往翻滾上來，從十二歲那年，對楚臨陽那句「憑什麼」，成為了她的執念。

她反覆掙扎，終於說：「不甘心。」

說完之後，她彷彿將自己一生最狼狽的一刻放在楚瑜面前。她慢慢閉上眼睛：「我也不知道自己怎麼了。我怕大哥，又希望大哥對我像對妳一樣好。我感覺不到誰愛我，母親不愛我，她愛的是父親，她在乎的是自己，她只會反反覆覆和我說，她對我多好，要我記得；父親不愛我，他從不喜歡我，只會罵我；哥哥……哥哥……」

楚錦說不下去，楚瑜靜靜聽著。

她突然覺得有些酸楚。

如果上輩子她早些知道楚錦在想什麼。甚至如果上輩子她早一點詢問過哪怕一次，或許就不會讓楚錦變成後來的模樣。

她看著抽噎不停的楚錦，抬手覆在楚錦的頭髮上。

「那我呢？」

楚錦呆呆抬頭看她，楚瑜平靜道：「阿錦，如果妳不曾害我，其實我很愛妳。」

「我們家的人不懂得表達感情，可是並不代表不愛。哥哥每年回家，在邊境時都會給妳挑禮物，遇到好看的娃娃，都買下來，和我說是帶給阿錦的。父親一個隨時準備給我上軍棍的糙漢，卻能控制住自己，再暴怒都沒對妳動過手。至於母親……」楚瑜苦笑：「她偏心都偏得我難過了，她要妳記得她對妳的好，是因為妳是她的唯一，我和父兄都在邊境，誰都沒有在身邊，她不安，她害怕。」

「阿錦，」楚瑜嘆了口氣：「妳看，那麼多人愛妳呀。」

楚錦沒有說話，衛韞和楚臨陽站在前方，他們等了一會兒了，看那對姐妹哭哭抱抱。楚臨陽看了看天時，衛韞察覺他怕是要走了，便同楚瑜道：「嫂子，可能回了？」

「我這就來。」楚瑜揚聲，嘆了口氣後，提裙轉身。

楚錦突然叫住她：「阿姐，妳可遇過什麼傷害妳的事。妳看著就怕，卻又執著放不下？」

楚瑜久久沒有回聲，她背對著楚錦，不由自主挺直了腰背，好久後，才道：「有。」

比如顧楚生，比如她。他們都是她上輩子的噩夢，她害怕，又執著。她以為自己會恨他們一輩子，纏繞在這噩夢裡，拼命逃脫，卻又不得超生。

「怎麼辦？」

「面對它。」楚瑜抬頭看著衛韞，果決道：「它若是緣的糾纏，那就解開。它若是孽的牽扯，那就斬斷。」

楚錦沒說話，楚瑜知道她已明白，提步上前。

她從容來到衛韞身邊，衛韞和楚臨陽都察覺，她身上似乎帶了股決絕的氣息。楚臨陽皺了皺眉，卻沒有說話。人都有自己的路，她不開口，他不干涉。

楚臨陽送楚瑜和衛韞上了馬車，到了馬車上後，衛韞看著楚瑜的模樣，終於開口：「嫂嫂怎麼了？」

楚瑜聽到衛韞的聲音，慢慢抬頭。

馬車裡映照出長廊上楚臨陽和楚錦的身影，她的目光有些茫然。

「我以為我這輩子，和她不會有什麼好的結果。」

衛韞沒說話，他聽不明白她的意思，卻知道她想說話。他看她靜靜看著外面，神色迷惘。

「我曾經恨她，恨在骨子裡。你說一個人怎麼能在恨裡，去看到一個人的好？」

衛韞沒說話，他給楚瑜倒了茶，端到她面前，讓她捧在手心裡。

溫度從手上蔓延上來，讓她渾身肌肉和內心一點一點舒展開。

「其實人一輩子，不過是在求一個心上的圓滿。如果一個人心是滿的，就能看到這個世界本來的樣子。」衛韞喝著茶，慢慢道：「心不滿，拼命想要求什麼，執著什麼，就會被蒙住眼睛。看麼看到純善，要麼看到純惡，甚至善變成惡，惡變成善。」

楚瑜沒說話，衛韞這樣一點，她才猛地反應過來。

這輩子不一樣的不僅是楚錦，還有她楚瑜。

她不由得輕輕笑了。

「其實我很感激你哥哥。」

衛韞轉頭看了過來，楚瑜看向車簾外，目光裡帶了暖意。

「成婚那天，他見到我，緊張得話都說不出來。後來將紅綢遞到我手裡，一路特別小心，就怕我摔了碰了。」

「這輩子都沒人這麼對過我，」楚瑜嘆息出聲來：「那是我第一次覺得，心裡開始滿起來。」

重生回來的時候，在她心裡帶著無數戾氣，只想逃脫的時候。

這是她第一縷溫暖。

衛韞沒說話。

其實在他聽到楚瑜這話的瞬間，無數心疼驟然而上，他差點脫口而出——我以後對嫂嫂也這樣好。

然而這話止在唇齒之間，旋即他便覺得不妥。

那是他哥哥能做的事，不是他的。他哥哥是她丈夫，是與他全然不同的存在。有些事，衛珺做得，衛韞做不得。

他對她的好，永遠要在那一道線之外，止乎於禮。

雖然他想將這世界上所有好的都給她，以報她對衛府那份情誼，她於他危難時給予的那份溫暖。可有些東西能給，有些東西，要有資格才給。

衛韞說不出這是什麼感覺，他喝著茶，看著外面的景色，就覺得，莫名的，今日的茶，有些過於澀了。

楚瑜與衛韞在華京中商議著後續之事時，千里之外的昆陽，顧楚生正在縣令府衙之中批著文書。

白城攻破之後，昆陽成為首當其衝的關鍵要地，姚勇屯兵於此，與他共守昆陽。

「公子，」侍從張燈從外面急著走進來，小聲道：「身分文牒我都準備好了，您看什麼時候走合適？」

顧楚生沒說話，他一手握筆，一手抬手，張燈將準備好的文牒放在他手上，同時道：

「城外的人和銀兩也按公子的吩咐準備好，公子不用擔心。」

「嗯。」顧楚生迅速翻開文書確認沒有問題後，提筆在正在批奏的摺子上道：「送給公孫繆的銀子，他可收了？」

公孫繆是姚勇身邊的心腹，對姚勇的態度知道得一清二楚。他給他送銀子，便是要試探姚勇的態度。

張燈放心點頭：「收了。」

顧楚生握著筆頓了頓，抬頭看向張燈：「怎麼收的？」

「就……直接收的。」張燈看著顧楚生的神情，竟有種自己似乎做錯了什麼的感覺。他猶豫著細化了公孫繆的意思：「公孫先生還說，下午就來請您過府，為您引薦姚……」

話沒說完，顧楚生便站起身，開始收拾行李。張燈有些不明白：「大人您這是做什麼？」

「走。」顧楚生果斷開口。張燈有些摸不著頭腦：「公孫先生不是答應給大人引薦姚將軍了嗎？大人為何還要走？」

「你見過受賄直接就拿錢的嗎？」顧楚生冷冷看了張燈一眼：「若非主上示意，怎敢這麼明目張膽的拿錢？」

聽到這話，張燈猛地反應過來，頓時覺得背後冷汗岑岑，忙幫著顧楚生收拾起東西。

顧楚生早在之前就把該準備的東西都準備好了，如今只是翻找出來，扛著東西便打算往外走去。還沒到門口，外面突然傳來匆忙的腳步聲，顧楚生旋即將東西交給張燈，冷聲道：

「你躲著。」

說著，便假裝淡定地坐到書桌前，繼續看摺子。

沒有多久，一個身著白衣繡竹的中年男子便帶著人走了進來。這人手執羽扇，面有美髯，他身後跟著兩排士兵，站在庭院外面，神色肅然。

來人正是姚勇手下第一謀士公孫繆，他上前，朝著顧楚生行了個禮道：「顧大人。」

「公孫先生。」顧楚生站起身子，笑著上前行禮：「公孫先生今日怎的來此？」

「小事小事。」公孫繆拱手道：「姚將軍仰慕大人才華久矣，在下奉將軍之命前來，特來邀請大人過府一敘。」

「這當真是太好了！」顧楚生面上激動道：「我本就想見將軍許久，大人且在客廳候在下片刻，在下為將軍換上華衣，這就前來。」

「何必呢？」公孫繆抬手攔住顧楚生：「我等又非那些世俗之輩，將軍欣賞大人，欣賞的是那份才華氣度，而非身上華衣。顧大人就跟我走吧，莫讓大人久侯了。」

聽到這話，顧楚生面上露出疑惑的神情：「將軍可是有什麼特殊之事，為何請得如此著急？」

公孫繆面色僵了僵，但那不自然只是一閃而過，很快便笑道：「顧大人誤會了，只是在下今日小兒在家中等候在下，在下想早些回家，故而做事快些。」

「如此，」顧楚生點了點頭道：「先生真是顧家之人。那顧某也不為難先生，這就走罷！」

「多謝多謝。」公孫繆連忙拱手道謝，顧楚生滿不在意笑笑，同公孫繆有說有笑走了出去。

一行人剛出去不久，張燈便從屏風之後探出頭，他提了佩劍，縱身一躍，便上了橫梁，順著橫梁來到某一處往上一推，便撥開了磚瓦，隨後跳了上去。

這個出口是顧楚生提前準備的，就是為了防著這一刻。

張燈順著提前準備好的路線迅速離開府衙，看著張燈遠去的背影，躲在暗處的衛家暗衛紛紛看向衛秋。

衛秋朝著南邊的人打了個手勢，三個暗衛迅速跟著張燈跑了過去。而衛秋則帶著人，跟著顧楚生往姚勇所在之處趕了過去。

顧楚生同公孫繆一路閒聊，不斷訴說著自己對姚勇的敬佩之情。公孫繆含笑聽著，心情十分愉悅。只覺這顧楚生當真是個傻的。

姚勇棄城，他還敢去疏散百姓？那這份功勞怎麼可能給他，給不了他，又怕他日後在京中同天子提起此事，那自然只能殺了他。

公孫繆看著面前生機勃勃的少年，心中有些惋惜——如此才俊，倒是可惜了。

「這昆陽的護城河乃昆州前任太守修建，環城一圈，外連歸燕江，如今雖然是冬季，但這護城河卻是水量不減。」顧楚生給公孫繆介紹著護城河，興致勃勃道：「大人可知這是為何？」

公孫繆也覺得奇怪，一般冬日水流都會減少甚至枯竭，為何這昆陽的護城河還是水流湍急？

顧楚生駕馬往前走了些，指著護城河上一座石獅道：「先生你過來看，便就是這個……」

公孫繆下意識跟著探過頭去，就是這一瞬間，顧楚生猛地出手，一把挾持住公孫繆，手中袖刀抵在公孫繆身上，怒喝一聲：「站住！」

公孫繆瞬間明瞭了自己的處境，顧楚生不是沒察覺姚勇的意思，而是察覺了，察覺得太透了！

冷汗從公孫繆背後升起，他素來知道姚勇的手段，若他把顧楚生放跑了，怕是一家老小都走不了！

「別管我！」公孫繆大吼：「拿下他！」

顧楚生面色劇變，點了公孫繆穴位之後，提著公孫繆縱身一躍，跳入了護城河中。

羽箭瞬間緊追而至，顧楚生沉入水下，抬起公孫繆擋住了頭上的羽箭，隨後便將人一推，順著水流滾了過去。

岸上人一時不知所措，全然不見人影。

而衛家暗衛統統看向衛秋，焦急道：「老大，人不見了，怎麼辦？」

衛秋抿了抿唇，吩咐下去：「衛丙回去飛鴿傳書回稟侯爺，其他人跟我走！」

所有人分散開去，岸上人紛紛朝著下游追去。

顧楚生躲在河岸石獅下的中空處，捂著自己的傷口，微微喘息。

他已經很多年沒有被逼到這個程度了。

可是沒關係……

他眼中帶著狂熱，他得活下來，他這就回華京去。

回到華京，就能見到阿瑜了。

衛韞是兩天後收到顧楚生失蹤的消息。

衛秋雖然沒有救下顧楚生，卻尋到了顧楚生的隨從張燈。張燈手裡拿著顧楚生臨走時的包袱，衛秋將張燈打包帶著往華京趕，張燈拒不交出手裡的包裹，衛秋也不敢對張燈太過強硬，怕衛韞打算與顧楚生交好，因此一直不知道裡面到底是什麼。

但不用衛秋檢查，衛韞也差不多猜出來，張燈包裡應該是顧楚生準備的證據。顧楚生既然能提前料到姚勇要對他動手，自然不是一個坐以待斃的人，之所以在昆陽逗留這麼久，怕就是為了準備這些證據。

如今張燈不交出來，衛韞搶也是可以的，可是少了顧楚生，這件事就得他去出頭。他如今是皇帝寬赦下來「罪臣之後」，拿著姚勇的把柄告姚勇，怕皇帝不會採信。

無論如何，這件事最好還是讓顧楚生來做。而且出於道義，衛韞也不打算讓救了白城百姓的顧楚生因此而死。

若這世界上做出如此義舉的人被惡人殺死卻沒有人管沒有人問，這世上怕是再無人敢當好人了。

衛韞思索著顧楚生的事，吩咐衛夏：「請大嫂過來。」

衛夏應了聲，沒有多久，就把楚瑜請了過來。

楚瑜本在庭院中練劍，如今一切安定下來，柳雪陽對她管束並不多，家中雜事也有蔣純處理得井井有條，她也開始了過去的生活。

她梳著出嫁前的髮髻，抬手拿著帕子擦著汗進來，一面走一面道：「可是出什麼事兒了？」

衛韞看著她走進來。

梳著少女髮髻的楚瑜對於他而言，似乎有了一種不同於往常的親近感。她沒有了平日作為衛家大夫人那股沉穩氣息，反而帶了幾分少女活潑模樣。

自從與楚錦談了那一次之後，她似乎放下了什麼，沒有了過去那份隱約讓人心疼的酸澀隱忍，終於有幾分他聽說的「楚家大小姐」的驕縱模樣。

她出嫁前他就替哥哥打聽過她，是個愛恨分明的姑娘，聽聞王家三小姐曾在馬場嘲諷她，就被她一鞭子抽下馬，在家裡挨了十軍棍，都咬著牙沒去給人家道歉。

楚瑜嫁進衛家之後，沉穩了太久，讓衛韞都忘記了，她過往曾做下那些「光輝事蹟」。這樣驕縱不羈的貴女，在京中也是獨一份了。那時候他還勸過哥哥，要不要再考慮一下，雖然定了親，可以衛家如今的門楣，以衛珺世子的身分，退了這凶悍的女人，大家也能理解。

可是衛珺卻摸了摸下巴，思量了片刻道：「倒也無妨吧……楚府都罩得住她，我衛府不能？」

想到衛珺當年的話，衛韞不由得笑了。

楚瑜被衛韞笑得莫名其妙，停住擦汗的動作道：「你笑什麼？」

「我想起妳甩王家三小姐那一鞭子，」衛韞含著笑道：「以前覺得嫂嫂不該是那樣的人，如今瞧著，的確有那麼幾分氣勢。」

「她嘴碎，我又說不贏她，乾脆一鞭子抽了吧。」楚瑜滿不在乎攤了攤手：「反正十軍棍我扛得住，那一鞭她在床上裝病裝了半個月，也怪辛苦的。」

衛韞抿嘴輕笑，招呼著楚瑜坐下來，給楚瑜遞了雪梨湯，細緻道：「妳先喝些雪梨湯，二嫂說它滋陰下火，妳天天在外練武，晚月怕妳著涼，一碗一碗薑湯給妳喝，怕是要上火的。」

說著，衛韞讓人找了件外套來，轉頭同她道：「妳練劍身子熱，但停下來就該把外套加上，這樣……」

「先別說這些瑣事了，」楚瑜聽衛韞念叨得頭疼，她就不明白，衛韞在外面幾乎不說話的一個人，怎麼在這裡這麼婆媽。她擺了擺手道：「你叫我來一定是出什麼事兒了吧？」

衛韞見楚瑜不耐煩了，也就不說了，直接道：「顧楚生找不到了。」

楚瑜驚詫抬頭，衛韞慢悠悠回到位子上：「姚勇還是選擇殺他，他跳進河裡跑了，衛秋跟丟了人。如今他肯定是要隱姓埋名往華京來。」

楚瑜皺眉聽著，聽到最後一句，她有些明白過來：「他來華京，是來投奔你，還是來告御狀？」

「這兩者有什麼不同嗎？」衛韞低頭喝了口熱茶：「他來告御狀，便是來投奔我。」

「你要扳倒姚勇，要用顧楚生作為敲門杖？」

楚瑜思索著，想到那個人，心裡總有那麼幾分異樣。

然而，也只是止於那麼幾分異樣而已。她放下了，就不會掛念。無論是好的掛念還是壞的掛念，都止於此了。

衛韞沒察覺楚瑜的心情有什麼波動，他點頭道：「既然他給我送了這敲門杖，我自然不會辜負他。」

「那他如今找不到了，你待如何？」

顧楚生找不到了，楚瑜卻是一點都不擔心的。這個人從來都是條泥鰍，若是姚勇就把他弄死了，他也混不到後來的位子。

可是轉念一想楚瑜又覺得，她對顧楚生的能力太過信任。上輩子顧楚生的確老謀深算，可是如今顧楚生不過十七歲，當年十七歲的顧楚生也是好幾次差點死了，都是她出去保住的，為此自己培養的暗衛隊幾乎都賠了進去。

一想到這件事，楚瑜就格外心疼，突然覺得重生有重生的好，省錢。

衛韞聽了楚瑜的話，摸著茶杯，斟酌著道：「自然是要讓人繼續找的。只是說如今怎麼找，卻是個問題。」

「如何說？」楚瑜喝著雪梨湯，心情還算愉悅。

衛韞有些無奈：「顧楚生不認識我的人，怕是不會信我的人。」

聽到這話，楚瑜微微一愣。

是了，衛家乃武將，常年居於邊關，衛韞認識的人，多為武將世家出身。而顧楚生卻是實實在在的文官，祖上往上數過去，沒有一個是武將。衛家與顧楚生沒有交集，也算正常。以顧楚生的能耐，要是不熟悉他，換了裝，怕是衛家侍衛連人都認不出來，又談何找人？

楚瑜聽明白衛韞讓她來的意思：「你是問我手裡有沒有熟悉顧楚生的人？」

衛韞頗有些尷尬，他大致知道顧楚生和楚瑜似乎有過那麼一段前塵，雖然他和楚瑜再三確認過並沒有什麼太大的關係，可是讓楚瑜的人去找顧楚生，他終究還是由那麼幾分尷尬。

他訥訥點頭，隨後道：「沒有也沒關係，我去找其他人好了。」

楚瑜沒說話。

她手裡自然是有人認識顧楚生的，晚月、長月，都認識他。可是如今顧楚生失蹤，明顯是跑了，顧楚生不想見人，找他就難了。

她自問還算了解顧楚生，若她去找人，對他的習慣動態或許還能揣摩一二，若是其他人去，怕是找不回來。

若是找不回來，也還好。若是被姚勇的人先找到，那衛韞的計畫，怕是又要重新部署。而且顧楚生乃後來戰場後方財政民生的支柱，在這裡死了，日後又要找誰來替他？

他這人雖然黑心爛肝，但要找一個能替代他的人，著實不太容易。

楚瑜思慮著，衛韞便有些不安了，趕忙道：「我想宋世瀾應該是認識他的，我這就修書過去……」

「我去吧。」楚瑜突然開口。

衛韞猛地抬頭，片刻後，他反應過來：「不行。他如今被姚勇追殺著，此行凶險，妳過去……」

「小七，」楚瑜平靜地看他，那目光從容冷靜，卻帶著一種無形的壓迫：「別把我養成金絲雀。」

衛韞聽著她的話，慢慢反應過來。

楚瑜和蔣純，和柳雪陽是不一樣的。

她出生於邊境，除卻是個女子，所有成長環境，與他並沒有任何不同。對於她而言，所謂保護，或許是另一種折辱。她說她可以，你得信她行。

衛韞說不出話來，他對別人殺伐果斷，卻偏就是這個人，她說一，他說不出二來。

他沉默著不說話，楚瑜便給他分析：「顧楚生此人難尋，這一次咱們拼的是看誰先能找出他來，所以越快找到他越好。我與他自幼熟識，對他的手段十分熟悉，我去找他，找得更快一些。」

衛韞還是不語，他本打算答應了，然而聽楚瑜在那裡說她對顧楚生十分熟悉，他心裡也不知道怎麼的，驟然有些煩躁起來，抿緊了唇，就是不願說話。

楚瑜看他的臉色不太好看，繼續規勸：「而且他這個人生性多疑，哪怕我派長月、晚月過去，他也不一定會配合，我若過去，他應該是放心的。到時候配合我過來，也能更快回華京。」

上輩子顧楚生雖然對她算不上好，卻的確從沒懷疑過她。幾次關鍵時刻，都是將最貴重的東西交托給她，對於顧楚生的信任，她還是敢保證的。

衛韞越聽臉色越不好，楚瑜也不知到底衛韞是在擔憂什麼，只能繼續道：「而且……」

「行了我知道了，」衛韞終於聽不下去，板著臉道：「我知道嫂嫂與他乃故交十分熟悉，怕也是擔心他的安危，去就去吧，也不是什麼大事。」

楚瑜瞧著衛韞跪坐在地上，手捏著拳頭，目光冷冷直視前方的模樣，直覺有什麼不太對。她猜想衛韞是氣惱她不聽勸，也是擔憂她的安危，她心裡暖洋洋的，覺得彷彿多了個弟弟一般。她抬手揉了揉衛韞的頭髮，笑著道：「別擔心，我可厲害的呢。」

衛韞被她這麼一揉，先是愣了片刻，隨後覺得內心慢慢舒展開來，似乎沒有那麼生氣了。彷彿是一隻炸毛了的小狗，被人輕輕順了毛，便變得乖巧安靜下來。

他依舊板著臉，聲音卻柔和了不少，努力僵硬，卻仍舊滿滿的都是關心道：「我把天字衛都給妳，妳帶過去，顧楚生，能救則救了，不能救也沒什麼。」

「他可以死，」衛韞認真地看著楚瑜，眼裡全是鄭重：「妳半根汗毛都少不得，妳可明白？」

「行行行我知道，」楚瑜向來知道衛韞護短，也沒想護短成這樣。她站起身來，不打算和衛韞婆媽，往外走去：「我不和你說，我走了。」

衛韞看著她的背影，忍不住道：「凡事小心，別冒冒失失的，有事……」

「知道了。」楚瑜背對著他，擺了擺手，拖長了聲音道：「衛大姑娘，我知道了。」

「妳……」衛韞一口氣堵在胸口，看著那人一手負在身後，一手對他擺手作別，一副沒心沒肺的模樣，他竟一時間什麼都說不出來，憋了半天，終於嘆了口氣，有些無奈道：「嫂子到底什麼時候才能長點心？」

衛夏站在他身後，翻了個白眼，「怕是您心眼兒太多。」

衛韞：「……」

而楚瑜走在長廊上，看著庭院裡飄起雪花，內心全是安寧平和。

她仰起頭來，忍不住勾起嘴角。

她對楚錦說，如果是緣的糾纏就解開，是孽的牽扯就斬斷，何嘗又不是和自己說？

他從未想過原諒顧楚生——可是能放下，未必不是救贖。

「行吧，」楚瑜瞧著遠方呢喃：「我再救你一次，你可千萬要像上輩子一樣，好好對我們小七啊。」

第十四章　往事前塵

定下了要去找顧楚生，楚瑜便立刻點了人，準備了銀票、乾糧、武器、藥材，帶上一個隨行大夫和衛韞給她的暗衛，連夜出府。

她日夜兼程先趕到昆陽與衛秋會合，顧楚生向來是覺得「最危險的地方就是最安全」的地方的人，怕是不會立刻離開昆陽，應該會在昆陽先逗留一段時間，讓姚勇放鬆警惕後才上路。

楚瑜帶著人化名到了昆陽後，衛秋便領著楚瑜來到顧楚生失蹤的地方，如今水勢比起前幾天放緩了許多，衛秋指了顧楚生的落水的位置道：「他就是從這裡跳下去的。」

「跳下去之後人就沒見著了？」楚瑜看著河流，打量著周邊的模樣。

衛秋皺起眉頭：「人就突然不見了。」

楚瑜沒說話，這條護城河楚瑜熟悉，畢竟當年她和顧楚生在昆陽熬了許多年，鎮守在護城河邊上那頭石獅子，下方其實是空心的，河流過時，淹沒了下方，卻能多出大概半個人的空間，而石獅子上方張口處則是氣流所過之處，完全是一個用來藏人的地方。

人如果在河中掙扎著往什麼地方去，至少要上來呼吸，不可能就這麼不見了，唯一一個可能性是，當時顧楚生沒有走遠，在這裡藏著。

要進入石獅子內腹的路有些曲折，楚瑜一時半會兒也說不清楚，且又擔心去的人對環境觀察不夠細微，漏了顧楚生留下的記號。

於是楚瑜看著那石獅子，讓人給她在腰上繫了繩子，親自攀爬下去，落入河中後，她憋了口氣，來到了石獅子下方中空的位置，然後探頭。

此時正是白日，光從獅子口中落入，楚瑜便看清了牆上斑駁的血跡。

這血跡看上去留下得並不算久遠，楚瑜打量了血液的顏色和量之後，確定了顧楚生並沒有中毒和重傷，正打算離開時，她驟然看見一個符號。

那個符號是用尖銳的東西刻上去的，看上去極其小，可楚瑜仍舊辨認出那個符號所代表的意思——東。

楚瑜反應過來。

這其實是她和顧楚生、楚錦三個人玩耍時自己創出來的一種暗語，後來緊急之時她也多用這個方法和顧楚生聯絡。可此時此刻，為什麼顧楚生會在這裡留下這個痕跡？

是他和自己的人現在就用這個作為暗語，還是說……他知道她要來？

楚瑜愣了愣，一時之間居然覺得有點荒謬，顧楚生此時居然算著她會來找他？

是了，十五歲的楚瑜對他一片癡心，他又不是傻的，她的情誼他清清楚楚，如今落難，他又和衛府投誠，自然會猜想她會來找他。

楚瑜忍不住覺得有些好笑，這人未免太看高自己，她都已經嫁人了，他還以為自己這麼魅力無邊？

楚瑜一頭扎進水裡，游回岸上，長月和晚月忙上前架起簾子，讓楚瑜換了衣服，隨後便聽楚瑜提著劍道：「往上游去尋。」

顧楚生受了傷，往下游走會更加省力，往上游去，那就要逆著水往前，也不知道他是哪裡來的體力，做這樣的事。

可是這樣的選擇的確更加安全，楚瑜並不奇怪顧楚生的選擇，他一貫是個破釜沉舟的人，把自己逼到絕境，也不是一次兩次。

楚瑜帶著人往上游一路搜尋過去，很快就聽到有人叫喊：「這裡的樹枝被壓斷！」

楚瑜忙到了河流邊上，拂開樹枝查看片刻，又撚了一把泥土，細細嗅了一下，隨後起身道：「走。」

那泥土裡帶著血浸染後的味道，應該是顧楚生從這裡經過。

只是他這個人一貫小心，連清除痕跡到乾淨這件事都有些做不到了，可見他的情況的確不容樂觀。

顧楚生留了「東」的記號給她，她就沿著東邊一直尋找過去，走了沒多久，就聽到有人道：「夫人，這裡有碎布。」

楚瑜看了一眼，那染血的碎布，見長月已經掠了出去，片刻後，傳來長月的聲音：「夫人，這裡有斷枝，應該是從這裡去了。」

楚瑜沒說話。顧楚生偶然的失誤可能存在，但是留下碎布和斷枝這樣明顯指引路線的痕跡？

不可能，不是他的性格。

楚瑜思慮片刻，看向完全沒有人經過一般的東方，平靜道：「往東繼續搜查。」

所有人有些詫異，東邊的確看不出任何有人的痕跡。

可沒有人敢說什麼，就跟著楚瑜，一起往東邊搜尋過去。搜尋到夜裡，所有人都有些累了，長月發現有個山洞，同出楚瑜道：「夫人，我們先進山洞裡歇息一晚吧？」

楚瑜也有些疲憊，應了聲後，便由衛秋點了火把，往山洞裡走去。

衛家暗衛開路，晚月、長月和楚瑜的人跟在後面護衛，楚瑜走在中央，提著劍，腳步有些不穩。

這麼找了一天，楚瑜也有些累了，她想早早歇下，休息好了再找。

衛秋帶著人先進山洞，山洞崎嶇，衛秋恭敬道：「夫人小心腳下。」

楚瑜剛步入山洞，就是這一瞬間，衛秋手中火把猛地熄滅，楚瑜尚未來得及反應，就被一個人拉入懷中，利刃抵在她脖間，一片黑暗之中，她聽到顧楚生的聲音沙啞而起，啞著嗓音道：「不許動。」

他身上帶著泥土和血混合的味道，氣息急短，明顯很虛弱。他觸碰在她身上的手滾燙灼熱，和刀尖的冰寒兩相對比，格外明顯。楚瑜沒說話，衛秋點了火把，便看見楚瑜被顧楚生劫持在身前，顧楚生手握利刃，冷聲道：「誰都別動，不然我可保證不了這位夫人……」

話沒說完，顧楚生的目光落到長月憤怒的臉上，他的聲音猛地頓住。片刻後，他意識到來人是誰。

是楚瑜。

是他朝思暮想，費盡心機想要回華京去見一面的楚瑜！

他心跳得飛快，一時竟不知該說什麼，直到楚瑜冰冷的聲音響起來：「把刀拿開。」

聽到這話，顧楚生忙收了刀，將袖刀藏在袖中。楚瑜立刻從他身邊退了過來，衛秋忙上前去擋在顧楚生與楚瑜之間，冷著聲道：「你想做什麼？」

顧楚生目光落在楚瑜身上，根本挪不開半分。

十五歲的楚瑜並沒有上輩子最後那份死氣，此時此刻的她還生機勃勃，還鮮活動人，甚至在真的見到她的此刻，驟然覺得，原來十五歲的楚瑜，還帶著一份後來沒有的沉穩從容。

為什麼當年沒看到呢？

顧楚生審視著面前的楚瑜，回顧著少年的自己。

他花了二十年和楚瑜糾纏，又在楚瑜死後的二十年回憶她活著的時光，然後在這份回憶裡，一點點沉淪，追逐，直到無可自拔。

少年太過驕傲，那時明明喜歡著這個人，卻又在每次被她救的時候感受到深深的無力和尷尬。

她不是會溫婉說話的人，心思直得根本思索不到自己說了什麼。若是常人也就罷了，偏生遭遇過家變的他，又是那樣敏感的性子。

於是她每一句無心之言，都會成為他心裡的屈辱和嘲諷。

他們被追殺時，她扛著他跑，同他笑著說，顧楚生你這身體太弱了，大姑娘似的，以後還是得靠著我吃飯。

如今想來，這樣的話明明如此可愛，當年他卻只覺得屈辱和憤怒，於是回去提了劍，每天下午在庭院中，雷打不動練劍，一直到她再也贏不了他。

他們錯過了太多年，直到她死。

他習慣性的假作淡定，卻在日復一日的空寂裡慢慢回想起過往，直到他死在衛韞劍下時，他恍惚想「如果阿瑜在，必然不會捨得看他這樣」時，才猛地意識到，如果當年真的沒有半分喜歡，又怎麼會為了一句話，每日在庭院苦練多年？

他看著面前同長月說著話，抬手摸著自己脖頸上刀痕的楚瑜時，忍不住紅了眼，顫抖了唇。

衛秋見顧楚生一直不說話，一直盯著楚瑜，甚至慢慢哭出來，他心裡不由得產生莫名的慌張，他上前一步，擋住顧楚生的視線，厲喝道：「你在看什麼！我衛府大夫人是你能看的嗎！」

華京貴族府邸，能被稱為大夫人的只有一個，那就是掌管這個家中後院的女子。如今柳雪陽退後不再管事，衛韞雖然成為鎮北侯又未娶妻，於是衛府大夫人的名頭，就落在這個原世子夫人身上。

聽到這個稱呼，顧楚生驟然回神，見楚瑜看了過來，他忙垂下頭，收斂了心神，怕被人看出自己這份心思，退了一步道：「抱歉，驟遇故人，難免失態。」

他將眼中那份熱氣逼了回去，閉上眼睛平復了心情後，才再次抬起頭，朝著眾人緩緩一笑，拱手道：「在下顧楚生，見過大夫人。」

楚瑜沒說話，她看著面前的顧楚生，覺得面前的人有幾分怪異。

她打量著他，他過往從來不對她笑。顧楚生這個人，在外長袖善舞，誰都說他脾氣好，卻唯獨對她，從未有過好臉色，不是冷嘲熱諷，就是冷漠無言。

可此時此刻，他靜靜瞧著她，眼裡還帶著沒退完的水汽，唇邊帶著近乎完美的微笑。然而那笑意卻並不讓人覺得虛偽，反而讓楚瑜覺得，他似乎……

他似乎，是想讓自己用一個最好的姿態，面對她。

一想到這一點，楚瑜便覺得荒謬。

她收斂自己天馬行空的想法，從衛秋身後走出來，朝著顧楚生行了個禮，恭敬道：「見過顧大人，妾身奉鎮國候之命前來，保護顧大人進京，不知顧大人此刻情況如何，可否立刻啟程？」

楚瑜冰冷的態度讓顧楚生愣了愣，但他立刻明白過來。楚瑜是一個極有責任感的人，她既然嫁了衛珺，哪怕衛珺死了，只要她還是衛家大夫人一日，便會保著衛家的名聲，絕不會做出有損衛家聲譽的事，更不會做對不起衛珺的事。

當年她當了顧夫人，也是這樣苛求自己，家裡吵得天翻地覆，她也沒在外面讓他有過半分難堪。他是她曾經相約私奔的人，她如今見他，自然要有距離。

顧楚生心裡酸澀，卻配合楚瑜，沒有多說什麼，只是道：「好。」

說著，他抬頭看著楚瑜，溫和道：「妳說什麼都好。」

聽到這話，在場眾人內心升起一種怪異感。楚瑜假作什麼都沒聽到，抬手道：「大人請。」

顧楚生點了點頭，撐著自己走出去。

他身上明顯帶了傷，血染透了衣服，可他卻一聲不吭，楚瑜說讓他走，他就走。

長月和晚月知道兩人的過往，雖然有些奇怪，但到底是能猜測出來幾分，沒有多話。

衛家的暗衛卻是有些憋不住了，一群人跟在楚瑜身後，其中一個忍不住上前同衛秋道：「那賊子看大夫人眼神不對啊。」

「你當我瞎嗎？」衛秋淡淡瞟過去，就顧楚生那眼神，已經不是能用狂熱來形容的了。衛秋抱著劍，冷著聲音：「不過他現在也沒做什麼，先看著吧。等到了華京，有小侯爺收拾他。」

「要是沒到華京他就做什麼呢？」

衛秋沒說話，片刻後，他慢慢道：「那就看大夫人的意思了。」

侍衛們在後面嘀嘀咕咕的時候，顧楚生跟在楚瑜身後，往外面去牽馬。

楚瑜走得快，一點都沒照顧他，甚至因他這麼跟著，生出幾許煩躁來。

她不想和顧楚生牽扯那麼多，牽扯上一輩子已經夠了，還要牽扯這輩子？想都別想！

楚瑜忍不住加快腳步，顧楚生卻不緊不慢跟著，他的傷口因動作太大掙出血來，他卻不覺得疼，跟在楚瑜身後，看著楚瑜活在他身邊，他就覺得有那麼一絲甜蜜湧上來。

楚瑜走到馬邊，回頭時才發現顧楚生的傷口已經再次出血，她皺了皺眉頭，詢問道：「你當真撐得住？」

要是半路死了，她這趟就白來了。

聽到楚瑜問他，他微微一愣，隨後便覺得巨大狂喜湧上來。

她再如何遮掩，終究是喜歡他的！

他抿了抿唇，低頭想藏住笑，楚瑜被他這個舉動嚇得頭皮發麻，總覺得面前這個人似乎腦子有坑，不能以正常人論。

「可以的。」顧楚生小聲道：「妳別擔心，妳在我身邊，我就沒事兒。」

聽到這話，楚瑜突然有種破口大罵的衝動。她原在軍營也是學了很多罵人的話，只是後來當了顧夫人，被他糾正了多年，才改了過來。如今再次見到他，他居然能在這麼短短一刻間讓她有重溫技能的能力，也算是本事了。

她板著臉扭過頭，翻身上馬道「我看你狀態還挺好，上馬吧。」

顧楚生輕輕一笑，歪頭道：「好。」

說著，他便嘗試著翻上馬去。可他體力不支，幾次都翻不上去，旁邊的人都上馬等候了，就他在那裡艱難爬著。

他沒和別人求助，就在這裡較勁兒。楚瑜不明白顧楚生怎麼是現在這個樣子，她心裡有些雜亂，冷著聲音道：「衛秋，你幫他一把。」

衛秋愣了愣，隨後露出一臉嫌棄，抬手扶了顧楚生一把，顧楚生剛坐上馬，楚瑜就駕馬衝了出去。

顧楚生連忙拍馬追上，馬顛簸得他唇齒之間全是血氣，晚月看了一眼，不由得擔心，她向來心細，上前追到楚瑜身邊，小聲道：「顧公子看上去不太行，這樣顛簸下去，夫人妳有什麼氣，也等先把小侯爺的事兒辦完再發。」

聽到這話，楚瑜微微一愣。

是了，她有什麼好煩好置氣的呢？

如今十七歲的顧楚生，沒有半分對不起她。她固執要追著他去，他奮力拒絕，除此之外，在十七歲之前，他們其實並沒有太大的交集。

就算有，也不過就是，十二歲戰場之上，顧楚生救了她。

至此之後，逢年過節，顧楚生來楚家拜訪，給楚錦一份禮物，給她一份。然後和楚錦一起玩耍，她來作陪。

最後一場交集，也不過是他落魄之後，她單方面贈送東西給他，給他寫了情書，約著他私奔。

她送的東西，他都一分錢不少的退了回來。而她約他私奔的信，也被他送了回來。

十七歲這年，顧楚生不過是一個不喜歡她的人。

再多的怨恨，也不該報復在什麼都沒做的人身上。

為了洩憤去報復一個無辜的人，哪怕自己的憤怒是因為未來的那個人，這也是一種惡。

一個人可以不為善，卻不能作惡。

楚瑜慢慢平復心情，她看了緊跟在後面的顧楚生一眼，放慢了馬，同後面的人淡道：「慢一點吧，不著急。」

大家聽到楚瑜的命令，便放緩了速度。楚瑜叫人扔了一瓶藥給顧楚生，平靜道：「先吃了補充體力，很快到了客棧，我讓人你給看診。」

聽到她的話，顧楚生彎了眉眼，溫和道：「嗯。」

楚瑜不再看他，走到前方。顧楚生握著那瓶子，打開瓶蓋，小心翼翼吃了一顆，隨後珍而貴之的放在胸口。

一行人大概行了半個時辰，便尋到一家客棧。顧楚生身上帶著傷，容易引起注意，楚瑜便讓人給他披了外袍，隨後讓衛秋扶住他，偽裝成一個病弱公子帶著妹妹出行的模樣，住進客棧之中。

顧楚生咳嗽著上了客房，客棧裡其他人還在聊天。

「姚勇在整個州府緝拿那個顧楚生，賞金兩萬兩黃金，要是我能拿到，後半輩子都不愁了呢！」

楚瑜瞟了那兩人一眼，一言不發。顧楚生化了偽裝，神色坦坦蕩蕩，從那兩人面前過去，都沒被認出來。

顧楚生進了客棧，剛進去便倒了下去，衛秋連忙叫大夫過來，大夫進來給顧楚生診脈之後，連忙開了方子拿下去。

其中有幾味藥十分名貴，在這窮鄉僻野絕對取不到，好在楚瑜來時做好了充足準備，這些常用的名貴藥材，應有盡有。

一群人忙了一夜，顧楚生總算平穩下來，大夫擦了一把冷汗，有些感慨道：「這人真是狠人啊。普通人像他這樣的傷勢，早就倒下了。」

楚瑜沒說話，她看著顧楚生睡夢中緊皺著的眉頭，心裡不由得有了幾分敬意。

「行了。」她看了看外面的天色，同旁邊人道：「衛秋安排一下，該休息的休息，明天還要趕路，別耗著了。」

「是。」衛秋領了命令，楚瑜便帶著晚月和長月走了出去。出門前，她聽見顧楚生一聲嘶啞的低喃：「阿瑜……」

楚瑜愣了愣，隨後她掏了掏耳朵。

她想，她大概是出現了幻覺。

旁邊長月有些疑惑她的舉動，奇怪道：「夫人妳在做什麼？」

「趕緊給我顆糖丸，」楚瑜連忙伸手，一臉驚恐道：「我得給自己壓壓驚。」

長月和晚月知道楚瑜是在開玩笑，以往沒有出嫁時，她向來是這樣跳脫的性子。

而楚瑜則是發自內心的覺得，她是真心實意的想要壓壓驚。

顧楚生叫她的名字？不可能，絕對不可能。

如果說上輩子顧楚生最討厭的人是誰，楚瑜覺得，一定是自己。畢竟他這個人對誰都能彬彬有禮，唯獨對她從來是惡言相向。對誰都能以理智來衡量得失，對她就是厭惡已經超出了理智。

他叫她的名字，絕對不可能。

可是轉念一想，楚瑜又有些不確定了。

其實在她千里夜奔去找顧楚生之前，她對顧楚生並不算瞭解。那時候的顧楚生，在她心裡就是一個完美大哥哥的形象。那時的顧楚生對自己是什麼感情呢？

她不知道。

楚瑜驟然生出一個很自戀的念頭，難道顧楚生在最開始時是喜歡自己的？只是因為後來的某些事，或者她私奔的行為，反而轉變了這個態度？

總不能顧楚生也是重生回來的吧？

一想到這個，楚瑜立刻否決。

她和顧楚生糾纏的十二年，感情一步一步惡化，後來兩看相厭。兩人剛成婚的時候，情況還沒那麼惡劣，偶爾，顧楚生還是會對她好一下的，尤其是在顧楚生不太清醒的時候。比如那時候他們住的縣令府衙十分簡陋，夜裡漏風，有時候睡熟了，風吹進來，他會迷迷糊糊抱緊她，然後問她一聲：「冷不冷？」

可後來呢？

後來感情一步一步惡化下去，她看不慣他做的許多陰險小人之事，他看不慣看她毫無女子儀態的莽撞冒失，等回到華京楚錦出現，他要迎楚錦入府，兩人更是吵得不可開交。

她嫉妒得面目全非，他失態得面目可憎。

這段感情，或者說她單方面的感情，走到第十二年，唯有滿目瘡痍可言。

如果顧楚生是重生而來，怕此時此刻見到她，心裡不知道要有多噁心，必然是有多遠跑多遠，絕對不會慢一步。

回顧著上輩子，楚瑜內心那些可笑的念頭慢慢消失了。她不太想知道顧楚生為什麼唸她的名字，反正這輩子，這個人與自己，也無甚關係。

她回頭看了床上的顧楚生一眼，吩咐衛秋道：「好好照顧著，我先去休息了。」

說完她便回了自己屋中。

連日奔波，她也有些累了，如今的身體雖然比當年她病去時好很多，卻也不能太多折騰。

她這輩子要好好保命，好好惜命，再不能為無謂的人做傻事兒。

一覺睡得很好，楚瑜睡醒之後，長月、晚月伺候著她起來，顧楚生還在昏迷，楚瑜就帶著長月、晚月去逛會兒街，找了隻烤鴨，吃完之後，打包帶回去給衛秋。

回去的時候顧楚生總算醒了，楚瑜走進房間裡瞧他。

進去時顧楚生正在喝粥，七、八個衛家侍衛守在他身邊吃飯，楚瑜帶著烤鴨一進來，就是滿室生香，顧楚生抬起頭來瞧她，眼裡瞬間帶了光。楚瑜假裝看不見他的神色，將打包的烤鴨分給侍衛後，來到顧楚生身前。

顧楚生的目光落在那烤鴨上，沒有移開，楚瑜以為他是饞了，便道：「你現在先喝粥吧，不適合吃那些。」

聽了這話，顧楚生心裡微微顫動。

他已經很久沒接受楚瑜的關心了。

她死後二十年，無數人向他表達過關心，卻再也沒有一個人，會讓他覺得，那份關心是真切的，發自內心的。哪怕是楚錦，後半生噓寒問暖二十年，也沒有讓他覺得有過半分心安。

他捧著那碗粥，無數辛酸苦楚湧上來。

他想拉著她說這二十年，想告訴她，沒有她的二十年，他活得有多難。可是那些言語止於齒間，只有熱淚湧上來，在楚瑜說出那句：「快把粥喝了吧……」的瞬間，驟然落下。

楚瑜被顧楚生哭得嚇了一跳，後半句「別耽擱我們趕路」生生被逼了回去。她這輩子沒見過顧楚生哭，哪怕是在他父親被處死，落難那些年，他最難過的時候，也只是沙啞著同她說一句：「妳過來。」

然後他就抱住她，把頭埋在她的懷裡，顫抖著身子，咬緊牙關，一言不發。

少年的顧楚生有多驕傲她知道，所以在顧楚生哭的時候，她嚇得小心翼翼開口：「這……可是發生了什麼大事？」

顧楚生這輩子最痛苦的時候就是他爹死的時候，那時候都沒哭，怎麼現在卻哭了？難道還有比死爹更難過的事情不成？

還是說，這輩子她沒在他身邊，顧楚生性情大變了？

顧楚生一手抬著粥，一手抬手擦了擦眼淚，隨後抬起頭來，含笑道：「沒什麼，只是許久沒有人對我這樣好，一時傷感罷了。」

這個理由……楚瑜姑且相信了。

不然她也再找不出什麼理由了。

她看著面前的少年紅著眼，捧著粥，一時有些感慨，嘆了口氣道：「你趕緊喝粥喝藥修養吧，別想太多了，對養傷不利。我們還要趕緊起程……」

「那我們就起程吧。」顧楚生果斷道：「我還撐得住。」

「不用不用！」楚瑜被顧楚生這拼命三郎的架勢嚇到了，昨晚大夫才同她說過，這人對自己太狠了，再多狠一點就能把命給作沒了。她是來帶人回去告御狀的，不是來給他收屍的。於是她趕忙道：「你別亂動了，好好休息。現在也沒急到這個程度，你回去後還有一場仗有得打，給自己留點餘地。」

聽了這話，顧楚生思索片刻，終於點了點頭。

他低頭將粥給喝了，楚瑜便坐在一旁和侍衛們聊天吃烤鴨。

他靜靜在一旁看著，以前他最恨的就是楚瑜這不羈的性子，從來沒有男女之防，在軍營當著將士的面調侃，回家了除了面子上過得去，私下也全無大夫人的樣子。這樣的性子放在武將世家沒什麼，可放到書香門第出身的顧楚生眼裡，那就是大大的罪過。

然而二十年過去，他見過太多齷齪骯髒，此刻瞧著楚瑜嗑著瓜子，竟只覺得可愛。

只是楚瑜聊了半天，等他粥都喝完了，也沒同他說一句話，他心裡不由得有些難受。他雖然理解她如今是衛家大夫人，和衛家侍衛聊天沒什麼，和一個外人太過熱絡不好，卻仍舊扛不住自己內心那份心酸苦楚。

為什麼不重生得早一點……

顧楚生閉上眼睛，有些怨恨自己。重生在他還是顧家大公子，重生在楚瑜還沒嫁人時，他無論如何，也要去搶了這門婚事才是。

他深吸一口氣，慢慢張開眼睛，終於打算主動一點，於是開口道：「大夫人。」

楚瑜聽顧楚生這麼喚她，心裡十分愜意，轉過頭看他：「顧大人何事？」

「有些事想與大夫人商議，大夫人可否摒退周邊？」

楚瑜沒想到顧楚生會說這話，她瞧了衛秋一眼，見衛秋面色平靜，完全無妨的模樣。楚瑜猶豫片刻，知曉顧楚生此人從來不會隨便行事，必然是有什麼重要的話，才要摒退周邊的人。於是她想了想，抬手道：「那煩請顧公子放簾吧。」

讓顧楚生把床簾放下來，隔著兩人相見，這也算是楚瑜的態度了。

顧楚生沒想到楚瑜會說這樣的話，愣了片刻之後，覺得心裡有些苦澀。

他與她夫妻一輩子，從來沒有隔著簾子見過。

然而他面上只能保持平靜，抬了抬手道：「請下簾。」

晚月、長月上前，替顧楚生放下床簾，楚瑜朝衛秋點了點頭，衛秋便帶著眾人走了出去。等聽見房門關上，楚瑜坐在桌邊，平靜道：「顧大人有事可以說了。」

「這一次妳過來，是衛韞派來的吧？」

顧楚生聽著楚瑜的聲音在外面，心裡酸澀無比。如今房裡沒有人了，楚瑜卻還是這樣的態度，擺明是要同他劃清界限。

可是不應該的啊……

顧楚生想不明白，她這樣喜歡他，願意為他拋了所有名譽私奔，怎麼就……這樣了呢？

顧楚生克制著自己的情緒，聽外面楚瑜道：「正是小侯爺派妾身前來救顧大人，如今張燈已為我衛府所救，顧大人所做所為，我衛府均已悉知，如今顧大人為姚勇追殺，小侯爺擔心顧大人安危，便讓妾身過來，救顧大人回京之後，將姚勇之事呈稟聖上，為顧大人主持一個公道。」

顧楚生沒說話，他聽著楚瑜一口一個「我衛府」，覺得內心彷彿被刀割一般。衛府和她什麼關係？衛珺死了，衛珺明明沒了，他們甚至沒有圓房，她可能見都沒見過那個男人，就要把一輩子送給那個男人了？

他腦中無數情緒翻湧，讓他一貫的理智幾乎要毀了去，可他仍舊控制著自己，看著床簾上繡著的梅花，平靜道：「小侯爺下一步，是打算讓我去告御狀，他再聯合其他人保我。就不知我和陛下耗著的時候，小侯爺還有什麼打算？」

楚瑜聽著顧楚生分析，顧楚生向來足智多謀，她一貫信服，便道：「顧大人說的打算，是指什麼打算？」

「我這份狀紙，也不過是在陛下心中埋顆種子，不知道小侯爺可有其他準備，給這顆種子澆水施肥，讓它生根發芽？」

「這個，自然是有的。」楚瑜為了給顧楚生安心，若讓顧楚生知道自己要單槍匹馬去扛姚勇，他絕對不會幹，只能安撫道：「顧大人只要做好自己的事，其他事情，小侯爺自會安排。」

「衛大夫人可知，顧某做此事，是搭著性命風險在做？」

顧楚生看著梅花搖搖晃晃，覺得自己已經壓抑不住了。人就在外面，他掀開簾子就能看到，他再往前一步就能擁抱。然而他此時此刻什麼都做不了，甚至還要叫一聲，衛大夫人。

楚瑜聽著顧楚生的話，不免笑了。她就知道顧楚生做這些事必有所圖，於是她抿了口茶，含笑道：「顧大人放心，事成之後，衛家絕不會虧待大人，顧大人想要什麼，大可說來。」

她想，此時此刻的顧楚生，要的不過是官場上那些好處，這點東西，哪怕顧楚生不說，她也會說動衛韞給，以顧楚生的能耐，只當個縣令，著實可惜了。

可是裡面的人卻是許久沒說話。

楚瑜有些疑惑，詢問了一聲：「顧大人？」

「阿瑜，」裡面的聲音終於再次響了起來，夾雜著顧楚生嘶啞的聲音：「如果我想要妳呢？」

這句話出來，楚瑜整個人懵了。

顧楚生閉上眼睛。

其實不該在此刻說出口的，可是他受不了了，他安耐不住了。他見不得她這樣雲淡風輕置身世外，也看不得自己這樣苦苦隱藏狼狽不堪。

以前多少人罵他顧楚生狼子野心，這話的確不錯。

他從來都是一匹孤狼，他看中什麼，就一定會咬死了，絕不放口。

「妳成婚前，曾給我一封信，邀我同妳私奔。」顧楚生慢慢睜開眼睛，撩起簾子，露出他精緻如玉的面容。

少年眼裡帶著血性，帶著狂熱的執著，他盯著楚瑜，認真開口：「我答應了，如今我來了，妳隨我走吧。」

楚瑜沒說話。

她沉默著，壓抑著自己的情緒。有那麼一瞬間，她怕自己一個衝動，跳起來捅面前這個人一刀。

他讓她跟他走。

這是什麼意思呢？

這句話，代表著他輕飄飄的，否認了她六年的努力，六年的苦楚，足足十二年，都被這句話否定得乾乾淨淨。

她愛他十二年，恨不得將心肝全給了這個人，就為了這一句話。可是他沒給她。反而在重生這一輩子，她什麼都沒給過他的時候，將這句話給了她。

是她錯了嗎？

上天讓她重生回來，就是要按著她的頭一巴掌抽過來告訴她，她錯了？

不是顧楚生年少時不愛她，是她磋磨了顧楚生的愛？

可她做錯了什麼呢？

她為了保護他費盡心思，傷痕累累。她在時光歲月裡磨平了稜角，變成了當年的顧大夫人。

她本來是可以一馬鞭把嘴碎的女人抽下馬回頭去熬十下軍棍的人，卻在他身邊學會了虛偽，學會了沉穩含著笑，像一個後宅婦人一樣和別人唇槍舌戰。

她本來是一個在戰後圍著篝火和將士們拍著酒罈子痛飲高歌的人，卻在嫁給他後，像猛虎一樣拔了自己的爪牙，成了一隻乖順的貓。

他總說她不好，看不慣她的做派，但如果他真的去看過，怎麼看不見，顧大夫人和楚瑜，根本就是兩個人。

她為愛情失去了自己，也難怪別人看不起她。

看著楚瑜沉默，顧楚生有些不安，忐忑道：「阿瑜……」

「不要這樣叫我。」

楚瑜驟然打斷他，顧楚生的臉色有些蒼白，楚瑜抬眼看著他。

少年的顧楚生，上沒有後來那股戾氣，後來顧楚生為官十二載，在官場之上，再也沒有少年時那份傲氣熱血。此刻她看著顧楚生，他還乾乾淨淨，她深深吸一口氣，壓抑自己翻湧的情緒，往後退了幾步，重新跪坐下來。

「年少不知世事，冒昧求君，是吾之過。」她靜靜看著他，眼神決絕：「然而，如今妾心已明，煩請顧大人將那少年玩笑之事，當做過眼雲煙吧。」

聽到這話，顧楚生慢慢捏緊了拳頭：「妾心已明？玩笑之事？有人將這事當做玩笑，有人會將私奔之事當開玩笑嗎？」

「妳喜歡我，妳自己心裡不清楚嗎？」

「清楚。」楚瑜看著顧楚生失態的模樣，自己反而平靜下來，她看著他紅腫的眼，語調平和：「妾身知道，自己年少時喜歡過大人，十二歲那年，那人紅衣駕馬而來，妾身不甚歡喜。」

聽到這話，顧楚生的眼淚再也止不住，慢慢落下來。

十二歲那年……

十二歲那年，城破之時，他本是出去報信，卻遙遙見到了那姑娘。

那是他第一次握住一個姑娘的手，也是第一次擁抱一個人。

在她死後，他無數次回想那個場景，那時的顧楚生還是顧家大公子，他意氣風發，少年自滿，那大概是他一生之中，最美好的年華。

他微微顫抖，抿緊了唇，眼淚簌簌。

他想阻止她後面的話，將所有言語停在這一刻。然而他知道，他得聽下去，只有聽下去，他才明白自己能做什麼。

「楚瑜所求，不過一份溫柔。出生以來，父兄不曾將楚瑜當女子，母親不曾將楚瑜當女子，於是在公子伸手那片刻，楚瑜當公子是救贖，故而我愛的不是公子，只是楚瑜以為的幻想。」

說著，楚瑜慢慢微笑起來：「直到嫁給世子，楚瑜方才知道，所謂感情，並非如此。」

「妳只見過他一面。」顧楚生沙啞提醒：「然後他就死了。」

楚瑜輕輕笑了：「雖然只有一面，可是舉手投足，他待我極好。顧公子給我的，不過是一個人對待一個普通女子的好，世子給我的，是如珠如寶。上戰場後，再忙之時，世子也不忘同我通信。我仰慕世子英雄豪情，他雖戰死於沙場，卻永存於妾身心中。」

顧楚生說不出話來，他捏著拳頭，全身顫抖。

疼啊，怎麼這麼疼呢。

他為什麼要重生這一遭，為什麼要回來，親耳聽著楚瑜說，她對他的愛情，只是一場自以為是。

她以為他不知道嗎？

他知道，可是他一直自欺欺人。那麼多年，他都知道她愛慕的是那頂天立地的英雄男兒，從來不是他這樣躲在黑暗之中玩弄權術的政客小人。如果她嚮往的是烈陽，他就是陰月。

她看錯了人，她自以為是對，只是她這人一向執著固執，才能一執著，就是六年。

六年後她終於受不了，要和他和離。

那一天他一直等著，她這猶如空中樓閣的愛，他怎麼不知道只是一場幻想。

有一天她會夢醒，有一天她會看清。

可是他卻沒有辦法，只能在這痛苦中，打著轉，再也出不來。

所以他多少次告訴自己討厭她，多少次告訴自己厭惡她，年少的時候說著說著就以為是真的了，直到她死了，再也說不出這樣傷人的話了，他才敢慢慢打開自己緊捏在手裡的紙，看清自己的心。

可為什麼要告訴他呢？

為什麼要在他抱著幻夢死去後，又把他拖過來，如此凌遲呢？

他看著她清澈溫和的眼，問不出聲來。

楚瑜見他不說話，只是落著淚，嘆了口氣，輕聲道：「少年冒昧之事，還請公子原諒則個。天高海闊，民生多艱，公子有經世之才，亦有凌雲之志，望日後大展宏圖，成我大楚之重器，護我大楚黎明百姓，」說著，她抬眼看他，慢慢道：「盛世江山。」

「我不！」顧楚生猛地出聲，他盯著楚瑜的眼睛，彷彿一個孩子一般，一字一句，咬牙出聲：「我不。」

憑什麼遂了她的願？

憑什麼她如此從容離開，還能要求他做這做那，她是他的誰？她憑什麼又這麼對他的行徑指指點點。

顧楚生彷彿回到當年和楚瑜爭執之時，她看不慣他小人行徑，斥責他不顧大局。他總是在同她吵，他恨極了她為了別人同他爭執。

他等著她說服他，責罵他。

然而楚瑜聽後，卻只是愣了愣，片刻後，她點了點頭：「也是，這是大人選擇，妾身不過是隨口一說，大人無需多想。」

說著，楚瑜起身道：「若無他事，妾身這就退下了。」

聽到這話，顧楚生愣了愣，他看著楚瑜走出去，沙啞著聲開口：「妳為什麼，不罵我？」

楚瑜有些奇怪，她站在門邊，回頭看他：「個人有個人的選擇，你與我又沒有什麼干係，我罵你作甚？」

「妳的意思是，」他的目光有些呆滯：「妳不喜歡我了，我和妳沒什麼關係了，所以我是個好人壞人，對於妳而言，都沒有關係了？」

「或許還是有的吧？」楚瑜嘆了口氣，輕笑道：「若顧大人是個壞人，要殺了顧大人，或許還頗費周折呢。」

「妳要殺我？」顧楚生聽到這話，慢慢笑出聲來，他撐著自己走下來，抽出掛在床邊的劍，將劍柄轉給她：「那妳來啊。」

楚瑜皺起眉頭，顧楚生看著劍尖指著自己，心中滿是快意，他大笑出聲：「妳來殺了我啊！」

楚瑜沒說話，她平靜地看著他：「你還沒做錯事，我殺你作甚？你若做錯了事，」楚瑜抬手將頭髮挽在耳後，目光看向遠方：「該是我殺，我自然不會手軟。不該我殺，自然有人殺你。」

「其他不說，」楚瑜笑聲裡帶著她自己都沒察覺出的思念：「你若禍國殃民，我們家小七那性子，怕是第一個就動手了。」

第十五章　顧楚生

聽到這話，顧楚生心裡一寒。

上輩子他就是衛韞殺的，楚瑜不在以後，他也不知道該求什麼。衛韞對皇家一直不滿，他卻是個十足的保皇派，為此爭鬥了近二十年。最後新皇看不慣衛韞，意圖設計他，衛韞便帶著人直殺入京中，而他奮力反抗，卻在最後被衛韞一封信澈底擊潰。

衛韞那封信裡告訴他，他手裡還留著楚瑜當年與衛家的婚書，問他要與不要。

所有人都以為這是衛韞的笑言，區區一封死了二十年的人的婚書，與天子安危怎麼比？顧楚生再糊塗，也不至於糊塗成這樣。

然而顧楚生卻知道，這是衛韞將他看透了。

他一生早已沒了什麼能求的，他苦苦追尋的，不過是那個人的幻影。別人說她死了，可她在他心裡，卻一直活著。

妻子與他人的婚書，自然是要拿回來的。

於是他打開了華京城門，立於城門之前。那時候按照他的謀算，再守城一天，衛韞就撐不住了。

可是他還是輸了，輸在二十年前死去的故人手裡。

楚瑜的話，可謂一語成箴。

他不恨衛韞，甚至還有點感激他，至少給他的死，找到一個理由。他本就是遊蕩於人世的孤魂，又有什麼好求？

他沒再言語，楚瑜見他無話，轉身離開。

顧楚生提著劍慢慢放下，頹然地坐在床上，整個人都亂了。

楚瑜走出門後，長月、晚月趕緊迎了上來，擔憂道：「夫人，他沒做什麼吧？」

聽到這話，衛秋抬頭朝楚瑜看了一眼。楚瑜趕忙笑笑：「就他那身子骨，能對我做什麼？行了該做什麼做什麼吧，等他休養好了，我們便起程。」

有了楚瑜這話，大家才開始各自忙碌開去，楚瑜和晚月、長月回到自己的房間，剛進房門，晚月便焦急地上前道：「夫人妳同他沒說什麼罷？」

楚瑜知道晚月的擔憂，晚月向來是個聰明的，當初她執著要私奔，也是晚月死命攔著。晚月知道她對顧楚生情深，就怕她此刻做什麼傻事。

楚瑜笑了笑：「別擔心，沒說什麼。就是他邀請我一起私奔。」

一聽這話，兩個侍女頓時睜大了眼，長月提劍就轉身道：「我去殺了他。」

「回來！」晚月忙出了聲，叫住這脾氣暴躁的妹妹，回頭鄭重地看著楚瑜道：「夫人可答應了？」

楚瑜一看她們著急的樣子就覺得好笑，她翻開茶杯，將茶水倒入陶泥杯中，笑著道：「哪兒能啊，我又不傻。我同他說了，我已經嫁人了，還挺喜歡衛珺的，打算給他守寡呢。」

聽到這話，晚月舒了口氣，她瞧著楚瑜，面上露出幾分欣慰：「小姐總算長大了。」

她沒有用「夫人」，而是她未出閣時的「小姐」，楚瑜喝茶的動作頓了頓，抬頭看向晚月，見對方眼中不含雜質的眼神。

上輩子長月走得早，也就晚月一直陪著她。後來她讓晚月出嫁，看在顧楚生的面子上，加上晚月圓滑，倒也嫁的不錯，成為一位富商的妻子。她嫁人後，經常來看望楚瑜，多有照顧，一直到楚瑜死前，也是她照顧伺候。

看到這如長姐一樣的人，楚瑜不禁有些心酸。她的聲音有些艱澀，慢慢道：「這些年我不懂事，讓妳費心了。」

「無妨的，」晚月神色溫和：「夫人能安好，我便心安。早點晚點，倒也沒什麼關係。」

怎麼沒關係？

上輩子，她就是懂事得太晚。

可這些話楚瑜說不出來，她輕輕笑了笑，換了話題道：「不過顧楚生既然有這個心思，以後我們還是避著些吧。」

晚月贊同地點頭，長月氣衝衝坐回來，劍往腳上一放，嘟囔道：「那就這麼放過他了？」

「那妳倒是說說，他是做錯了什麼，讓妳不放過？」

楚瑜含笑開口，逗弄著長月。長月張了張口，一時居然挑不出顧楚生的錯來，顧楚生與楚瑜無甚交集，唯一的衝突，不過是退了楚瑜那封私奔信。

長月憋了半天，終於道：「他瞎了眼才拒絕夫人！拒絕了還有臉回來？我看著他這賊子就想捅他一劍！」

「行啊。」楚瑜大大方方開口，長月「欸」了一聲，楚瑜笑著抬眼：「等仗打完了，他沒用了，妳有本事殺，我雙手贊成。妳要是缺利刃，我還能將我的寶劍奉上，借妳宰賊去！」

長月也不過是氣話，楚瑜真讓她殺，她也不敢，一口氣堵在胸口，過了好半天，終於嘆了口氣道：「罷了。」

因存了躲著顧楚生的心思，後面的時間楚瑜沒多去看他，兩天後，衛秋來稟報楚瑜顧楚生的傷勢好得差不多了，可以上路的消息後，楚瑜便立刻帶人出發。

一行人用著偽造的通關文牒，偽裝成送病弱公子進京就醫的商人，一路暢通無阻往華京趕去。

臨到華京前，所有人有些累了，眼見著華京就在前方，楚瑜算了算時間，便決定先住店休息，同時讓人進華京向衛韞告知即將到達的消息。

一行人進店的時候，店裡沒有多少人，小二上前招呼，笑著問：「公子是打尖還是住店？」

顧楚生由衛秋攙扶著，輕咳幾聲，轉頭看向楚瑜，楚瑜忙上前道：「我們住店。」

說著，楚瑜與小二點了人數，定了房間。一行人坐下來吃飯，衛秋暗中先將呈上來的東西驗過毒後，這才讓所有人進食。

店裡客人不多，沒多久，另一行大漢提刀笑著走了進來，大漢們上來就要了熱酒，在一旁鬧鬨哄，讓整個酒館瞬間熱鬧起來。

顧楚生瞟了來人一眼，沒有說話。一個大漢喝了幾口之後，端著酒來到楚瑜面前，笑著同眾人道：「喲，這小娘子好俊俏啊。」

「大膽！」一個侍衛猛地站起來。

旁人大笑起來，那大漢轉頭道：「這小雞仔同老子說大膽呢？」

說著，大漢轉過頭去，同那人笑道：「老子就是大膽怎麼了？老子不但要說小娘子漂亮，還要搶她去快活……」

話沒說完，衛秋的劍就送了出去。

楚瑜抿了口酒，聽顧楚生急促地咳嗽起來。楚瑜忙做著急的模樣過去：「哥哥你怎麼了？」

聽見咳嗽之聲，衛秋這才想起如今是什麼時候，他慌忙收劍，對方卻是不依不饒。

顧楚生朝著楚瑜伸出手，急促咳嗽著，楚瑜忙上前扶住顧楚生：「哥哥你怎麼了？先上樓去歇息吧！」

說著，她扶著顧楚生便往上去，晚月、長月跟著，那些大漢還想上前，衛家侍衛頓時橫刀攔住。

楚瑜跟著顧楚生剛上樓，顧楚生便立刻拉住楚瑜，急促道：「是姚勇的人，趕緊走！」

楚瑜來不及問顧楚生怎麼認出來的，吹了聲口哨，便拉著顧楚生飛快衝過長廊，直接從窗戶跳了下去。

夜色已黑，然而楚瑜和顧楚生落下的瞬間，數支羽箭便朝著他們的方向射了過來！

顧楚生將外套朝著羽箭的方向一扔，瞬間遮住對方的視線，楚瑜就著這個機會提著他，兔起鶻落便朝著林子衝了進去。

衛秋等人聽到哨聲便知道不對，立刻追了出去，然而對方明顯已經摸清了他們的實力，來的人是他們兩倍之多，將他們團團圍住。

晚月、長月斷後，楚瑜看了一眼便知道情形不對，她皺起眉頭，又吹了一聲口哨。

圍著晚月、長月的人瞬間知道了楚瑜的位置，朝著楚瑜的方向衝了過來，楚瑜將顧楚生往密林一個方向一扔，急促地說了句：「躲著別出來。」

隨後便朝著林子裡衝了進去。

許多殺手追著楚瑜，楚瑜埋伏在樹上不動，那些人就開始圍著圈打著轉。

顧楚生看了楚瑜的位置一眼，他手裡撚了塊石頭，便朝著楚瑜的反方向扔了過去。

「那裡！」

眾人朝著顧楚生扔石頭的方向追了過去，楚瑜瞬間明白了顧楚生的意思，在那些人穿過她腳下後，倒掛著一刀劍光過去，直接從後面收了一批人頭，而後瞬間換了一棵樹，再也不動彈。

血流了一地，遠處是衛家侍衛和敵人打鬥的聲音，然而林子裡卻是安靜得可怕。

一個面容冷峻的青年背著刀走了進來，冷著聲道：「你們在等什麼？」

「大……大人……」侍衛顫著聲道：「他們藏在樹上，我們找不到！」

青年沒說話，背後大刀猛地的扔了出去，在空中旋轉著砍過大樹，瞬息之間，十幾棵大樹搖搖欲墜，而楚瑜所在那一顆正是其中之一！

楚瑜沒有辦法，縱身一躍，就是這瞬間，青年提著大刀，猛地撲了上來！

那刀法又狠又快，楚瑜靈活躲閃，卻仍舊覺得有些吃力，顧楚生在暗處算著兩人的路數，刻意遮掩了呼吸，一言不發。

十幾個殺手圍住楚瑜，楚瑜艱難躲閃，刀光在夜色中帶著寒意，楚瑜的長劍根本不敢硬接。顧楚生躲在暗處，眼見著一個侍衛朝著楚瑜刺去，他再也安耐不住，手中石子朝著那人彈了出去！

就在這瞬間，持刀青年朝著顧楚生的方向奔襲而來，楚瑜的長劍直追而去，顧楚生握緊了袖中短刀，就等著那人急襲瞬間。

誰知那人卻是半路猛地用一陣掌風掃過顧楚生藏身的密林，顧楚生本已受傷，被這掌風一推，便重重摔了出去，撞在樹上，吐出血來。

確認了顧楚生的情形後，青年揮刀砍向顧楚生，楚瑜連忙跟上，在青年刀鋒來時，將顧楚生往邊上一拖，那刀刃眼見著要砍向楚瑜，顧楚生腦子一嗡，便朝著楚瑜撲了過去，刀猛地砍在顧楚生身上，血濺了楚瑜一臉。眼見著第二刀就要落下，卻突聞箭聲疾馳而來，於夜色中劃出銀光，青年一個迴旋躲閃開去，旋即又是三支箭從三個不同的方向落來。

那箭不是直直過來，而是先射到樹上再折過去，但每一次角度都極其刁鑽，縱是青年身形敏捷，卻也在第三箭被直接釘在了樹上。

青年大怒，拔了箭紅著眼就朝著楚瑜砍去，這瞬間，少年白衣長槍，從馬上直接翻身落到楚瑜身前，不帶半分猶豫，直指青年。

那槍法大開大合，每一擊都彷彿帶了泰山傾崩千鈞之勢，青年受了那一箭，行為遲鈍許多，周邊許多幫手圍上來，楚瑜將顧楚生一扔，便衝入戰局，攔住了周邊殺手。

槍如遊龍翱翔於夜色，青年被來人逼得節節敗退，而對方堪堪不過少年，卻游刃有餘，沒有半分疲憊之色。

最後一槍如驚雷刺入青年肺腑，他被釘在樹上，鮮血流出來，他沙啞道：「你是誰？」

少年抬眼，漂亮的眼裡一片平靜。

「殺人者，衛家衛韞。」

音落之時，衛韞驟然收回長槍，對方一口血急促湧出，順著樹癱了下去。

衛韞並非一個人趕來，等他收拾完青年時，局勢也被控制住。衛韞提著長槍回身，疾步走到楚瑜面前，急促道：「可有大礙？」

「嗯？」楚瑜將劍甩回劍鞘中，回頭看去，有些奇怪道：「我又沒受傷，有什麼大礙？」

衛韞聽了這話，這才放心下來。旁人扶著顧楚生走過來，衛韞轉頭過去，打量著顧楚生。

此刻顧楚生穿著水藍色長衫，上面沾染了泥土和血跡，頭髮上的玉冠也在打鬥中落下，僅從衣著上看，不免有些狼狽。然而此人面色鎮定，神色清明，朝著衛韞走來時，帶了股衛韞僅在謝太傅之流常年混跡於朝堂的政客上才得見過的氣勢。

初初見面，衛韞便生了警惕。

而顧楚生也同時打量著衛韞。

他記得上輩子見衛韞的時候，其實應該要早一些。上一輩子沒有楚瑜，衛韞在天牢之中出來之後，就直奔戰場，當時白城已破，他撐著獨守昆陽，那時少年在夜裡帶兵而來，駕馬立於城門之外，仰頭看向城樓上的他，冷聲開口：「衛家衛韞，奉命前來守城。」

少年身上那股戾氣太重，重得讓他時隔三十多年再次回想起來，依舊記憶猶新。

然而如今看見衛韞，卻與當年截然不同。

今日的衛韞五官上並沒有多大變化，但上輩子那股戾氣卻全然不見，他和楚瑜並肩站著，白衣銀槍，立如青松修竹，笑帶朗月清風。

他朝他行了個禮，神色真摯道：「顧大人一路辛苦了，衛某來遲，讓顧大人受驚。」

其實按照他們兩人如今的身分，絕對算得上禮遇。顧楚生連忙回禮，面色恭敬道：「小侯爺抬舉，顧某被人追殺，卻還牽連侯爺，是顧某的不是。」

「此事具體如何，本侯心裡清楚。」衛韞看了周邊一眼，神色沉穩道：「不過此地不宜久留，還請顧大人上馬，我等速進華京之後，再做詳談。」

聽了這話，顧楚生沒有遲疑，點頭之後，三人便立刻上馬，往華京奔赴而去。

衛韞將顧楚生交給衛秋等人照看，同楚瑜領著人走在前方。

衛韞駕馬靠近楚瑜，打量著她，再次確認道：「嫂嫂真無大礙？」

「沒有。」楚瑜笑了笑：「我還沒真的開打呢，你就來了。手都沒熱起來。」

衛韞聽了這話，眼裡帶了微弱的笑意：「嫂嫂這就托大了，今日來的是漠北金刀張程，嫂嫂遇上他，怕是要吃點虧。」

衛韞這是實在話，楚瑜也明白，對上這種天生神力的人，她的確沒什麼辦法。她瞧了衛韞一眼，有些奇怪道：「我不是才讓人去報信，你怎麼就來了？」

「兩天前嫂嫂說妳到了天守關，我便算著日子等著，算著妳今日應該差不多到這附近，便過來看看。」

衛韞說得平淡，簡單的句子，卻全是關心。

從兩天前開始算著日子等，怕是擔憂太久了。

然而衛韞卻知道，他對楚瑜的行蹤如此清楚，不只是擔憂。楚瑜這麼一走十幾天，他打從回到華京後，就沒和楚瑜分開過這麼久，一時竟有些不習慣。

走在庭院長廊的時候總覺的該有楚瑜教導著小公子學武的笑聲，走到書房的時候總覺得會在某一瞬間聽見衛夏來報說楚瑜來了，甚至於吃飯的時候都覺得，他對面該坐著楚瑜，笑意盈盈同蔣純說著話。

人家說習慣這東西，久了就養成。他本來覺得，楚瑜多走幾日，他就好了。

結果卻是楚瑜走的時間越長，他越是記掛，甚至夜裡做夢，還會夢見她一身素衣，神情蕭索，跪坐在馬車裡，平靜地叫一聲，衛大人。

夢裡的楚瑜神色一片死寂，彷彿跋山涉水後走到絕境的旅人。

他在夢裡看著楚瑜的模樣，心疼得不行，想要問那麼一聲：「嫂嫂，妳怎麼了？」卻又驟然驚醒，見到天光。

於是他越等越焦急，得知楚瑜到了天守關，便親自來接。

只是這之前的事兒他也不會說，但就這麼幾句話，楚瑜還是聽得心頭一暖，感激道：「還好你今日來接了，不然今日不打到天明怕是回不去。」

衛韞沒說話，他拉著韁繩，看向前方。

楚瑜有些奇怪：「你怎的了？」

「我方才在想，」衛韞的聲音有些僵硬：「若嫂子今日遇了不測怎麼辦？」

「為了這樣一件不重要的事讓嫂子有了閃失，」衛韞僵硬著聲：「妳讓我心裡怎麼過得去這個坎。」

楚瑜微微愣了愣，來是她要求來的，做是她沒做好，衛韞不高興，倒也正常。她抿了抿唇道：「日後我不會如此莽撞。今日本該直接進京的，是我沒有……」

楚瑜的聲音漸漸小了，衛韞的面色沒變，楚瑜也察覺出來，衛韞在乎的並不是這件事她做得好與不好，而是她遇險這件事有一就有二。

楚瑜也無法承諾這輩子不會再遇到險情，本就是生在沙場上的人，誰又許諾得了誰生死？

兩人沉默著往華京趕去，第二日清晨才到了華京，入了衛府。

一進入府中，蔣純便帶著人迎了上來，焦急道：「這是怎麼的？路上我便收了信，說要備好大夫……」

說著，蔣純走到楚瑜面前，扶著楚瑜的手，上下打量著，關切道：「可有大礙？」

「沒什麼。」楚瑜尷尬擺手：「就是簡單遇伏，我沒受傷。」

「讓大夫給顧大人看看。」衛韞解了外套交給下人，脫了鞋走上長廊，吩咐道：「再尋一個女大夫給大夫人澈底問診。」

聽了這話，楚瑜面上露出無奈，蔣純抬眼有幾分疑惑地看向楚瑜，楚瑜嘆了口氣：「依他，都依他。」

衛韞腳下頓了頓，最後還是板著臉往屋裡去了。

顧楚生被送到客房去，他的傷勢嚴重得多，便調了衛府最好的大夫過去給他。

而蔣純確認楚瑜沒有什麼傷後，便先讓楚瑜去休息。

楚瑜這幾日一路奔波，也覺得有些疲憊，回了屋裡，連澡都沒洗，便直接倒在大床上睡了過去。

一覺睡到下午，楚瑜才慢慢醒來，讓人打了水沐浴，她正在水裡擦著身子，就聽到外面傳來衛韞的聲音：「嫂嫂呢？」

「大夫人還在沐浴。」長月在外恭敬道：「還請侯爺稍等片刻。」

衛韞沒有及時回話，似乎是愣了，過了片刻後，楚瑜聽他故作鎮定、卻不難聽出中間的慌張道：「那我去前廳等嫂嫂了。」

說完，他便轉身匆匆去了。

那逃一樣的腳步聲，讓楚瑜忍不住「噗嗤」笑出聲來。

她回頭瞧給她擦著身子的晚月，笑著道：「我這麼可怕？」

「小侯爺畢竟少年，」晚月給她淋水，有些無奈道：「羞澀也是人之常情。」

「我說，」楚瑜翻過身子，趴在浴桶邊緣，回想起衛珺迎親那日的場景，眼裡帶了溫度：「他們衛家的男人，好像很容易害羞。若以後小七娶親，是不是也是結結巴巴，半天說不出一句話來？」

「那是未來的事兒了。」晚月嘆了口氣，給楚瑜淋了水道：「小侯爺若是娶親，您也得為自己打算了。這衛府的大夫人終究只能有一個，到時候您年紀也不小了，也該為自己找個去路。」

「我該為自己找什麼去路？」楚瑜假作聽不懂晚月的話。

晚月抬眼瞧她：「您總不能真自己一個人過一輩子，無論如何說，孩子總得有一個吧？」

楚瑜沒說話。

她練的功夫路子偏陰，正常人練倒沒什麼，但上輩子她受過幾次傷，加上練功的路子不對，體質極其陰寒，不易受孕。

千辛萬苦終於要了一個孩子，那孩子最後卻認了楚錦作母親。

孩子給予她的，除了懷胎十月有過片刻溫暖，其他的記憶都十分不堪。雖然也知道那並非孩子的錯，但她對於孩子，也沒了期待。

「其實也無所謂吧。」她嘆息了一聲：「我自己一個人過，也挺好。」

「您說的是孩子話。」晚月有些無奈：「等您老了，便明白孩子的好了。」

楚瑜沒應聲，她隱約想起懷著孩子的那幾個月，她看著肚子一點一點點大起來那份心情。

過了好久後，她終於道：「若是能遇到合適的人，再說吧。」

晚月也沒再追著這個話題，她給楚瑜遞了巾帕擦了身子，披上衣衫，打了香露，擦了頭髮，楚瑜才往前廳去。

楚瑜走進前廳時，衛韞正跪坐在位子上，發著呆不知道在想什麼。楚瑜方步入屋中，叫了一聲：「小七？」

他這才抬起頭來，目光落到楚瑜身上，點了點頭道：「嫂嫂。」

冬日風寒，楚瑜的頭髮還沒徹底乾下來，便披著頭髮來了前廳。衛韞瞧見楚瑜這散著髮的模樣，不由得愣了愣，隨後忙讓人加了炭火，讓長月拿了帕子過來，皺眉同她道：「怎的沒將頭髮擦乾再來？妳濕著頭髮出來，也不怕老來頭風嗎？」

「哪裡有這樣嬌氣？」楚瑜笑了笑：「我想你必然有很多要問，便先過來同你說一下情況。這頭髮一時半會兒乾不了，我說完還得去吃飯，就先過來了。」

楚瑜是要去同蔣純、柳雪陽用膳的，當著她們的面不好說這些正事兒，只能先同衛韞說了。

衛韞早讓人備了點心，有些無奈道：「我早知道妳要吃東西，先墊著肚子，慢慢說吧。」

這時長月拿了巾帕進來，交給晚月，晚月跪坐在楚瑜身後，替楚瑜細細擦著頭髮。

楚瑜從到達昆陽開始講起，遮掩了顧楚生同她告白這一段後，將所經歷的事原原本本給衛韞說了一遍。衛韞敲著桌子聽完，慢慢道：「看來你們是在路上就被盯上了，不然他們準備得不會這樣充足。」

楚瑜應了一聲，衛韞抬眼看她：「還有一事，我有些冒昧。」

楚瑜有些奇怪，她看著衛韞的眼，瞧他目光平靜：「衛秋同我說，您與顧楚生曾獨處一室商議大事，不知這件大事是什麼？」

這話出口，衛韞就有些後悔了。

他其實不知道自己為什麼要問這話，這話聽上去，著實有那麼些不好聽，彷彿是他在懷疑楚瑜一般。然而他並不懷疑楚瑜，可不問，總覺得有些奇怪的東西在心裡撓著。左思右想，他將這歸為對楚瑜的關心，畢竟楚瑜的婚事，也是他要操心的事情，不能讓楚瑜被人隨隨便便騙了去。

楚瑜靜靜看著他，見衛韞將目光挪開，看向其他方向，她輕輕一笑：「侯爺可是疑我？」

「我沒有。」聽見這話，衛韞瞬間漲紅了臉，他有些孩子氣般急忙解釋道：「我就是問問，妳不說就罷了，又不是逼著妳說什麼，妳不說我又會想什麼？」

見衛韞紅著的臉，楚瑜心裡放下來。她大概猜出衛韞的意思，按照柳雪陽的性子，必然是拜託衛韞幫她物色夫婿人選的，如今衛韞問這事兒，怕是誤會她與顧楚生之間有什麼。

顧楚生青年才俊，從來都是家長心中的乘龍快婿人選，當然，除了他爹。但他爹的原因是他不大看得上顧楚生一個文臣，和顧楚生本人優秀與否無關。楚瑜知道柳雪陽一心想給她找個怎樣的，若是衛韞知道顧楚生的心思，多半是要告訴柳雪陽的，待他日顧楚生平步青雲，柳雪陽怕是會極力撮合。

多一事不如少一事，楚瑜便笑笑道：「你不是疑心我便好，他疑心甚重，也就是支開家僕，詢問我你的計畫而已。但你本也沒告訴我什麼計畫，我答了不知，也就沒什麼了。」

衛韞應了聲，沉默著點了點頭，沒有多問。

可他心裡卻是知曉，楚瑜並沒同他說實話。他抬頭看了楚瑜一眼。

如今已入夜，房間裡點了燈火，方才炭爐加得多了些，所有人都出了些細汗，楚瑜身上卻仍舊清爽如玉。

燭火之下，楚瑜的肌膚透出了玉色的光滑，看上去如同剛剝開的煮雞蛋一般，只是瞧著，便能想像到觸碰的感覺。

更要命的不僅是著白玉一般的肌膚，還有那纖長的頸部一路延伸下去，隨之而隆起的弧度。

沒有梳髮髻的女子帶著股慵懶的味道，彷彿午後曬在陽光下的貓，優雅散漫。

失去了平日的端莊與距離，面前這個人驟然變得觸手可及。於是莫名的念頭飛竄而出，又被巨石狠狠壓住，掙扎著想要掀翻那巨石，引驚濤駭浪。

衛韞不過只是平淡從楚瑜身上掃過，就凝在了那裡。

楚瑜平靜喝著茶，見他半天沒答話，不由得皺了皺眉，端著茶杯抬頭，疑惑道：「小七？」

女子軟語喚出他的名字，衛韞猛地清醒過來。他迅速收回神色，背上出了一身冷汗。

然而他面上猶自鎮定，慢慢道：「方才突然想起其他事兒，走了神。」

楚瑜點點頭，見衛韞不再追究她私人上的事，頗為滿意換了話題：「如今顧楚生來了，你打算如何安置？」

「先將傷養好。」衛韞灌下一大口茶，眼睛直直看著大門的方向，半點也不敢看向楚瑜，試圖讓自己冷靜下來，「等會兒我去找他，先問了情況，再做定奪。」

「也好。」楚瑜點點頭：「你可用膳了？」

「用了。」衛韞直直盯著前廳，只想趕緊離開。

他覺得此時此刻，氣氛似乎不太對，他向來五感敏銳，今日尤甚。他覺得整個空氣裡都瀰漫著一股蘭花香，是楚瑜慣常用著的那種，此刻在他鼻尖翻轉纏繞，然後慢慢鑽入他的鼻腔，讓人的心也跟著浮躁起來。

楚瑜沒察覺衛韞的不對，點了點頭道：「那我去飯廳陪同母親和阿純用飯，你要去找顧楚生便去吧，我先走了。」

衛韞垂著眼眸，從鼻腔裡發出一聲「嗯」。

楚瑜見他沒有其他吩咐，便站起身來，帶著長月、晚月走了。

等她走了許久，腳步聲澈底消失的時候，衛韞才慢慢抬起眼。

他的目光落在門外，彷彿月光下還有那人婀娜的影子。

衛夏有些疑惑道：「侯爺，您看什麼呢？」

衛韞沒說話。

衛夏追問，「侯爺？」

衛韞收了心神，站起身子，平靜道：「去找顧楚生吧。」

衛韞帶著衛秋、衛夏來到顧楚生房裡，顧楚生正跪坐在桌前喝粥。他已經包紮好傷口，傷口不深，不過傷了皮肉，倒也沒什麼大礙。他慣來是個講究的人，如今楚瑜不在，也沒什麼裝病的必要，便端端正正坐著進食。此刻聽見衛韞進來的聲音，顧楚生連忙起身。

衛韞大步跨進去，扶住準備行禮的顧楚生道：「顧大人無需多禮，您有傷在身，就不必如此了。」

顧楚生輕輕咳嗽起來，一面咳嗽一面道：「見到侯爺，應有的禮數還是要有。」

他說這話斷斷續續，卻是誠意十足。衛韞嘆了口氣，扶著顧楚生坐下道：「大人的誠意，衛某已經明白，還請大人莫要作踐自己身子了，為日後多做打算才是。」

聽到這話，顧楚生嘆了口氣：「給侯爺添麻煩了。」

衛韞搖了搖頭，顧楚生坐穩之後，衛韞才坐到另一邊小桌後，靜靜等著顧楚生氣息平穩。等了一會兒後，卻是顧楚生抬起頭來：「侯爺此時來，是想問顧某在昆陽之事吧？」

「顧大人之事，衛某有所耳聞，」衛韞實話實說：「但道聽塗說，不如顧大人親口所言。明白顧大人經歷了什麼，才好做下一步謀劃。」

衛韞平靜開口，顧楚生點了點頭，也為此早做好了準備。他慢慢道：「此事應當從衛家遇難前半月開始說起。」

衛韞聽到「衛家遇難」四字，眼神瞬間一冷，他面上卻是不動聲色，抬手道：「洗耳恭聽大人之言。」

「下官本為昆陽縣令，戰時肩負昆陽至白城一段糧草押運之責。衛家遇難前半月，下官押送糧草數量加大，從糧草數量，下官反推，當時在白城將士，前後應有近二十萬。」

彼時戰場上一共十九萬人馬，顧楚生這個數量估計得沒有大錯。

當時姚勇是祕密過來的，並沒對外宣揚，而姚勇帶來九萬人馬，更是沒有對外多說。

顧楚生僅憑自己押送的糧草數量就能意識到戰場上實際將士數量，倒的確是個能人。

「後來白帝谷一戰之後，下官聽聞衛家戰死七萬人，姚勇暫管帥印。下官便知事有蹊蹺，於是連夜趕往白帝谷勘查情況，然後在白帝谷山上見到青州軍的馬蹄印記。」

顧楚生說著，聲音裡帶了嘆息。衛韞慢慢捏緊了拳頭，顧楚生看了他一眼，接著道：「我心知此事不好，雖然不知道具體發生了什麼，但下官從來愛做最壞之猜想，若是姚勇與衛大人有鬥爭，那白帝谷一戰，罪名必然要全在衛家身上，而衛家剩下的兵力，姚勇也要努力耗盡。可罪名在衛家身上，衛小侯爺一旦入獄，衛家剩下的將士絕不會善罷甘休，不做些令天子惱懼之事便算了，哪裡還會甘心當人棋子，替人賣命？」

衛韞沒說話。

白城當時有衛家駐軍十萬，死了七萬，剩下三萬，他入獄後再無聯繫，他出獄後給衛家守軍的第一條命令就是，惜命保命，韜光養晦。

顧楚生將這局勢中所有人的心思猜到，讓衛韞不由得有些敬佩。

他坐直了身子，抿了口茶，繼續道：「衛家乃世代忠臣，不會在衛韞這裡成為亂臣賊子。」

顧楚生沒說話，他笑了笑，瞧著面前神色冷淡的少年，沒有將他的話接下去。

上輩子衛韞哪有半分忠臣的樣子？帝王輕言廢立，若非他顧楚生扛著，怕是他衛韞和曹阿滿無異。

他甚至能在御書房痛斥帝王：「我衛家忠黎民百姓，護九州安危，你天子算個什麼東西！」

如今同他說「忠義」，顧楚生覺得頗為可笑了些。

只是他面上不顯，繼續道：「衛姚鬥爭，必然要波及百姓。之後我都是親自押送糧草，隨時關心著白城動向。白城城坡前，我前去觀望過戰況，當時我便明白，以城內衛姚之情形，白城怕是守不下來。當天夜裡，我夜訪秦將軍府邸，同秦將軍言明來意，讓城破之時，秦將軍留兩千兵馬於我，於城中幾個關鍵點設伏。我提前聯絡好百姓，隨時做好抗敵準備。」

顧楚生說的秦將軍，便是如今衛家留在白城那三萬軍的首領，左將軍秦時月。

秦時月乃衛家家臣，然而顧楚生與他聯絡之事，卻沒有告訴衛韞。

衛韞皺起眉頭，顧楚生接著道：「是我讓秦將軍先不要同衛大人說，在下不做沒把握之事，等網鋪好，再與大人說也不遲。」

衛韞抬眼看他，顧楚生神色平淡，彷彿在撒網捕魚一般，平淡道：「白城在我找秦將軍當黎明時，因為兩軍均不肯抵抗城破，我便帶著衛家兩千兵馬和百姓抵抗疏散。因為衛家軍當時身著便衣，所有人便以為，是我一個人疏散了百姓。」

這樣說來，事情便明朗起來，衛韞大概明白了顧楚生的想法，抬手示意他繼續說。

「如此大功，姚勇決計不會給我，」顧楚生看了他的手勢，接著道：「我猜到他必然會獨攬此功。攬功之後，他對我無非兩個態度，要麼我依附歸順他，要麼對我趕盡殺絕。若是前者最好，我便混入他手下，再多收集些證據再動手不遲。若是後者也無妨，自然有第二個方法等著他。」

顧楚生說著這些，神色間不自覺帶了些神采，他端起茶輕抿一口，姿態風流大方，全然看不出是剛被追殺過的模樣，繼續道：「於是我先是將證人準備好送往了另一處，一旦我出事便會有人帶著他們趕往華京。同時派人向姚勇手下謀士公孫先生送禮，去試探姚勇的意思。從公孫此人的態度中，我揣測出姚勇要殺我，只是我沒想到他動手得這樣快，便只能讓張燈帶著證據先走，然後假裝順從跟著公孫先生去姚勇那裡，然後半路劫持公孫先生，跳入河中，藏到河內一隱蔽之處，在河中等了足足一天，再做了引路標記後，逆流去了上游。」

聽到這話，衛韞面上露出微妙的神色：「我聽聞你落河時已經受了傷？」

「是，」顧楚生也沒有否認，坦誠道：「下官武藝不佳，落河時為流矢所傷。」

「那你還在河裡待了一天？」

衛韞頗為震驚，十二月的河水溫度絕非常人所能忍受，雖然對於他們這些習武之人來說不會凍死，但也絕不是什麼好的體驗。

顧楚生有些無奈：「姚勇人多，必然沿著上下游找我，這是他抓我的最好機會，我若不在河中待上一天，任何時候出去都只是甕中捉鱉。我只能等他們追蹤過後，再出河中，只要能夠出去，他們再找我，那就難得多了。」

顧楚生說得輕描淡寫，衛秋等人聽著，卻不由得有些心裡發顫，只覺得這人對自己著實太狠。

「顧大人真乃大丈夫。」衛韞感慨了一聲，顧楚生知道他指的是什麼，不由得苦笑了一下。

他對自己算不得狠，要說真的狠的，怕是楚臨陽。

「侯爺謬贊，也只是被逼無奈了。」顧楚生笑了笑，接著道：「我上岸後，便找了一個山洞躲著。因為時刻準備著逃跑，身上帶著些乾糧，喝了山洞裡的積水，倒也沒餓死。然後我便等到了大夫人帶人前來。如今我證據都已經準備好，能夠證明當時衛家軍以及我安排疏散的證人也在來華京的路上，只等侯爺一聲令下，顧某便立刻去將此事捅出來，戳他姚勇一刀。」

衛韞沒說話，他斟酌著顧楚生的話語。

如果顧楚生所說為真，那顧楚生所作所為，就不僅僅是幫衛韞扳倒姚勇，甚至他還幫著衛家，又博得一個好名聲。

衛韞想到這些，心裡不由得一冷，他抬眼看向顧楚生，平靜道：「顧大人所作所為，衛某十分感激，但有幾個疑問，衛某卻不得不問。」

「您請。」顧楚生似乎已經料到衛韞要問什麼，神色一片泰然。

衛韞直接道：「您所做之事，處處都為我衛家著想，我衛家與顧大人既非故交，又非舊友，顧大人何苦犧牲前程為此？」

顧楚生抿了口茶，沒有回答這個問題，只是含笑問：「還有呢？」

「您所作所為，從頭到尾，似乎並不畏懼姚勇。甚至跳入河中後，還知道會有人來救你，留下了標誌指路。您是覺得誰會來救您？而留下那些痕跡，您不怕被人發現嗎？」

聽到這些話，顧楚生輕輕笑了。

「實不相瞞，下官之所以這樣拼著性命和前程做出如此舉動，其實有三個原因。」

「其一，姚勇此等小人不堪為謀，北狄此番來勢洶洶，若放縱此人，怕是大楚江山將盡毀於此人手中，顧某再如何心思卑劣，也是大楚兒郎，若國不國，又以何為家？故而欲聯手侯爺打壓姚勇，敢為侯爺馬前卒。」

衛韞沒說話，這些漂亮話，從來不是事情關鍵。

顧楚生也知道衛韞對這些不感興趣，接著道：「其二，顧某乃罪臣之子，若要穩步升遷，從九品縣令再回到我原來翰林學士的位置，怕是一輩子也未必能爬回去，只能兵行險招。望他日侯爺飛黃騰達，不忘顧某今日之誠意。」

「這個，你放心。」衛韞點了點頭，玩弄著手中茶杯，看著燭火，平靜道：「本侯向來是賞罰分明之人，絕不虧欠功臣。」

「不過，其實前兩個因由都不過是引子。讓顧某下定決心冒如此大險，全是因為，顧某想向小侯爺，求一個人。」

聽到這話，衛韞頓住轉動茶杯的動作，慢慢看了過來。

顧楚生在衛韞凌厲的目光下，神色不動，平靜道：「衛大人問顧某為何敢留下標記，是因顧某猜到，來救顧某的，必然是衛大夫人，顧某所留標記，乃年幼時與大夫人共同所創，唯有我二人才明白。」

聽著這話，所有人都感覺到周邊溫度迅速降了下去。顧楚生退了一步，展開袖子，將雙手交疊放於額頂，朝著衛韞大拜下去，聲音擲地有聲。

「顧某願不惜代價，求娶衛大夫人！」

衛韞沒有說話，所有人都察覺到，有肅殺之氣從衛韞身上傳來。衛韞握著茶杯，神色平靜，顧楚生跪拜在衛韞身前，一動也不動。

許久後，衛韞輕笑了一聲。

「區區九品縣令，罪臣之子，求娶我衛府大夫人——」

「顧楚生，」衛韞微微仰頭，眼中全是蔑視：「你配得起嗎？」

第十六章　一醉如夢

顧楚生皺了皺眉頭，覺得事情有些出乎他意料之外。

他和衛韞鬥了一輩子，自認還算了解這個人。他向來護短，對家人十分重視，也是很會尊重人的人，絕不會做強迫別人意願之事。

楚瑜所做之事，他在昆陽有所耳聞，以楚瑜這份恩情，衛韞必然是要銘記在心，替楚瑜謀劃未來的。

顧楚生之所以著急，也就是有這份考量，若是衛韞擅作主張，將楚瑜不聲不響嫁了，到時候未必有第二個早死的衛珺了。

雖然他確定此時楚瑜心中有自己，應當不會是衛韞說什麼是什麼，可世上之事多有變化，不怕一萬就怕萬一，於是顧楚生才如此著急回華京，先是設計姚勇投誠，並且向衛韞表明了自己的能力手腕，再同衛韞表明心意，言語間暗示他與楚瑜青梅竹馬情投意合。這樣一來，衛韞就算不即刻答應他，也應將自己當做備選。

然而衛韞此時如此直言嘲諷，顧楚生的確有些意外。

他深吸口氣，平靜道：「若是因下官如今權勢不足以匹配衛大夫人，那敢問侯爺，顧某官至何位，才有資格上門求娶？」

這話問出來，衛韞覺得自己怒得想要掀了這人桌子。

他也不知道自己在惱怒什麼，只是瞧著顧楚生這不屈不撓死纏爛打的臉，覺得格外可憎。

可他面色不顯，握著酒杯，一言不發。

什麼官位配的上？

衛韞也問自己，可是他想了許多，無論顧楚生是九品縣令，還是內閣大學士乃至當朝首輔，甚至有一日顧楚生他當了皇帝，衛韞都覺得，配不上。

他抬眼打量著顧楚生，顧楚生不由自主挺直了腰背。

客觀來說，顧楚生生得極好，斯文俊秀，看似文弱書生，但挺直腰背不卑不亢跪坐在他對面，便帶著文人特有的那份傲氣風骨。任何一個女子瞧見了，難免會稱讚幾聲。

華京以文弱風流為美，因此衛家的兒郎哪怕五官上生得更有顏色，與華京那些貴公子相比，卻還是差了幾分。而顧楚生乃書香門第顧家出生，自幼持禮守序，一舉一動自帶風流教養，端端就這麼看著，便覺得賞心悅目。

可衛韞卻是越看越難受，總覺得這人賊眉鼠眼面目可憎。

思索許久後，衛韞終於找出自己討厭這人的原因。

「你當初既然拒絕我嫂嫂，斷沒有回頭的道理。」他想到這件事，心裡竟不覺舒了口氣，他放下茶杯，冷著聲音：「我嫂嫂何等驕傲的女子，容得你呼之則來揮之則去？既然當初不好好珍惜，便莫在如今惺惺作態。你若願意，你我繼續合作，好好謀你的前程。若不願意，便自請離去，以大人之謀略，怕不是非我衛家不可，我會讓人護送大人，直到大人尋到安身之所。」

顧楚生不說話，衛韞不願與他多說，起身欲走。然而剛剛轉身，顧楚生就慢慢笑了。

「侯爺說得極是，」顧楚生聲音平靜，衛韞慢慢回頭，看見顧楚生垂著眼眸，唇邊帶著笑意：「當初沒有好好珍惜，又怎是一言一語就能打動人心的？做了錯事兒得認，犯下的罪得償。下官明白。」

衛韞靜靜看他，等著顧楚生下一句。

顧楚生抬頭看向衛韞，神色中帶了懇求：「只是，原不原諒，這就是大夫人與在下之間的事，可否請侯爺尊重大夫人的意思，大夫人嫁與不嫁，將軍切勿強求。」

衛韞捏著拳頭，他覺得心裡有波瀾翻滾，然而他面上卻保持著冷漠的神色，只是應了聲：「可。」

她的意思，他什麼時候沒遵守過？

顧楚生就是白擔心。

看著顧楚生那放下心的眼神，衛韞忍不住刺他：「我不逼她嫁人，可顧楚生，不是每個人都會等在原地。有一天她會愛上別人，到時候，我也會親手送她出嫁，絕不阻攔。」

聽到這話，顧楚生微微一愣，隨後他輕笑起來，平靜道：「我明白。」

他那雲淡風輕的樣子，激得衛韞血氣翻湧。他本是想刺顧楚生，可話出來，卻覺得彷彿刺到自己。顧楚生那平靜的態度與自己張牙舞爪呈現鮮明對比，一瞬之間，衛韞覺得自己彷彿是一隻毛髮都沒長齊的小狗，對著一頭狼齜牙咆哮。

他心虛著犬吠低吼，他卻帶著股看過了世事的從容淡定。

這樣的對比讓衛韞內心酸楚，越和顧楚生相處，他越能明白，為什麼楚瑜會面對和自己哥哥那樣眾人稱讚的好婚事，仍舊願意拋棄一切，學著紅拂夜奔去找這個人。

他和自己哥哥一樣，俱是內心強大之人，和他這樣強撐淡定的少年幼犬截然不同。

衛韞不再與他多言，轉身大步離開。他憋著一口氣回了自己房中，將衛夏、衛秋等人全都趕了出去後，一腳踹翻了放花瓶的架子。

衛夏在外面聽見裡面劈里啪啦的聲響，忍不住抖了抖，衛秋轉身就走，衛夏追上去，小聲道：「你去哪兒啊？」

「找大夫人。」

衛秋用看傻子的表情看了衛夏一眼，衛夏頓時反應過來。

以前衛韞就是這性子，不高興了就砸東西，每次都是衛珺來攔著。如今衛珺不在了，也就楚瑜能攔衛韞了。柳雪陽是個不管事的，同她說此事，她只會說：「怎麼辦吶？那……要不就砸吧？砸累了就好了。」

可衛韞向來體力超群，等他砸累了，怕是能把衛府拆了。

於是衛夏催促衛秋道：「我看著，你趕緊去。」

衛秋「嗯」了一聲，便問了人去找楚瑜。

楚瑜剛在飯廳與柳雪陽用過飯，同家裡女眷聊著天。王嵐已經接近臨盆，所有人圍繞著王嵐問東問西，囑咐著王嵐該怎麼生產才會順利。楚瑜正笑著將手放在王嵐肚子上感受著胎動，衛秋便走了進來，恭敬道：「大夫人。」

楚瑜抬頭看了衛秋的臉色一眼，便知道衛秋是有事來了。

她笑著辭別了蔣純和柳雪陽，來到長廊，皺起眉頭道：「怎的了？」

「小侯爺和顧楚生談得不高興，在屋裡砸東西。」

聽到這話，楚瑜微微一愣。顧楚生的能力她知道，他既然費盡心思布了這麼大的局，應當不會在這個節骨眼上和衛韞爭執起來才是。而衛韞待人又向來心思寬廣，顧楚生不作妖，衛韞絕不會有什麼不高興。

於是楚瑜立刻覺得，必然是顧楚生此人又做什麼妖，她有些不滿，提步朝著衛韞房間走去：「你可知他們說了什麼？」

「不知。」衛秋冷靜回答。

其實他知道，但作為一個好侍衛，最基本的原則就是，主子的事兒，他什麼都不知道。哪怕他和衛夏什麼都看得清楚，可什麼也不該他們看清楚。一個人若是知道太多，看得太明白，就不容易活得長。

楚瑜知道從衛秋這裡也問不出什麼，就大步朝著衛韞房間走去，才到門口，就聽見裡面傳來一聲瓷器碎裂之聲，衛夏蹲在門口，抬手捂著耳朵，跟著聲音一起顫了一下。

楚瑜到了門前，抬手敲了門，就聽見裡面衛韞帶著氣性的聲音：「滾開，別煩我！」

「小七，是我。」

一聽這話，裡面的衛韞就愣了。他站在一片狼藉之間，那份和顧楚生對比出來的幼稚，在這狼藉裡顯得越發清晰刺眼。

衛韞抿緊了唇，僵硬著聲音道：「嫂嫂，今日我身體不適，有什麼事，還請嫂嫂改日再來吧。」

「哦，身體不適啊，」楚瑜在外面善解人意一般拉長了聲音，隨後帶著笑意：「那你開門，我來替你看看，到底我們小七這病，是在身上呢，還是在心上呢？」

衛韞不說話，楚瑜便將手放在門上，笑著道：「你不開，我就踹了？」

「別！」衛韞趕忙出聲，怕楚瑜踹門進來，看見這滿地的狼狽。衛韞深吸一口氣，終於道：「還請嫂嫂在門外稍後片刻吧，小七出來。」

楚瑜也不逼她，堂堂鎮國公被人看見這樣孩子氣的一面，怎麼也不體面。衛韞又是要面子的人，自然不會願意她此刻進屋去。於是楚瑜背過身子，負手立在長廊上，又同衛夏吩咐拿了酒和一些下酒菜過來，仰頭看著月亮。

衛韞見外面沒再做聲催促，他深吸一口氣，忙去鏡子前整理了衣衫，梳理了頭髮。他如今還不到束冠之年，雖然按照華京的風潮，像他這樣不及弱冠卻已為官的少年也可用髮冠做為裝飾，但並不強求。因此像衛韞這樣武將出身的人家，是不慣戴那些複雜的髮飾的，只用一根髮帶將頭髮一束，最多在束髮帶上做點文章，但樸素如衛韞，連髮帶都沒有任何墜飾。

這樣的髮帶簡單是簡單，但是沒有任何審美意識。以往衛韞不覺得，可今日打量了顧楚生後，看著這簡陋的髮帶，衛韞竟是生出幾分不滿來。

他覺得自己這番心思彆彆扭扭，也不知道自己是在想些什麼，擺弄了頭髮一會兒後，惱怒得將桌子一拍，便開門走了出去。

剛開門，便見到楚瑜負手而立，背對著他，仰頭看著天上明月。

她素衣廣袖，頭髮用一根紅色髮帶簡單束在身後，看上去頗有幾分名士不羈味道。

衛韞站在她身後瞧她，楚瑜聽到關門的聲響，笑著轉頭看了過去：「出來了？」

「嗯。」衛韞垂下眼眸，沒有多說，心裡不自覺湧起幾分自卑來，總覺得面前的人如月宮仙子落凡，自己只是人間莽撞少年郎，觸碰不得。

楚瑜招呼著他到了長廊邊上，這裡已經備好了水酒茶點，楚瑜靠著一根柱子坐下來，指了指水酒對面道：「坐吧。」

衛韞聽話地坐下來，楚瑜靠著柱子，曲著腿，執了一杯酒，含笑看著衛韞。衛韞則是腳搭在長廊邊上、手放在兩邊，垂著眼眸坐著，活像個小姑娘。

楚瑜不覺笑出聲來，卻也不敢在這個時候多激他，只是壓著笑意道：「是怎麼同顧楚生吵起來的，給我說說？」

「他這豎子，」衛韞也沒直說，扭頭叱責道：「輕狂！」

「嗯。」楚瑜點了點頭，這點她倒是贊成。顧楚生此人內心極其狂傲，於政治一事上完全是個狂熱賭徒，從來覺得自己不會輸。

想一想，怕是這樣的態度惹惱了衛韞。她笑了笑道：「他這人是這樣，有幾分才能的人多少有些脾氣，你日後見得多，要學著包容些。」

說著，她給衛韞倒了杯酒：「做大事者心思不能太過細膩，否則善妒多疑，日久天長，便會走到歪路上，也引不來良才效力。」

「嫂嫂說的，我都明白。」衛韞低著頭，任楚瑜將酒杯放在他手邊，垂眸道：「嫂嫂不如同給我說說，妳和顧楚生的事兒吧。」

其實本來不該問的，他不是想打聽楚瑜過去的人。可是聽著顧楚生說「他與楚瑜青梅竹馬」，還有「只有兩個人認出來的符號」，聽著楚瑜說她如何如何熟識顧楚生，顧楚生是什麼脾氣，他就有種莫名的排斥感湧上來。他覺得自己彷彿是個外人，他插入不了他們的世界，他甚至不知道，他們的世界經歷過什麼。

然而問出這句話後，衛韞就覺得失禮，忙道：「我就是好奇，不說也不妨事。」

「其實，也沒什麼。」

楚瑜垂著眼眸，從來沒有人問過她與顧楚生的事，彷彿她愛顧楚生這件事突如其來，她說愛，大家就坦然接受，也沒有人問過一句為什麼。

「我想我和他的事兒，得從我十二歲那年說起。」

楚瑜淡淡開口，其實她和顧楚生的開始並不複雜，戰場被救，從此長久的暗戀，被楚錦慫恿下私奔，然後被拒絕。

十五歲的楚瑜和顧楚生，十分簡單，僅此而已。

「遇到你哥哥後，我意識到其實我愛的不是顧楚生，我愛的是顧楚生給我的那份錯覺。十二歲那年他對我伸出手，我就以為他會給我愛，但其實他不會給，也沒有責任給。其實我和楚錦沒有多大差別，楚錦在家庭裡沒有感受過愛，於是她用盡方法手段去追求一個人對她好，我也是如此。」

上輩子她執著十二年，求的是這份心上的圓滿，年少時沒有得到，所以就拼命渴求。而回顧來看，楚錦用盡手段，與她所求，何嘗不是一樣？

她看明白了楚錦，也就看明白了自己。只是她這一路的感悟如何得來不能言明，只能用衛珺當幌子，說著自己的心得：「人心都會有殘缺，有不圓滿，可不能一直活在這份殘缺裡。」

「所以妳放棄了顧楚生？」衛韞皺起眉頭。

楚瑜輕輕一笑：「應該說，所以我放下了我的執念。而顧楚生……」

楚瑜抿了口酒，輕輕嘆息：「或許曾經喜歡過，可是放下了，就是放下了。如今瞧著他，也就覺得是個路人而已。若不是要幫著你，我與他大概今生今世，都不會再見了。」

衛韞沒有再把話接下去，他低頭看著腳下庭院裡的鵝卵石，許久後，他慢慢道：「其實我氣惱的不是顧楚生，是自己。」

「嗯？」楚瑜有些疑惑：「你氣惱自己什麼？」

衛韞沉默了一會兒，楚瑜便靜靜等著，過了好久，衛韞終於抬起頭來，認真看著楚瑜，有些忐忑道：「嫂嫂，我是不是太孩子氣了？」

聽了這話，楚瑜微微一愣，片刻後，卻是笑出聲來：「你是氣惱這個？」

「我與顧楚生，差別不過就是三歲，」衛韞抿了抿唇：「可我卻覺得，這人心智之深沉，讓我自慚形穢。與他相比較，我總覺得自己不過是虛張聲勢，刻意裝出來那份成熟。他卻是真的老謀深算，無論是拿捏情緒還是猜測人心，都精準得讓人覺得可怕。」

楚瑜聽著，喝了口酒：「你覺得自己在外是虛張聲勢，怎不知他在你面前也是虛張聲勢呢？」

少年時顧楚生是什麼樣子，她還記得。十七歲的顧楚生比十四歲的衛韞，半斤八兩，誰也不比誰好到哪裡去。都是天之驕子，不過是擅長方向不同，哪裡又來天差地別？

只是顧楚生畢竟年長，而且從小就是個會裝腔作勢的，怕是唬住了衛韞。

她抬手拍了拍衛韞的肩：「別沮喪了，你要真覺得自己比不上他，那你就努力。而且，我覺得吧，我們家小七哪兒都比他好，怎麼就比不上顧楚生了？」

聽了這話，衛韞抬起頭，認真道：「那我哪兒比他好？」

沒想到衛韞居然會這麼認真問這個問題，隨口一說的楚瑜當場愣了。

然而少年看著她的神色卻是清明認真，容不得半分欺騙猶豫。楚瑜沉默片刻後，慢慢道：「你比他好太多，我一時半會兒說不完。」

「那妳慢慢說，我慢慢聽。」衛韞端了酒杯，看著前方。

楚瑜無奈，靠在柱子上，盯著衛韞，開始認真思索：「你比他長得好。」

沒想到開口就是這個，衛韞不由得僵了僵，楚瑜見他似是被誇得害羞了，不由得撫掌大笑：「我們小七怕是不知道自己長得多好，你可知我在閨中時，你十三歲跟隨父親凱旋回來，我同眾位貴族小姐去迎接你們。當時我就坐在茶樓包廂裡，看見你們衛家子弟領軍入城。那天你跟在你哥哥身後，一出來，我就聽人家說，哎呀，那個小公子好俊啊，我一眼瞧見就挪不開了，長大後一定是華京第一美男啊。」

楚瑜浮誇地學著那小姐的口吻，說著說著，自己倒忍不住笑起來。衛韞靜靜瞧她：「那時候，嫂嫂也瞧見我了嗎？」

「瞧見了，」楚瑜回想著遙遠的過去，其實滿打滿算，應該已經過了十四年，然而當她刻意回想，卻感覺那回憶彷彿就在昨日一樣，她明明早該忘卻，仍舊在這一刻，想起了衛家子弟身著銀甲，意氣風發入城的模樣。楚瑜抿了口酒，嘆息：「一眼就看見了。」

聽到這話，衛韞心裡總算是舒展了些。

他發現自己果然還是耳根子軟，楚瑜說些好聽話，他就覺得開心。於是他再次追問：「除了長得好，我還有什麼比顧楚生好？」

楚瑜沒說話，她酒喝得多了些，抬眼看著少年此刻清澈的眼睛，那眼睛如寶石一樣，引人窺探往前。楚瑜忍不住往前探了探，將如玉的指間輕輕指在衛韞的胸口，如薄櫻一般的唇，吐出兩個字：「心正。」

「你如天上皎皎月，」她輕笑：「他似月下晚來香。阿韞，你不需要同他比較的。花開會敗，唯日月永恆。人一生唯有心正，才得長久。」

「聰慧也好、出身也罷，從不是最重要的，如何當一個人，才是人活一輩子，決定其命運的根本。」

衛韞沒說話，他的目光落在楚瑜指尖：「那麼，嫂嫂覺得，要如何當一個人呢？」

「無愧於人，無愧於心。」楚瑜靠回柱子上，嘆了口氣道：「別傷害他人，是做人的底線。但別傷害自己，是做自己的底線。」

「好難。」衛韞果斷道。

楚瑜笑開：「所以說，做人難啊。」

衛韞不說話了，他發現楚瑜總有一種莫名的力量，無論任何時候，她只要同他這麼簡簡單單說幾句話，他就覺得一切都會被安撫。時間、世界，彷彿與他們隔離，他們身處在一個獨立的空間裡，這個世界只有他們兩個人，安靜地說著話。

衛韞端起楚瑜的給他的酒，同她說著話，聽著楚瑜一句一句誇讚他。

她說話，他喝酒，兩個人肩並肩坐在長廊上，彷彿兩個孩子，訴說著所有心事與未來。

衛韞說他想為衛家報仇，想滅北狄，想讓國家有一個聖明的君主，想看海清河宴，四海升平。

楚瑜就說她想等天下安定了，想去蘭州，找一個山清水秀的地方，遇到一個自己喜歡的人，她想做什麼就做什麼，最好能養五隻貓兒，還要有個小魚塘。

衛韞喝了酒，有些睏了，他一喝酒就容易睏，楚瑜卻是越喝越亢奮的類型，他撐著自己問她：「為什麼想養五隻貓兒。」

「小時候在邊境，大哥不喜歡貓，」楚瑜比劃著：「我就一直沒養，可我隔壁有個妹子，她養了五隻貓，我每天饞啊，只能爬牆過去蹭貓玩。我那時候就想，等我以後長大，飛黃騰達，我一定要養五隻貓！」

衛韞聽著，支吾著應聲點頭，楚瑜越說越高興，細細描繪著未來嚮往的生活。說著說著，衛韞再也支援不住，突然倒在楚瑜肩頭，楚瑜微微一愣，她扭過頭去，看見衛韞毫無防備的睡顏，許久後，才慢慢回過神來。

她也不知道自己是怎麼了。

她總是看著這個孩子要強撐著自己當鎮北侯的樣子，當他驟然靠在自己肩頭時，她居然覺得有那麼幾分心疼。

衛韞其實很久沒睡好了。

昨日同樣是連夜奔波，她睡下時衛韞沒睡下，她醒來時衛韞仍舊醒著。如今她還神采奕奕，他卻已經撐不住倒在自己肩頭。

酒意上頭，她覺得自己身側這個人，彷彿是自己親弟弟一般。她不忍心挪動他，便讓衛夏拿了毯子來，蓋在他身上，坐著喝著酒，抬頭瞧著月亮。

也不知道過了多久，衛韞慢慢醒過來。他許久沒有睡得這樣沉過，茫然著睜了眼，就看到身側的楚瑜。

楚瑜提著小酒壺，朝他笑了笑：「醒了？」

夜風吹過來，衛韞酒醒了許多，他挺直身子，身上毛毯滑落下來，小聲應了聲：「嗯。」

「你醒了，我就走了。」楚瑜撐著自己站起來，她穿著寬大的袍子，頭髮隨意散著，手裡提了壺小酒，背對著他舉了舉酒瓶：「早點睡，回見了。」

說著，她便赤腳走在長廊上，轉身離了開去。

衛韞看著月光落在那人身上，風吹得女子廣袖長髮飛揚，她紅色的頭繩在一片素色中格外鮮明，手中小酒瓶上纏繞的紅色結穗跟隨著她的動作在空中蕩來蕩去，起起伏伏。

他就這麼靜靜瞧著，旁邊衛夏走過來，小心翼翼道：「侯爺，就寢吧？」

衛韞垂下眉眼，拿過楚瑜方才喝過的酒瓶，他突然特別想知道，楚瑜喝過的酒，是什麼味道。

他喝了一口，楚瑜喜歡喝的酒是果酒，帶著甜味，纏繞在唇齒之間，侵蝕得人意志全無，軟弱不堪。

他低頭看著手心裡的小酒瓶，許久後，站起身，同衛夏道：「以後嫂嫂喝的酒都要溫過後再送來，不然就不准她喝了。」

衛夏愣了愣，他張了張口，想說什麼，最後終究什麼都沒說。

第二日清晨醒來，衛韞再次去找顧楚生。

顧楚生正在換藥，他聽聞衛韞來了，不慌不忙讓人將傷口包紮好，這才往前來，恭恭敬敬行了個禮，隨後道：「侯爺今日前來，不知有何賜教？」

顧楚生說著，目光卻是不自覺打量向衛韞。

衛韞身上的氣質與昨日不同，昨日明明像一隻齜牙咧嘴將所有毛豎起來抵禦外敵的小獸，今日卻驟然收起了倒刺，展現出從容溫和的態度。

然而這份從容溫和卻非可欺，任何人瞧著他，都能察覺有一種無聲的壓迫感傳遞在他的舉手投足裡，不是刻意為之，只是因身處高位，與生俱來。

顧楚生不明白到底發生了什麼，只能沉默著等著衛韞開口。衛韞抿了口茶，神色平靜道：「衛某前來，是為昨日之事道歉。昨日衛某出口妄言，還往顧大人不要見怪。」

顧楚生沒想到衛韞居然是來說這個，他沉默著，等著衛韞接下來的話。

衛韞靜靜看著他：「你與我嫂嫂的事，我昨日已同嫂嫂談過。你們的事我不會管，我也不希望你們的事影響朝政之事。」

「這是自然。」顧楚生沒想到衛韞居然能將這些事分開，他抬頭看衛韞，十五歲的少年，經歷昨日那樣的惱怒，眉宇間卻不帶半分怨氣，反而真摯道：「顧大人要以做馬前卒換一個好前途，這是衛韞答應你。但嫂嫂之事不能作為此事賭注，顧大人知道吧？」

「明白。」顧楚生果斷點頭，也不遲疑。

衛韞從手裡摸出一張紙，隨後舉杯抿了一口。

「上面是陛下近日出行的時間，挑個好日子，」衛韞放下茶杯，輕聲道：「告御狀去吧。」

顧楚生從衛韞手裡接過寫著日子地點的紙頁，仔細看著，沒有多說。

衛韞出獄後成功接手衛家之前儲備的力量，能摸到皇帝的行程，顧楚生一點都不意外。他之所以如今還要依靠著衛韞，也是因著這些世家大族所有的力量，是他有不起的。

當年皇帝與秦王的恩怨可謂不死不休，顧楚生的父親撞在皇帝的劍上，皇帝不會給顧家留下任何東西。如果不是顧楚生當年咬牙進宮主動將顧家一切暗中勢力上繳，家產盡捐，並交出了秦王的遺腹子，怕是連他都活不下來。

所有人都以為他父親是因為給秦王諫言觸怒帝王，卻不知顧家真正觸怒帝王的，是他父親藏了那個秦王的孩子。

如今顧楚生雖然活了下來，卻與一個普通子弟入仕沒有任何差別，不攀附著世家大族，他根本沒有任何往上走的機會。

衛韞等著顧楚生審視著時間。

顧楚生去告御狀，時間極其關鍵。

皇帝如今還保著姚勇，誰也不知道皇帝對姚勇的容忍度到底有多高，若是皇帝認為不顧百姓棄城這件事不算大事，那麼顧楚生去告御狀，就是白白送了自己性命。

這御狀要告，得告得有技巧，得告得天下皆知，才能保住顧楚生的命。

顧楚生看了一會兒，終於道：「元月初一這天吧。」

元月初一，皇帝會上祭壇祭祀，這一天圍觀者眾，顧楚生定這一天，的確是最熱鬧的時候。

衛韞點了點頭，心裡卻始終有些放心不下，顧楚生看著衛韞的神色，明白他的意思：「你可是覺得，如此逼迫陛下，怕會讓陛下心生不喜？」

衛韞抬眼看他：「我們已經逼過陛下一次。」

為了讓他出獄，楚瑜已經跪在宮門前，半逼半求過皇帝一次。如果顧楚生再去當眾告御狀，衛家就絕不能再出面。

顧楚生沉默著不說話，衛韞起身道：「先暫定這個時間，我再想想。」

顧楚生應了聲，又道：「我對京中事情不大清楚，還請侯爺留給人予我，細細說明諸事。」

衛韞「嗯」了一聲，抬頭看了衛夏：「你留下。」

說完，衛韞便獨自走出去，思索著該做什麼。

皇帝多年盛寵姚勇，除卻姚勇是對付世家的一把刀之外，還有就是皇帝一直以為姚勇極有能力。因姚勇擅長經營，又熱衷於攬功奪權，不在前線根本不清楚前線的事情，皇帝只能看到戰報結果，哪怕知道中間必有貓膩，卻很難做出完全正確的估量。

姚勇十分的功勞，皇帝心中大概有七分，卻不知實際上，此人連三分都未必有。

如今先讓皇帝懷疑姚勇無能撒謊，接著他再讓宋世瀾配合戰場導致姚勇節節敗退，讓宋世瀾一口將責任推在姚勇身上，這時皇帝內心必然會有疑慮，他安插在姚勇身邊的人多做挑撥，君臣之間必有間隙。

等到天守關時，讓楚臨陽宋世瀾聯手設計姚勇，天守關一丟，皇帝在本就覺得姚勇無能的情況下，對姚勇必然多加叱責，他再讓線人透露出皇帝有殺姚勇換衛韞出山之意，屆時姚勇必反。

天守關破，姚勇再反，宋世瀾楚臨陽避禍不出，手中能用的將領，也就只有衛韞了。

到時候要糧擴兵制，將衛家在前線假裝逃跑的士兵重新洗白成為正規軍，皇帝哪怕心知肚明，也無可奈何。

後面都已經部署好，顧楚生這一步就變得極為關鍵，如果不能在皇帝心裡埋下這顆種子，那後面的一切可能成了無用功。

他大可以讓顧楚生去告御狀，歸根到底，他並不指望用這個案子去扳倒姚勇，這只是一根引線，只需要埋在皇帝心裡，讓皇帝對姚勇行騙之行為有一個認識。那麼顧楚生是生是死，也就沒了什麼關係。

可是他做不到。

他還不是那些老謀深算的冷血政客，顧楚生如今是一個救下白城百姓的良臣，哪怕他居心不良，可他沒做錯事，衛韞就做不到眼睜睜看著他去送死。

而且顧楚生刻意揭發這個案子，皇帝若是偏心到家，換個方向想，說不定還要覺得是其他人設下的圈套，刻意陷害姚勇。畢竟姚勇這些年為皇帝衝鋒陷陣，得罪了不少世家。

所以這件事，最好不要刻意去做。不該是他們主動告訴皇帝，應該是皇帝被動知曉。

那如何讓皇帝知曉？

衛韞左思右想，他猛地想起一個人。

那只是一個模糊的念頭，他便匆匆忙忙來到楚瑜房間，楚瑜正在寫字，看見衛韞急急忙忙走進來，不由得有些擔憂道：「怎麼了？」

「嫂嫂，」衛韞認真道：「妳與長公主的關係如何？」

聽到這話，楚瑜的心放下大半來，她的目光回到紙上，從容道：「你且說是什麼事兒吧？」

衛韞將自己的念頭粗略同楚瑜說了一遍，楚瑜心裡斟酌了一下，點頭道：「我明白了，我這就去長公主府。」

「妳與長公主……」

「算不上熟識，」楚瑜誠實道：「但是，若是要讓太子不喜的事兒，她大概做得很歡暢。」

上輩子長公主一直把太子的頭按到底，如今才救了一次衛韞，長公主估計還沒盡興。

衛韞也大致知道他在獄中時發生的事，有些不敢相信道：「不過是些風月之事，長公主何至於此？」

聽見這話，楚瑜的目光悠悠瞟向衛韞，衛韞頓時心裡一緊，下意識就道：「不過太子做這事兒的確不地道！長公主做這些都是應該的！」

衛韞及時補救，讓楚瑜滿意了些。她看著衛韞那張雖然還帶著稚氣、卻已不掩俊美的臉，想了想，還是囑咐道：「小七，所以你以後，千萬別隨便辜負一個女人。不是為了對方，是為了你自己。」

衛韞微微一愣，楚瑜語重心長：「對於大多數女人來說，情愛已是一生，你想一個人一輩子被毀掉的時候，她能做出多大的報復？」

「那妳呢？」衛韞下意識出口，腦海中卻莫名其妙浮現出顧楚生的臉來。

楚瑜輕輕一笑：「我要是能像長公主一樣把和對方門當樂子，我當然願意按著對方的臉在地上滾。但若是毀掉那個人要付出太大的代價，」楚瑜眼裡帶了些鄙夷：「他值得嗎？」

這話出來，衛韞莫名其妙放下心來。他舒了口氣，看著楚瑜，認真道：「嫂嫂放心，我喜歡一個人，一定會對她特別特別好，只對她一個人好，絕對不辜負她。」

看著衛韞那認真的模樣，楚瑜微微一愣，竟是驀然對衛韞未來那位妻子，生出幾分羨慕來。

上輩子衛韞娶的是誰來著？

楚瑜思索著，慢慢想起一個人——清平郡主。

這位清平郡主是德王的嫡長女，生得極為美貌，據說琴棋書畫無一不精，尤善醫理，是一位才女兼美女。不僅美貌還有才有權勢，且德行甚佳，上輩子衛韞東征西討時，她廣開善堂，親自坐診，頗有盛名。

想到這樣一個人遇到衛韞，楚瑜心裡頗為放心，卻又有那麼幾分捨不得，思來想去，約是一種老父親嫁女兒的心態。

等到衛韞娶妻，那他也算她看大了，衛家驟然要換一個大夫人，的確是有幾分失落。

然而楚瑜卻也理解，畢竟早晚有這麼一天，於是她調整了心情，笑了笑道：「等以後小七找到喜歡的人，我一定把這話轉告她。」

衛韞聽著楚瑜說話，先是愣了愣，隨後有些茫然起來。

他喜歡的人？

這幾個詞湊在一起，他一瞬之間，居然覺得遙遠又酸楚。

他說不清楚這是什麼情緒，只能順著慣性反應點頭，喃喃道：「好啊。」

楚瑜也沒糾結這個話題，兩人大概商量一下去長公主府的說辭後，楚瑜便換了衣服，吩咐人準備拜帖，往長公主府去。

臨出門前，衛韞追上來，焦急同她道：「忘了同嫂嫂說，與長公主相交，一定要小心些。」

楚瑜有些疑惑，衛韞認真道：「她若設酒宴，妳便不要留了，還是早些回來為好。」

楚瑜有些茫然地點頭，想了想又道：「可我此去求人，若她設宴我不留，怕是不妥吧？」

衛韞愣了愣，隨後咬了咬牙道：「那行吧，僅此一次，妳去吧。」

楚瑜沒說話，她坐在馬車上，思索著衛韞的話，總覺得怪怪的。

不過去趟長公主府，怎的像是入龍潭虎穴一般？

長公主府楚瑜已經來過一次，只是上次來時還是秋日，長公主還能在好日子裡帶著自己的面首在花園嬉戲，這一次楚瑜只能在大堂裡會見她了。

長公主府極大，道路曲折幽深，庭院裡花草茂盛，看上去別有一番自然雅致。管家是個五十多歲的長者，一面走一面道：「公主最近抱恙，本不見外客，聽聞是大夫人過來，便立即答應見了。公主真是極其喜歡您的。」

說著，管家語氣裡帶了幾分責怪的意味一般：「公主平日寂寞，看得順眼的也沒幾個，本以為大夫人會常來，卻不想上次事後，大夫人竟也沒常來走動。」

楚瑜聞言，只當是客套話，笑了笑後道：「承蒙公主厚愛，楚瑜不勝感激。」

「您別當我和您說客套話，」管家明白楚瑜的意思，提醒道：「公主是直爽人，向來見不得那些拐彎抹角的，老奴說的都是實話，您可千萬別當客套。」

楚瑜愣了愣，隨後誠懇道：「是阿瑜矯作了，多謝阿叔提醒。」

管家這才放心下來，又同楚瑜囑咐一些長公主的習慣，領著楚瑜進了大堂之後，楚瑜沒敢往上看，垂著眼眸恭恭敬敬進去，跪下來，行了個大禮道：「見過長公主。」

「免……免……阿嚏！」長公主一個噴嚏打出來，終於說話順溜了：「免禮。」

說著，長公主神情懨懨，指著旁邊位子道：「妳先坐吧。」

楚瑜聽話起身來，跪坐到長公主點的位子上。

大堂裡金碧輝煌，所有用具都是黃金之色，金燦燦一片，幾乎閃瞎了楚瑜的眼。長公主內裡穿了件金縷衣，外面披著件大棉襖，她保養得好，三十出頭的年紀，看上去仍舊像二八少女一般。被大棉襖包裹著，到還有幾分可愛的味道出來。

她身後跪著兩個美貌青年，都穿著水藍色長衫，楚瑜偷偷瞧了一眼，發現又與上次是不一樣的。

長公主看見楚瑜瞧了那一眼，有些不耐煩道：「想瞧妳就抬起頭來，這麼偷偷摸摸做什麼？」

楚瑜聞言，也沒推諉，乾脆就抬起頭來，目光掃了那兩個青年一眼，確定其中一個人換了之後，笑著道：「公主似乎換了一位公子。」

「美人之美在於新鮮，」長公主往其中一位公子身上倒去，懶洋洋道：「不新鮮的時候，再美也覺得膩。」

楚瑜也沒同她爭辯，恭恭敬敬道：「公主說得極是。」

楚瑜不爭，長公主也覺得無趣，打量著她道：「妳今日來又是為著什麼？」

「妾身前來，是有一事想要求長公主。」

無關人等到長公主府來，都是有事。長公主漫不經心道：「且說吧，我聽聽什麼事兒。」

楚瑜得了話，便將顧楚生之事說出來。她沒多加遮掩，有一說一，衛韞並沒同她說後續的計畫，雖然她猜得八九不離十，但她猜的東西，她不會說出來。只說衛韞同她說過的。

長公主靠在一個美男身上，由另一個美男餵著點心，看上去十分愜意。聽著楚瑜說完後，她點了點頭道：「我明白了，你們是要我製造一個機會，讓皇帝能知道此事對吧？」

楚瑜應聲：「正是。」

長公主垂眸看著自己點了蔻丹的指甲，片刻後，卻是慢慢笑了：「妳膽子倒也不小，同我這樣實話實說，就不怕我賣了你們？」

「賣了我們，公主有什麼好處呢？」楚瑜面色沉靜：「我們既然相求於公主，便不會讓白白讓公主幫忙，規矩阿瑜明白，公主開口，只要力所能及，我等不會推辭。」

長公主聽了楚瑜的話，頗為滿意：「妳倒是個懂事的。這事兒吧，其實也好辦。」

長公主想了想道：「我尋個日子，帶著陛下到民間微服私訪，你們讓人追著顧楚生在陛下面前逛一圈，陛下自然會去查顧楚生。只要你們說的是實話，陛下自然會知道。」

楚瑜見長公主允了，趕忙道：「讓公主費心了。」

「幫你們也不是白幫，」公主彈著自己的指甲，似是頗為有趣的模樣，懶洋洋道：「禮尚往來，」她抬頭輕笑：「應當的。」

「不過，」長公主神色微冷：「若陛下意欲偏袒姚勇，怕是會在事情昭告天下前向顧楚生下手，你們可做好準備？」

「這個我與小侯爺已經商議過，」楚瑜應聲道：「若顧楚生被扣下，陛下有了殺心，我們便會讓從白城趕來的百姓去順天府擊鼓鳴怨，同時在民間造勢，直接將顧楚生被扣之事按在姚勇腦袋上。若顧楚生死了，便會坐實這件事，以陛下這在意名聲的性子，怕是不允。不過到時候，還望長公主在中間周旋。」

說著，楚瑜又欲行禮。

長公主抬手止住楚瑜的動作道：「區區小事，無需如此多禮。妳三番兩次來尋我幫忙，也算是熟識了，便當交個朋友吧。」

「得公主垂愛，阿瑜卻之不恭。」有了管家提點，楚瑜也不推脫。

長公主見她上道，笑著道：「倒是個灑脫的，今日要不留飯吧？我為妳設下酒宴，帶妳長點見識！」

聽到「長見識」，楚瑜心裡咯噔一下，又想起衛韞的話來，總覺得這人似乎不怎麼靠譜，要做出些驚世駭俗的事兒來。

然而她沒敢推辭，便只能是笑著道：「賓客隨主，公主隨意安排就好。」

「行。」長公主抬頭朝著管家揮了揮手：「讓眾公子準備準備，就說我今晚要擺宴待客。」

楚瑜一聽「眾公子」，眼皮跳了跳，但她故作鎮定，面色沉穩。

長公主回自己位子上，同她有一搭沒一搭聊著，楚瑜跪在位子上，長公主問什麼，她就答什麼。

沒過多久，侍從便端著膳食上來，放到楚瑜桌前，公主府的廚子一看就是名廚，菜色做得精緻漂亮，似不是做菜，而是做什麼工藝品一般。

楚瑜從容夾菜，長公主瞧了她一眼，見她開始用餐，笑著道：「有酒有菜，怎能少了美人呢？」

說著，長公主擊掌：「進來吧。」

話音剛落，便見一直守在她們身邊的樂師突然奏樂，侍從將門緩緩打開，幾十個風格各異的美貌青年統一身著水藍色廣袖華衫站立在門口，隨著樂曲節奏踏著流雲碎步翩然入內。

楚瑜一口酒卡在嗓子眼，急促咳嗽起來。

長公主含笑瞧著她：「可長見識了？」

楚瑜拼命點頭，瞧著面前這女人，驟然覺得，她這前三十年，簡直是白活了。

長公主彷彿早已預料到她的反應，喝酒瞧著，似是極其開心的模樣。

楚瑜緩過神來，忙低頭吃菜，長公主也沒為難她，看著美人跳舞，用小扇子在手心打著節拍，同她道：「妳如今還年輕，此間樂趣，怕是難以明白，等妳到了我這年紀，便明白與美人相處的樂子了。」

楚瑜覺得，這種樂趣，自己大概明白不了。

她沒有應聲，長公主瞧了她一眼，慢慢道：「還念著衛珺呢？」

沒想到長公主會問起這個，楚瑜訥訥應了一聲，長公主靠在身後男人身上，瞧著歌舞，聲音裡帶了幾分懷念：「梅雪剛走那年，我也同妳一樣，就想守著他。」

楚瑜慢慢抬眼，看見長公主就瞧著酒宴裡的人，目光彷彿不能挪開一樣，平靜道：「直到有一天我出來，才發現，原來所有人都等著瞧我過得多慘。於是我覺得自己不能輸，人家都等著看我多難過，都等著看我這樣囂張跋扈的姑娘，獨自帶一個女兒，死了丈夫後要過得多淒慘，那我一定要過得好好的。」

「他們覺得我該哭，可我偏要笑。他們覺得我該天天披麻戴孝，我就穿得花紅柳綠。」

「他們都覺得我要隨便嫁一個男人委曲求全，可我就把這天下好看的男子紛紛搜羅過來。活到現在，我比她們有錢，比她們有權，她們還要唯唯諾諾天天擔心男人休了自己，我已經可以肆意選擇哪一個男人受寵。」長公主抿了口酒，目光挪到楚瑜身上：「人在世上有很多活法，人死了就死了，妳可明白？」

聽著這一席話，楚瑜大約明白長公主的意思。

或許對於長公主而言，對她的照顧不僅是看在她懂事、給錢、和太子鬥爭，還有幾分在於，她的處境，和當年的長公主，頗為相似。

楚瑜這次沒敷衍長公主，她認真道：「公主說得極是，楚瑜明白。」

長公主見楚瑜並無傷悲之色，點了點頭，還算滿意。她露出笑容：「既然明白了，不若我送妳幾個面首？」

聽著這話，楚瑜的笑僵在臉上。

她想起臨行前衛韞那糾結的模樣，算是明白了他在糾結什麼。若她真的領了人回去，怕不是要被打死？

於是她趕忙道：「謝過公主厚愛，妾身志不在此，還是免了吧。」

長公主有些可惜地點了點頭，想了想，她又道：「如今顧楚生在你們府中？」

楚瑜有些奇怪她為何突然問起顧楚生，應了聲道：「的確是在侯府，不知公主有何吩咐？」

聽了這話，長公主眼睛亮起來，她直起身，往前探了探，靠近楚瑜道：「我聽聞顧大人風姿極佳俊美無雙，可是真的？」

楚瑜瞧著那目光，心裡有了底，倒也沒說謊話，點了點頭道：「的確。」

「那可否勞煩大夫人傳個話？」

「公主請講。」楚瑜假作不懂長公主的意思，抬了抬手。

長公主睇了睇眼，小金扇敲打著手心道：「本宮明日設宴，想宴請顧公子和大夫人，勞煩大夫人回去同顧公子說一聲吧？」

「妾身必然會將話帶給顧大人。」楚瑜將所有鍋往顧楚生身上推，她只是個帶話的，來與不來全看顧楚生的意思。

長公主點了點頭，有些高興，與楚瑜又喝了幾杯，聊到她有些睏乏，楚瑜便識趣告退下去。

等到了府裡，她便吩咐晚月：「妳找人同顧楚生說一聲，長公主欲設宴招待他，問他可願明日隨我前去。」

對於楚瑜來說，話已經帶到，去與不去，與她沒了多大關係。

然而傳話的人過去沒有一會兒，晚月便回來報：「顧大人說，公主相邀，卻之不恭。」

楚瑜點了點頭，隨口應了一聲，便自行去做自己的事了。

長公主名聲放在那裡，顧楚生不至於不知道長公主請他是什麼意思。

自己答應的事兒，自己負責吧。

第十七章　道盡前世

然而關於顧楚生對於長公主的認知，楚瑜卻是估量錯了。

上輩子顧楚生見到長公主時，已是從戰場上磨練回來，任戶部金部主事，長公主對他極為敬重，於顧楚生心裡，長公主是一個極好的盟友，雖然行些荒唐事，倒也知道分寸。長公主叫他過去，估計是有什麼正事相商。

且，他很想見楚瑜。

如今楚瑜雖然同他就在一個院子裡，衛韞卻嚴防死守，根本沒給他半分窺探的機會，如今楚瑜主動邀請，他自然是龍潭虎穴也要去的。

於是他早早做了準備，夜裡就開始挑著衣服。

張燈看顧楚生將自己的衣服一件一件拿出來比較，有些疑惑道：「公子這是做什麼？」

顧楚生怕張燈看出自己這份想要在心上人面前儘量表現好一些的幼稚心思，便故作平靜道：「明日要隨大夫人去長公主府赴宴，尋一件合適的衣服。」

張燈不覺有異，反而同顧楚生一起挑選起衣服來。

第二日起來，楚瑜先去尋了衛韞將昨日的結果說了一下，衛韞聽了長公主的計畫，點頭道：「這也好辦，到時我派一批人從陛下面前追殺顧楚生過去就好。」

「就這樣跑過，這戲怕不夠真。」楚瑜思索著，想了想後，她又道：「下午我去問問他，能不能身上製造些傷痕，若能在不緊要處砍上一刀，自是更好。」

聽到這話，衛韞心裡顫了顫，他抬頭看了楚瑜一眼，見楚瑜認真思索著此事，一想到顧楚生是楚瑜的前情郎，衛韞便覺得，這大概是報復。

他沒說話，就是覺得，楚瑜說得果然是，女人的報復，是極其可怕的。

楚瑜又同他說了些細節，便打算回去了，臨走前，她突然想道：「小七，你對養面首的看法如何？」

一聽這話，衛韞立刻著急道：「所以我說嫂嫂切勿和那長公主走得太近！」

於是楚瑜明白了，當著衛大夫人養面首這條路不太可行，她頗為感慨嘆了口氣，搖頭道：「罷了罷了，我還說日後我要是找不到合適的嫁人，看看能不能在衛府留一輩子。」

養兩個……

後面的話，楚瑜沒說出來刺激衛韞。搖著頭擺著手走了。

衛韞呆呆地看著楚瑜的背影，腦子裡就留著那一句——在衛府留一輩子。

他沒有主動去想這一輩子怎麼留，就是聽著這句話，忍不住唇角揚了起來。

用過午膳後，到了長公主送帖子上約定的時間，楚瑜便叫上顧楚生出了門去。

顧楚生早早就候在門口了。

他今日打扮過，特意穿了絳紅色的外袍，披了純白色狐裘，頭束金色髮冠，腰懸佩玉，往門口一站，便引得許多年輕姑娘停下步子來。

顧楚生記得，楚瑜很喜歡他穿紅色，以前給他衣櫃裡備下的衣衫，多是此種顏色，每次他穿的時候，她總是瞧著他笑，彷彿怎麼看都看不夠。

她死之後，他就愛穿這個顏色，等後來他老去了，也曾在鏡子前擔憂過，黃泉路上，楚瑜大概是會嫌棄他的長相了。

可如今他正是少年時候，穿著這樣的顏色，再適合不過。

哪怕他內心已蒼老下去，早已不愛那些太過豔麗的東西，卻唯獨楚瑜喜歡的這一份紅，無從拒絕。

楚瑜老遠就看見了顧楚生，見他如此打扮，不由得愣了愣。等靠近之後，才發現他身上甚至還帶了薰香，腰上搭配了玉佩，這樣講究，對於向來從簡的顧楚生來說，怕已是盛裝了。

她對於顧楚生如此上道頗感驚異，隨後覺得，此人果然是能屈能伸，不怪當年這樣討厭自己，卻還能同自己成親。

她心裡說不出到底是該厭惡還是該佩服，掃了一眼後匆匆移開目光，甚至沒等顧楚生同她打招呼，便徑直走過顧楚生，吩咐道：「上車吧。」

說著，她便上了自己的馬車，晚月上前，恭恭敬敬請了顧楚生上了後面一輛馬車。

顧楚生瞧著楚瑜這冷淡的模樣，皺了皺眉，在見到楚瑜一眼不瞧地上馬車後，他有些無奈，搖了搖頭，便上了後面的馬車。

兩人一起到了長公主府，下了馬車後，顧楚生跟在楚瑜身後半步的距離，同她一起被管家領著往庭院裡去。

他找著機會想同楚瑜說話，便挑了公事道：「此次長公主叫我，可是為了告御狀一事？」

楚瑜沒想騙他，便直接道：「不知道。」

顧楚生以為她還負氣，責怪他拒絕私奔一事。

過了因為喜歡而慌亂的時期，顧楚生冷靜下來，便察覺有異。楚瑜當年對他的感情如此堅定，又怎麼會是嫁給衛珺就沒了的？不過是她因著衛大夫人的身分，恪守著與他的距離罷了。而這有時候甚至帶了幾分惡意的疏離，他左思右想，大概就是少女對於他的責怪吧。

如此想來，他竟覺得，十五歲的楚瑜，當真是可愛極了。

他靜靜打量著她，目光看得楚瑜背後有些發寒，她終於忍不住頓下步子，扭頭看他，說了句：「你……」

然而話沒說完，她又收住了聲。

問什麼呢？

問你為什麼明明拒絕了私奔，又喜歡我？或者是，你為什麼如今，喜歡我？

可這話問出來又有什麼意義？他給出一千萬種理由，又怎樣呢？

總不至於再喜歡他，而責怪，又有什麼好去責怪這樣一個什麼都沒做的少年？

顧楚生靜靜等候著楚瑜開口，見她收了聲，他甚至輕柔道：「妳別著急，慢慢說，我聽著。」

他從未對她這樣好過，然而越是如此，楚瑜越是難受，覺得上輩子的自己，蠢到了極點。

她平靜下來，淡定道：「沒什麼，走吧。」

說著，她轉過身去，領著顧楚生進了大堂。顧楚生皺了皺眉頭，總算察覺出那麼幾分不對勁來。然而他沒有出聲，只是靜靜觀察著。

兩人進了大廳，長公主已經等在裡面了。

如今已是寒冬，屋裡燃著炭爐，長公主卻仍舊穿了一身櫻色籠紗長裙，手持一把小金扇，端坐在大堂之中，笑意盈盈道：「可算是來了。」

楚瑜瞧著她的衣著不免笑起來：「公主昨日見我，還身披襖被，今日風寒可是好了？」

長公主聽出楚瑜口吻中的偷掖，倒也沒有尷尬，小扇擺了擺道：「今日在前，百病俱消，大夫人太小看我了。」

顧楚生正在落座，聽到長公主的口吻，他皺了皺眉頭，直覺出幾分不對來。

他抬頭看了楚瑜一眼，見楚瑜神色平淡，同長公主閒散聊著天。長公主與楚瑜雖在說話，目光卻是時不時往顧楚生身上瞟，顧楚生被她看得心裡帶了氣性，面上卻是不顯，目光直直看著前方，抿酒不語。

長公主與楚瑜該談的，都在昨日談了，此刻能談的，不過就是些胭脂水粉，家長里短。

顧楚生聽得不耐，長公主的目光讓他如坐針氈，他終於壓抑不住，想早點結束談話離開，於是抬頭看向長公主，認真道：「公主今日相邀，可是有事要同下官吩咐？」

聽到這話，長公主「噗嗤」笑了出來，她低頭瞧向楚瑜，小扇遮住半邊臉，笑道：「本宮不過是聽聞顧大人風姿猶佳，特邀前來，顧大人無需如此拘束，且將本宮當做朋友，喝酒聊天，大可隨意。」

長公主從不是遮掩的人，這話出來，顧楚生便明白她的意思了。

他靜靜看了楚瑜一眼，見對方面色平靜飲著酒，一副置身事外的樣子，顧楚生覺得怒氣從內心湧現上來，然而他知道在長公主面前不可放肆，便壓著氣性，冷著臉，沒有出聲。

長公主看出顧楚生怒了，似也覺得不妥，她輕咳一聲，舉杯朝著楚瑜送去道：「來來，大夫人妳我再飲一杯。」

然而酒方送出去，長公主就突然撞到楚瑜舉杯的手上，酒撒了楚瑜一身，長公主忙道：「呀，冬日寒涼，這可怎好？」

楚瑜明白了長公主的意思，她今日本來想請的只是顧楚生，如今怕是想同顧楚生單獨說幾句話。楚瑜也不是不懂事的人，忙笑了笑，起身道：「此事無妨，妾身馬車中常備有換洗的衣服，勞煩公主稍後片刻，妾身換過衣服就來。」

說著，楚瑜起身，行了禮告退下去。

顧楚生如何不明白她們這一唱一和？他捏著拳頭，目光落到楚瑜從容不迫的背影上。

她是當真沒有半分情緒的。

明知道長公主是怎麼樣的人，明知道長公主抱著怎麼樣的心思，可她說走就走，沒有半分拖泥帶水。

若是真的喜歡他，此情此景，怎能無動於衷？

若是真的喜歡他，如此無動於衷，又是怎樣的薄涼心腸？

重生以來，從未有過的痛苦和羞辱湧在顧楚生胸口，他垂著眼眸，身體緊緊繃直，低垂著眼眸，怕別人看出他此刻內心中的滔天巨浪。

楚瑜走出去後，長公主揮了揮手，房裡所有人也走了出去，長公主沉默片刻，見顧楚生一直低著頭，她便持著小扇子，來到顧楚生身前，半蹲下來打量他。

「公子真是生得好容貌，」長公主讚嘆道：「方才公子進來，妾身便覺滿堂蓬蓽生輝，公子如日月彩霞，當真是光彩奪人。」

長公主沒有用「本宮」，反而是用了「妾身」，這樣的稱呼，可謂禮遇。

然而顧楚生仍舊不言語，長公主便知道這些花言巧語對顧楚生沒用，笑咪咪瞧著他道：「顧公子如今，尚還是九品縣令吧？不知道在昆陽之事，顧大人可曾懷念過華京旖旎？」

顧楚生還是不出聲，長公主覺得有些無趣了。她回到位子上，撐著下頷，轉著自己的小金扇道：「顧公子啊，你可知若非特殊際遇，以你父親的罪過，你再如何有才能，怕都要在昆陽待一輩子了。何不如給自己找條捷徑呢？」

說著，她的身子往前探了探：「顧公子，何不瞧瞧我呢？我長得也不算醜吧？」

這一次，顧楚生終於抬頭了。

他靜靜看著長公主，神色平靜：「明明那個人放在身邊從沒換過，何必假作多情四處激他？」

聽到這話，長公主面色劇變。

顧楚生施施然站起身，語調淡然：「今日酒宴，顧某不勝感激。長公主不是強人生所難之人，若非他事，顧某告辭。」

說著，他便往外走去。長公主看著這人似乎壓抑著什麼情緒的背影，嘲諷笑開。

他刺了她，她自然不會讓他舒坦，她勾著嘴角，冷著聲道：「我可是同大夫人說明白了你今日來做什麼的。」

顧楚生頓住腳步，片刻後，他啞聲道：「我知道。」

說完，他疾步走了出去。長公主抓起手邊金杯，朝著他砸了過去。

顧楚生腳步不停，一路直行往外，沒過多久，一個身著水藍色廣袖長衫的男子走了進來，他眉目清朗，神色柔和。

他走到長公主身前，彎腰撿起那酒杯，含笑道：「人沒留住？」

長公主冷哼一聲，朝著外面道：「是本宮覺得他無趣，不要了！」

「那答應衛大夫人的事，如何了呢？」那男人將酒杯扣在長公主桌前。

長公主擺了擺手：「我不和錢過不去。」

男人笑出聲來，沒理她的口是心非，將狐裘披到她身上，溫和道：「下次多穿點兒，天冷了，妳穿點毛茸茸的，好看。」

長公主冷冷一笑，扭過頭去，卻也沒多說。

楚瑜換了衣服，就站在門口等著，外面下起小雨，她披著羽鶴大氅，雙手捧著暖爐，仰頭看著雨水落到青瓦之上，如線一般墜落下來。

身後傳來腳步聲，她沒有回頭，詢問道：「長公主可有留宴的意思？若是有的話，便同她說，我抱恙先走了。顧楚生不用理會……」

她說著轉過頭來，看見顧楚生停在她身前那一刻，她微微一愣，慢慢張大了眼睛：「你怎的在此處？」

顧楚生靜靜看著她，目光裡似有烈火燒灼。楚瑜手裡抱著暖爐，慢慢反應過來，笑出來道：「你今日打扮得這樣好看，我還以為你是知曉長公主的意思，故意前來的。倒是我誤會了。」

顧楚生沒說話，晚月撐起傘，楚瑜穿上木屐，走進雨裡，淡道：「那就回去吧。」

顧楚生捏著拳頭，看著那人從容的背影，感覺喉間一片腥甜。

他克制住所有衝動，跟著楚瑜出了府邸。

楚瑜到了馬車前，出上了馬車，剛要讓人起程，就看見一雙手猛地搭在馬車邊上，隨後車簾便被掀開，露出顧楚生冷峻的面容。

冷風席捲而來，顧楚生沒有打傘，冬雨劈里啪啦砸在顧楚生身上，將他精心準備這一身砸得狼狽不堪。

楚瑜靜靜瞧著他，晚月上前去，冷著聲道：「還請顧大人回自己的馬車，否則休怪奴婢無禮了。」

顧楚生沒有說話，他就盯著楚瑜，他雖然什麼都沒說，楚瑜卻知道，他是不會下這車的。她嘆了口氣，有些無奈：「有什麼話，進來說吧。你這樣，不好看。」

晚月皺了皺眉頭，看了楚瑜一眼，見楚瑜抱著暖爐，斜靠在馬車上，神色泰然，她也就明白了楚瑜的意思，下了馬車，去了另一輛馬車。

顧楚生終於進來，坐在離楚瑜最遠的角落。楚瑜攏了攏大氅，抬眼瞧他：「有什麼話想說，你便說吧？」

「妳……知道長公主的意思。」

他沙啞開口，這話說出來，他驟然發現，這不是他在責問她。

這分明是她捅了他一刀，他握著那刀一點一點拔出來，刀刃劃過他的肺腑，磨得他連呼吸都覺得疼。

楚瑜從容應聲：「嗯。」

「為何不同我說？」

「我以為你知道。」

「我不知道。」顧楚生抬起頭，他盯著她，一字一句：「我不知道她的意思，我穿好看的衣服，是給妳看。我來，也是為了多同妳說幾句話，我是為了妳來，不是為了她。」

楚瑜微微一愣，她從未面對過這樣的顧楚生，她驟然有了幾分尷尬，不自覺扭過頭去，平靜道：「我知曉了。」

「妳之前不知曉嗎？」

顧楚生嘲諷，他盯著她，彷彿要將這人生吞入腹一般。

「我說喜歡妳，我想帶妳走，我想娶妳，妳以為，我是同妳說笑嗎？」

楚瑜沒說話，顧楚生說喜歡她，她總覺得，是在做夢一般。

甚至於，她會想，這真的是重生，而不是她來到一場夢境？

夢裡她學會放下，學會不執著，而她的執念卻開始苦苦癡求。

她想要的一切都得到了圓滿，甚至圓滿得有幾分不符合邏輯。

她忍不住輕笑起來，看著面前的顧楚生，忍不住道：「那與我何干呢？」

這話是顧楚生當年說過的。

當年她認認真真同他說「顧楚生，我喜歡你」的時候，他也是如此，雙手抱在胸前，冷笑：「那又與我何干？」

說起來，她的語氣，可比他好上太多了。

這句話顧楚生也記得，所以在楚瑜說出口時，他忍不住愣了。

他看著面前的姑娘，覺得上輩子的一切彷彿倒了個轉。

當年他嘲諷她，如今她就嘲諷他。

他慢慢閉上眼睛，捏緊了拳頭。

「是，是與妳無關，」他忍住氣血翻湧，艱難道：「可是，哪怕妳不屑於這份情誼，也不該作踐。妳明知我喜歡妳，妳又怎能……」

「作踐？」聽到這個詞，楚瑜忍不住笑出聲。

回憶開了口，就無法關上，楚瑜瞧著面前的人熟悉的面容，從那句「我喜歡妳」開始，無數記憶傾瀉而下。

那些記憶讓她手腳冰涼，她死死盯著他，一時之間，居然有些分不清那到底是前世，還是今生。

公主府的酒，勁太大，有些上頭，她覺得自己的情緒被擴大開來，看著面前的顧楚生，彷彿看著上輩子的人坐在自己面前。

她捏緊了暖爐，身子微微顫抖。

顧楚生看著她的態度，腦中全是疑問。

為什麼會是這樣的態度？

哪怕不喜歡他，哪怕討厭他，怎麼能厭惡到這樣的程度？彷彿不控制住自己，就會隨時隨地抽劍殺了他。

那目光他見過的，在楚瑜臨死那一刻，她說「來生與君，再無糾葛」時，她那目光裡，就包含著這樣的憤怒與恨。

顧楚生手足冰涼，總覺得自己忽略了什麼。

而楚瑜壓抑不住自己，轉頭看他，冰冷笑開：「顧楚生，你喜歡聽故事嗎？」

他想說不，可他說不出口，他就呆呆地看著她，聽楚瑜笑著道：「你不是說我作踐你的情誼嗎？我給你說個故事，你就聽著，我告訴你，什麼才算真正的作踐。」

「有一個姑娘，她喜歡一個人，那人落難，被貶出京城，於是她拋棄榮華富貴，夜奔千里，終於找到他。你說，這份情誼，可算深重？」

聽到這話，顧楚生腦子轟然炸開！

被貶出京，夜奔千里。

他盯著楚瑜，目光裡全是不敢相信。然而楚瑜深陷於自己的情緒之中，根本顧及不到顧楚生此刻的神情。

「若千里夜奔不算什麼，那她後來散盡自己所有錢財，拼了滿身武藝，護他升至金部主事，又可算是恩德？」

散盡錢財，金部主事。

顧楚生慢慢閉上眼睛。

外面雨聲劈里啪啦，他腦海中又是那一年，昆陽官道夜雨，少女紅衣染了泥雨，手中提著長劍，獨身駕馬，奔赴千里而來。

「別怕，」她在馬車外含笑，染了雨水的臉上，笑容足以驅開雲雨霧霾，看得人心明朗，她瞧著他，目光裡全是情誼。

「顧楚生，我來送你。」

這一送，就送了他一輩子。

送他到昆陽，送他從九品縣令升遷至金部主事，又一路升作戶部尚書，入內閣為大學士，最後，官拜首輔。

那一路她相伴相隨，整整十二年。

他以為他重生回來，是與她重新開始，卻終於在這一刻明白。

——他回來，只是為了接受這場遲來的審判。

他上輩子欠下的，便要在這輩子，統統還予她。

馬車搖搖晃晃，她用著別人的口吻，述說著他們二人的平生。

「她侍女死時，她苦苦求他，」她聲音疲憊：「她從來沒有後悔過自己這份感情，他不喜歡她，不願意對她好，是她強求，直到那時候，她才覺得，她後悔了。她不該喜歡，也不該強求。」

顧楚生聽出她聲音裡的軟弱疲憊，他抬起頭，靜靜看著她。

楚瑜的目光裡沒有他。

她聲音平靜，似覺意興闌珊。

「她離開了京城，去到那男人的家鄉，侍奉他父母。後來婆婆病故，她就一個人留在那裡。也不知是過了多少年，她生了病，想回去見她父親。那時候她身邊已經沒人了，她一封一封信寫給他，直到最後，也沒看見她父親。」

「顧楚生，」她的目光終於看向他，彷若菩薩佛陀，無悲無喜：「你說我作踐你，如今你可知，一個人作踐一個人的感情，能作踐到什麼程度。不喜歡無妨，可不喜歡一個人，卻又不放開一個人，一定要將她拉扯在身邊，一直逼到她死，這才是天大的噁心。所以啊，喜不喜歡這件事，你別強求。」

楚瑜覺得自己的神智終於回來幾分，她笑了笑。

「別把自己的心放在別人腳下，也就不會被作踐了。」

顧楚生沒說話，如今他怎麼不知道楚瑜的態度？

他沒有機會，一旦楚瑜知道他是上輩子的顧楚生，他絕無機會可言。

楚瑜太瞭解他，他放不開她，上輩子，這輩子，他都放不開。

可他也能明白，如果楚瑜是重生而來，懷著對自己這樣的心思，此時此刻看著自己，該有多噁心，多想要他死。

如今他沒被楚瑜捅個對穿，不過是因為，她不知道自己就是那個罪人。

他不敢告訴她，他不敢說話，他怕只要一動，就會露出馬腳。

楚瑜沒理會他，她躺在馬車上，看著簾子起起伏伏。

許久後，楚瑜聽到外面傳來人聲，馬車停了下面，衛韞清朗的聲音從窗外傳了進來。

「嫂嫂，今日雨大，我來接妳了。」

楚瑜微微一愣，片刻後，她輕輕對外應了一聲，隨後轉頭同顧楚生道：「等會兒馬車到了後門，你再出去吧。」

說著，她便掀開簾子一角，走了出去。

剛走出簾子外，便有雨傘遮住她上方，楚瑜抬眼看去，卻是衛韞撐著傘。傘不大，他這樣高舉在她頭上，雨就紛紛落到他身上。

他瞧著她，面容裡全是歡喜，身上帶著她早已失去的那份朝氣，讓整個世界都因為這個人的出現，變得明亮起來。

楚瑜靜靜瞧著他，有些呆了。

衛韞有些奇怪，叫了聲：「嫂嫂？」

這一聲喚讓楚瑜神智回來，她忙收了恍惚，低頭下了馬車。

衛韞給楚瑜撐著傘，馬車重新動起來，他回過頭去，看見那晃動的車簾間，露出顧楚生的面容。

衛韞心上一緊，面上卻是不動聲色，只是將傘撐在楚瑜上方，再靠近一些。

人的傷心事，從來都是越想越傷心。楚瑜方才同顧楚生將那過去的事原原本本過了一遍，說完之後，她就覺得，自己彷彿將那人生再走了一遭，整個人累得連路都走不動了。

那股疲倦從楚瑜身上散發出來，伴隨而來的還有悲悸絕望，哪怕楚瑜什麼都不說，可跟在楚瑜旁邊的衛韞，卻清清楚楚的察覺到。

他的目光落在楚瑜臉上，她面帶倦容，神色彷彿一個遲暮老人，似乎隨時隨地，都可能坐化而去。

這世上似乎沒有她留戀的人事，她的來或走都變得格外的不可操控。

衛韞心裡不由得有些發慌，他緊隨在楚瑜身後，等楚瑜進了屋，發現衛韞還在後面跟著，不由得失笑：「你跟過來做什麼？」

「聞見嫂嫂身上有酒氣，怕嫂嫂是喝酒上了頭，有些擔心。」衛韞跪坐在楚瑜對面。

楚瑜散了頭髮，斜臥在榻上，平靜道：「無妨，我的酒量不止於此，不過淺醉，無甚大礙。」

「可是，嫂嫂的樣子，似乎是醉得深了。」衛韞輕笑起來：「容我陪著吧，我安心些。」

楚瑜明瞭他的心思，她不是個藏得住心事的，尤其是在自己親人面前，她不需要藏。什麼時候把衛韞當成親人的呢？

楚瑜也不知道。

她手裡捧著暖爐，目光平靜地看著這個少年，審視著他。

她的酒意其實是上來的，自己不察覺，卻在行動上有所體現。她覺得燥熱，便踢了羅襪，衛韞瞧著她垂在小榻前那一雙赤足，不由自主就上前去，撿起她踢出來的羅襪，低頭替她穿上。

旁邊衛夏瞧見了，忙上前拉扯了守著的長月出去，長月有些不明白，衛夏便一個勁兒捂著她的嘴往外拖。

衛夏和長月出去了，房間裡只剩下衛韞和楚瑜，楚瑜的思緒有些木木的，目光凝在衛韞身上，看少年半蹲在自己身前，平靜地替自己穿了襪子，還抬頭朝她笑了笑，溫柔道：「冬日地寒，還是穿上羅襪吧，便不要任性了。」

楚瑜沉默著，她垂下眼眸，全然不想理會誰。

衛韞瞧了她散披著的頭髮，頭髮上沾染了雨水，帶了潮意，他閒著沒事，便站起身，從旁邊取了帕子，站到楚瑜身後，溫和道：「嫂嫂，我幫妳把頭髮擦乾吧？」

楚瑜思索不了太多事，她低低應了一聲，坐立起來，讓衛韞握住了頭髮。

她的頭髮很長，又黑又密。衛韞用帕子一點一點擦著，那雙能握住幾十斤長槍攪動乾坤的手，在這一刻變得格外溫柔細緻。

他的溫度就在她身後，提醒著這個人的存在，楚瑜沒有說話，他也就沒有言語，她的長髮垂下來，遮住她的面容，過了許久後，衛韞突然覺得有什麼，落在他的手背上。

他微微一愣，隨後便慌了：「嫂嫂，是不是我手勁兒太重了？」

楚瑜沒有說話，本來不覺得委屈，衛韞這麼一問，居然就覺得有天大的委屈湧上來了。

前世的、今生的，一切加在一起，楚瑜咬著唇沒法出聲，唇色都被咬得泛白，肩頭微微顫抖。

衛韞沒敢上前看她，他站在她身後，只看著這個人這麼不出聲落著眼淚，就讓他覺得心裡彷彿千軍萬馬碾過一樣疼。

她一個人坐在他前方，靠近了才覺得，這個人其實是這樣清瘦嬌小的。

她像一朵纖細美好的花，在風雨中輕輕搖曳，美好得讓他心生嚮往，又柔弱得讓他如此疼惜。

他聽著她的哭聲，感受著她周遭翻湧的那份孤寂，他想說什麼，卻不知道如何安慰。

無能為力侵蝕著他，讓他靜靜站著，許久後，他終於沒忍住，伸出手去，按著她的頭，讓她輕輕靠在他身上。

溫暖觸及的那瞬間，楚瑜再也扛不住，驟然爆發出哭聲。

她壓抑了那麼久，那麼多年。

前世十二年未曾哭，今生未曾哭，卻在這個少年懷裡，終於找到一襲安心之地，放聲大哭。

衛韞靜靜站著，任由她靠著，手溫柔梳理過她的髮絲。

他甚至沒有問她在哭聲什麼，只是給她靜靜依靠，不問緣由。

楚瑜哭了許久，終於累了，竟是直接在他懷裡，像個孩子一般，哭著睡了過去。

衛韞察覺她睡了，輕輕將她放到榻上，蓋上被子，小心翼翼走了出去。

驟一出門，他就朝著後院客房大步尋了過去，衛夏看了他身上的水漬一眼，感受到衛韞身上磅礴的怒氣，沒敢說什麼。

衛韞一路衝到顧楚生房門前，一腳踹開了門。

顧楚生沒有換衣服，正衣著狼狽地跪坐在蒲團上，垂眸看著一根簪子。

衛韞的目光落到那簪子身上，二話不說，抬腳就朝著顧楚生胸口狠狠一踹。

顧楚生被他猛地踹到一旁，衛韞上前一把揪起他的衣領，如狼一般狠狠逼近他。

「你同我嫂嫂說了什麼？」

顧楚生沒說話，神色如死，衛韞一巴掌抽過去，怒吼：「說話！」

顧楚生被這麼一吼，目光才慢慢回到衛韞臉上，東西散了一地，他瞧見那根簪子，便伸手想去拿。

衛韞抬手將他的臉按在地上，發出「哐」一聲巨響，衛韞的聲音裡帶著冷意：「你啞了？」

「顧大人，侯爺問什麼，您就說吧。」

聽到衛韞的話，衛夏便知道不好。衛韞的性子算不上好，他若是大吼大叫，那便是發怒。若他聲音冷下來，便是起了殺意，於是他趕緊站出來打圓場，他毫不懷疑，如果顧楚生再說什麼不中聽的話，衛韞會拔了他的舌頭。

顧楚生聽著衛夏的話，眼神裡那份茫然慢慢消失，他的神色冷靜下來，同衛韞道：「你先放開我。」

衛韞盯著他，顧楚生迎著他的目光，沒有半分退縮。許久後，衛韞慢慢放了手，顧楚生掙扎著扶著自己爬起來，伸手去摸那支簪子。

那是一支鑲嵌著紅色瑪瑙石的木製髮簪，如果熟悉楚瑜的人，很容易能認出來，這是楚瑜十五歲前，最愛戴的一支簪子。

楚瑜決心與顧楚生私奔那天晚上，便是用這根簪子做信物送到顧府，顧楚生連夜讓人退還回去，楚瑜不肯收，顧楚生便乾脆將簪子扔進院子裡的池塘裡。

等上一輩子的顧楚生回來後，他在池塘裡找了好久，才終於找了出來。他原本以為，這不過是他與楚瑜重新開始的信物，這是楚瑜送他的第一件禮物，然而如今才發現，或許這也是楚瑜送他的最後一件禮物。

他擦乾淨被衛韞打出來的血，握住簪子，用帕子細細擦拭。

衛韞注意到那根簪子，顧楚生的神色太溫柔，溫柔裡帶著說不出的酸澀，讓人看著便覺得有那麼幾分可憐。

他的氣慢慢消了，顧楚生將簪子藏好，貼身放著，這才抬頭看向衛韞：「她可還好？」

「不太好。」衛韞冰冷道：「我從未見過我嫂子如此難過。」

顧楚生苦笑了一下。

楚瑜難過，他明白。任誰經歷了那樣一輩子，都會覺得難過。

他自己都不知道自己當年怎麼能做出這麼混帳的事兒來，歸根到底，人就是有著不斷打破底線的劣根性。對一個人好，和借錢是一樣的道理。借一百個銅板給別人，別人能記很久；借一百金給別人，別人就成了習慣，覺得這是你應該給的，若有一日不給了，還會心生怨恨。

楚瑜對他太好，好得他習慣了，於是他終究覺得，楚瑜給這麼多是舉手之勞，無需關注太多。

等回頭再看，這世上哪裡有誰該對誰好，給是情誼，不給是道理。而踩著別人的情誼當成是道理，那就是畜生不如的東西。給狗餵食狗尚且知道感恩，況人乎？

顧楚生深吸一口氣，抬眼看向衛韞：「我與大夫人說了些舊事。」

衛韞沒說話，跪坐在他對面，目光如刀。

「然而，此事已了，還請侯爺放心。」顧楚生苦澀笑開：「日後，我不會糾纏大夫人。」

直到他把罪贖清那一天。

「她為什麼哭？」衛韞得了自己要的結果，問自己最關心的事。

顧楚生沒說話，他垂下眼眸，許久後，終於道：「是我辜負了她。」

話音剛落，衛韞的袖刀猛地插在顧楚生身後的牆上，衛韞低頭俯視著他，眼中全是警告。刀風劃破顧楚生的臉，鮮血流下來，顧楚生卻是一動也不動，甚至連眼皮都沒抬起半分，彷彿生死在此處，早已無所謂了。

「既然滾了就別回來，」衛韞也沒管他這一副求死的態度，冷著聲音道：「不然我會讓你明白，什麼叫做後悔為人。」

說完，衛韞收了袖刀，轉身離開。

顧楚生捧著熱茶，閉上眼睛，輕嘆出聲。

楚瑜昏昏沉沉睡了一夜，第二天清晨醒來時，已是日上三竿。她捂著頭清醒過來，尚還帶著宿醉後的頭疼。

晚月捧了專治宿醉後頭疼的湯藥過來，見楚瑜捂著頭，便笑起來：「可是頭疼了？」

楚瑜抬眼朝著晚月看過去，見晚月笑意盈盈，便「啊」了一聲道：「是啊，好久沒這樣過了，我的酒量沒這麼差的啊？」

「約是公主府的酒後勁兒大吧。」晚月端了湯藥遞給楚瑜。

楚瑜看見那一碗黑黑的湯，皺起眉頭道：「這是什麼？」

「小侯爺知道您醒來會頭疼，特意讓人準備治頭疼的藥。您喝也該起了，小侯爺都等了您許久了。」

「他等我做什麼？」

楚瑜將藥咕嚕咕嚕喝了下去，她慣來不太愛喝藥，因覺得藥太過苦澀，然而今日這醒酒湯，卻是帶著些甜味，格外好喝。大約是衛韞讓人調了甜的東西在裡面，讓口感好上許多。

晚月從楚瑜手中接過瓷碗，壓抑不住笑容道：「小侯爺說給夫人準備了一項大禮，大清早就送了過來，見您沒醒，他又抬回去，批了會兒摺子才再過來。」

這話說得楚瑜越發好奇起來，她梳洗起身後，便朝著庭院走去。

昨日下了大雨，於是今日雲破霧開，天朗氣清。如今已是午時，陽光正好。衛韞一襲白衣，背對著她，正蹲在地上，不知道嘀嘀嘀咕咕同誰說什麼。

等楚瑜靠近了，才聽見他的聲音道：「唉你別跑！我叫你別跑！你他娘別鑽我褲腿，哎哎，你別往樹根下鑽啊……」

楚瑜有些好奇，走到他身後，拍了拍他的肩，跟著他蹲下來道：「你蹲在這裡做什麼？」說話間，楚瑜就覺得有什麼毛茸茸的東西鑽到自己裙子下面，她嚇了一跳，趕忙站了起來。等站起來後，楚瑜迎面便見到一隻白色的小奶貓。

牠蹲坐在地上，看上去不足兩個月的模樣，水汪汪的大眼看著楚瑜，楚瑜瞬間沒有任何招架能力。

她蹲下身，便立刻又看見一隻黑色的小貓從衛韞另一側跑了出來，歡天喜地，彷彿什麼都不怕的樣子。

楚瑜本就喜歡奶貓，如今有兩隻奶貓在側，她簡直羨慕得不行。

她摸著小貓的腦袋，低頭笑道：「你怎麼突然弄了這麼多小貓來啊？」

「上次嫂嫂說，想以後養五隻貓。」衛韞從旁邊將另外三隻抓了過來，分別是橘、灰、三花。這五隻貓每一隻顏色都不一樣，卻都是剛斷奶的模樣，十分招人憐愛。那些貓一落地就想跑，衛韞想把牠們全都放在一個範圍裡，已經是十分艱難。他還想讓牠們排成一排給楚瑜觀賞，那完全是癡心妄想。

楚瑜同衛韞蹲在一起，看衛韞把這個小貓抓過來，把那個小貓抓過去。她笑著瞧著他，覺得這人真是少年心性。

「我說想養貓，你就給我養貓啦？」楚瑜撐著下巴逗弄他：「那我其他要求呢？你可還記得？」

然而出乎意料的，衛韞卻是點了點頭，認真道：「記得。」

楚瑜微微一愣，看見衛韞的手還放在一隻小貓身上，目光卻是落在她的臉上，彷彿許下什麼誓言一般，語氣裡沒帶半分敷衍道：「嫂嫂想要什麼，我都記著，早晚有一日，嫂嫂想要的，小七都會給得起。」

「來，嫂嫂，」這次衛韞學聰明了，他終於抓到五隻小貓，用手臂齊齊夾著，橫在胸前，露出上方爪子，排在他胸口，五隻小貓又叫又掙扎，衛韞抱著小貓往楚瑜的方向送過去，終於算是給楚瑜一個完整的觀賞機會。衛韞捏起其中一隻白色小貓的爪子，露出粉紅色的肉墊，笑咪咪道：「這些貓都是我選來的，妳看好不好看？」

楚瑜咽了咽口水。

上輩子的夢想，總算成功實現第一步了。

第十八章　故人

那些小奶貓都只有一個半月大，餵起來很費事。衛韞給楚瑜找了個專門養貓的人來替她照看著，以免把貓養死了。

楚瑜和衛韞熟悉了這五隻貓，按照招財進寶發五個字給貓兒取了名字之後，衛韞還有其他事，便先出去了。

等衛韞走了之後，晚月看著楚瑜逗弄貓兒，上前遞了碗銀耳湯給楚瑜，小聲道：「有一件事，奴婢不知當講不當講。」

「妳問這話，不是打定了主意要說嗎？」

楚瑜從長月手裡接過溫熱的帕子，擦了擦手，又從晚月手裡接過銀耳湯，目光落在那小貓崽身上，一動也不動。

晚月躊躇了片刻，終於道：「昨日我去給您煲醒酒湯時，長月同我說，小侯爺與您單獨交談了片刻？」

「嗯，」昨晚上的記憶楚瑜大約記得，但不甚清晰了。

她抬眼道：「如何了？」

「奴婢就是覺得，您畢竟是新喪之身，男女有別，是不是……」

晚月沒有說出後面的話來，楚瑜卻是聽明白了。

晚月向來是個心細的，當年她固執要與顧楚生私奔，便是晚月攔著不放。如今晚月說了這話，必然是她體會出了幾分不妥。

楚瑜在邊疆長大，府裡身邊大多都是男丁，十幾歲時還能在沙場上和人摔跤，男女之防向來看得不重。加上衛韞年幼，明顯還是個孩子，她一時也忘了。

晚月見楚瑜垂眉思索，便接著道：「奴婢知道您是覺得侯爺年幼，但算起來，侯爺今年也滿了十五，算不得孩童了，當避著，還是避著些好。」

「嗯。」楚瑜知道晚月的擔憂，點了點頭道：「我省得。不過他孩子心性，妳也別想太多，無妨的。」

晚月見楚瑜有了主意，也不再多勸。候著楚瑜吃了銀耳湯，便看楚瑜抱起一隻小貓，進屋去了。

衛韞對淳德帝稱病，平日也就不怎麼上朝，在家裡同蔣純一起教導五位小公子。如今家裡有了貓，小公子對貓好奇，衛韞便每天定時定點，帶著小公子來玩貓。這時候蔣純也順便帶了帳簿過來，同楚瑜對著帳。

如此平靜不過兩三日，長公主便讓人帶了消息過來，再過兩日她將帶皇帝出宮，微服私訪，讓顧楚生午時躲到福祥賭坊去。

衛韞得了消息，即刻讓人去通知顧楚生，楚瑜聽了這消息，皺了皺眉頭道：「追殺他的人，你可安排好了？」

「嗯。」衛韞點點頭道：「我用姚勇的名義，給天隱堂下了單子。」

天隱堂是江湖一流的殺手組織。聽到衛韞的話，楚瑜有些意外：「你如何偽裝成姚勇的？」

「他手下有一個人，叫陳竹。」衛韞低頭看著衛家各處眼線送來的線報，同楚瑜解釋道：「原本是我們的人，我讓他說動了他上面的人，去給天隱堂下的單子。」

如此曲折的法子，皇帝再如何查，也查不到衛韞頭上了。

畢竟姚勇想要殺顧楚生是真，只要隨便查一查這顧楚生一路是如何來的，甚至不用問天隱堂，都能想到幕後黑手。

「可是，」楚瑜想了想，有些擔憂道：「若是兩日後，天隱堂沒在賭場找到顧楚生，沒在陛下面前剛好撞上呢？」

「福祥賭坊是姚家的產業。」

去福祥賭場是衛韞出的主意，他自然有他的考量：「姚勇如今既然要殺顧楚生，姚家各地產業怕是早就知道了消息。我們今晚先送顧楚生連夜出府，然後讓他自己找個姚家產業下的客棧歇息，姚家人一旦發現他，一定沿路追殺，到時候就看顧楚生的本事，如何一路逃到福祥客棧去了。」

「那顧楚生要是不行了呢？」楚瑜再問。

衛韞平靜道：「那我就便暗中相助，偷偷幫他。」

衛韞說暗中相助，楚瑜便明白過來，其實只要顧楚生能跑，一路被追著也好。若是跑不了，便派一個人去，幫著顧楚生跑。這事兒人不能多，人一多便會讓人看出來有人幫忙。

而這個幫忙人是誰，衛韞說是自己，楚瑜卻明白，她其實更合適。

她手裡有衛韞寫給她的放妻書，與顧楚生又有那麼一段眾人皆知的情誼。她去幫顧楚生，哪怕後來被人查到，也可搪塞過去。然而若是衛家派人被查到，以淳德帝的心思，怕是會認定是衛家刻意陷害姚勇。

罷了……

楚瑜思索著，大不了，出事的時候，她去幫個忙就好。

楚瑜思索著放下心來，點了點頭，也沒再多說。

當天晚上，衛家連夜將顧楚生暗中送出衛府之後，楚瑜便該做什麼做什麼，也沒有太擔心。

悠悠喝茶到了夜裡，衛夏突然衝到楚瑜房裡，焦急道：「大夫人，不好了。」

「嗯？」楚瑜聲音平緩，站起身道：「何事？」

「姚家派了兩隊人馬，如今追著顧楚生，衛家若是不出手，顧楚生怕是跑不開。小侯爺現已準備好去幫忙了，打算一個人帶著顧楚生躲一下。」衛夏焦急開口，楚瑜早做好準備，抬手讓衛夏出去，同他道：「你攔住他，此事我去，你便同他說，我已經趕了出去，哪怕日後查出來，也是我顧念過往情誼救的顧楚生，與衛府沒有什麼關係。」

楚瑜說完，轉身去換了一身夜行衣，直接往馬廄趕了過去。

趕到馬廄時，楚瑜剛準備上馬，便聽衛韞急促道：「嫂嫂別走！」

說著，衛韞來到楚瑜馬前握住馬的韁繩，焦急道：「此事我去！」

「你要去？」楚瑜的聲音有了冷意。

「嫂嫂……」衛韞見楚瑜帶了怒意，氣焰頓時矮了下去。

楚瑜猛地提高聲音：「堂堂鎮國公，這點小事輪得到你去？你去與衛秋去，又有什麼差別？你給我讓開！」

聽到這話，衛韞愣了愣，楚瑜翻身上馬，用鞭子指著他鼻尖道：「給我好好待在衛府裝病，該用著你的時候再上！」

「嫂嫂……」

「長兄如父長嫂如母！」楚瑜厲喝：「別耽誤時間，給我回去！」

說完，楚瑜吩咐衛夏：「看住他。」

隨後便帶著人，駕馬衝了出去。

衛韞呆呆看著楚瑜的背影，他張了張口，想說什麼，卻發現，什麼都說不出口。

無力感深深湧來，他不是不想攔她，不是攔不住她，然而看著她這樣焦急的模樣，他何嘗不明白，她吵著要去，無非是為了那個人罷了。

上一次去昆陽，她是想救那個人。

如今也不過是如此。

他瞧著那人打馬而去，也說不清心裡什麼滋味，衛夏嘆了口氣道：「侯爺，大夫人說得對，此事不該是你出頭的。您也別難過了。」

聽到那句「別難過」，衛秋悠悠瞧了衛夏一眼。

衛韞笑了笑，有些奇怪道：「我有什麼好難過的？我不過是擔心而已。」

衛夏微微一愣，隨後忙點頭道：「是我說錯了。」

可是怪得很。

衛韞說完這句話，竟覺得衛夏說得有那麼幾分對，似乎還真有那麼一點點的，微弱的酸楚在心裡。

他也不明白這是什麼感覺，思來想去，約和年少時看見母親更寵愛大哥那樣的情緒吧。

他抿了抿唇，轉身往庭院回去。

楚瑜出了衛府，一路往顧楚生被圍困的地方追去。

顧楚生被圍在一片林子裡，他設了陷阱躲在林子裡，對方在他手下吃了幾次悶虧，也不敢往前，就這麼僵持著。

楚瑜躲在樹上，觀察著局勢。殺手小心翼翼搜索著草叢，完全看不見顧楚生的身影。

那些殺手不敢分開，全都背靠背在一起，小心翼翼搜尋，而另一批人則圍在圈外，防止顧楚生逃跑。

這樣搜索的方式雖然慢，但顧楚生卻是早晚要被找到的，楚瑜不敢妄動，就在暗處一直靜靜等著。

顧楚生擅長奇門遁甲，搜了這麼久都沒搜索到，那必然是顧楚生用了些法子。對方搜了一會兒，有些焦急，其中一個乾脆道：「我們乾脆將這一片放火燒了！我就不信這龜兒子還不出來！這人武功不行，跑不出去，我們就在外面守株待兔好了。」

聽到這話，楚瑜心中一凜，一群人說幹就幹，外面圍著這塊地的人迅速清出一塊足有一丈寬的防火帶來，隨後所有人圍在防火帶邊上，朝四個方向潑了酒，堆起柴火，點起火。

楚瑜看見這些人往火了扔了什麼，立刻屏住了呼吸。火勢越來越大，從中間往裡面燒，楚瑜站在樹頂端，一直盯著被圍困那一塊地。

火燒了一刻鐘，因為冬日多乾柴，周邊便已經徹底燃了起來，被困那塊地煙燻繚繞，楚瑜心裡提了起來。

這放火燒山，大多數人不是燒死的，而是因吸入大量煙塵窒息而死，若顧楚生再不出現，再燒一會兒，她怕是也要走了。

楚瑜思量片刻，見圈外火勢甚大，周邊的人看見這樣的火勢，其中一個笑著道：「我說咱們也不找了，就這麼圍著，他若不出來，就等著給他收屍好了。軟筋散也放進去了，這裡面怕是連兔子都動不了了。」

一聽這話，楚瑜不再猶豫，順著樹幹滑了下去，動作靈巧如鬼魅。

落下地面，楚瑜立刻屏住呼吸，拿出一方手帕，滴了藥劑在手帕上，捂在鼻尖隔絕了粉塵和軟經散的藥效，這才下去招人。

她貓著腰，借著火光快速掃著每一塊地面，過了沒有片刻，便聽到一聲呼喚：「阿瑜……」

楚瑜豁然回身，疾步走到一堆草叢前，看見趴在地上，全身是傷的顧楚生。

他已經完全動不了了，楚瑜二話不說，將他扛在肩頭，足尖一點，便順著大樹落到樹頂上。

楚瑜習練功法偏陰性，身形輕巧，輕功比常人要好得多。不僅上了樹頂，還順著樹尖一路跑遠了去。

顧楚生被她扛著，轉頭看她。

月色下，楚瑜的面上輪廓清晰可見，她的眼睛、她的鼻梁、她的唇角。

十六歲的楚瑜，還是美好年華。

顧楚生瞧著她，不忍心移開目光半分。他心知此刻寶貴，以往楚瑜就是這樣救他，他年少的時候，楚瑜無數次這麼扛著他跑。

到了安全區域，楚瑜尋了一間破廟，直接將顧楚生扔了進去，她抬手捏著他的下巴給他砸了顆藥，又迅速丟了一堆藥瓶子給他，隨後道：「餘下你自己安排，我躲在暗處，不到關鍵時刻不出聲。你趕緊上藥，等火勢消了，他們便知道你沒死，怕就要追上了。」

「嗯。」顧楚生低頭應了一聲，吃了楚瑜給的藥，他終於能夠動彈，緩慢起身撿起瓶子，也沒再說話。楚瑜見他今日沒多說什麼，不由得有些奇怪，回頭看了他一眼，卻又想，他怎樣又和自己有什麼關係？

她二話不說，翻身上梁去，雙手護劍抱在胸前，倒頭就這麼睡了。

顧楚生坐在梁下，抬頭看了橫梁一眼。

那人正在他頭頂，那人便如他一片天。

就這樣歇息到第二日，清晨楚瑜早早起來，和顧楚生商議好了往賭場去的暗號後，顧楚生故意留下一些痕跡，兩人便往城中趕去。顧楚生在明，楚瑜在暗。

兩人剛入城沒有多久，一群人就追上了顧楚生。顧楚生沿著小路一路狂奔，他跑得極有技巧，只走一個人能過的巷子，那些人也只能一個一個來追，顧楚生一面跑一面扔東西，楚瑜也暗中幫著給那些人設置障礙，倒是半天沒被人抓著。

與此同時長公主已經哄著淳德帝進了賭場，衛家暗衛追上楚瑜，給楚瑜打了招呼，楚瑜便按照約定從房梁上扔了一塊瓦下去。

顧楚生見到楚瑜的暗號，憑著他三腳貓的輕功爬上瓦頂，一路朝著賭場衝去。

那些人追紅了眼，也顧不得招搖不招搖，跟著顧楚生從房頂上踩過。

楚瑜在屋簷下掛著，藏著追在這些人後面。

三批人一前一後到了賭場，顧楚生朝著窗戶裡猛地一撞，便砸進了賭場之中。

這一番變故驚了眾人，長公主和淳德帝正偽裝成普通人在賭桌前押注，聽到這一聲響，長公主瞬間上前一步，護在淳德帝身前，帶著侍衛護著淳德帝往外去。

而此時殺手也衝了進來，因著是姚家的產業，這些殺手沒收手。顧楚生武功不好，被困在這種地方，那就是甕中捉鱉，插翅難飛。

一夜追逐，這些殺手早被顧楚生激起了火氣，哪怕鬧得人仰馬翻，卻還是一路追砍。

顧楚生在桌下又滾又爬，動作倒是靈巧。

長公主護著淳德帝，焦急道：「老爺，咱們先……」

「等等。」淳德帝按住長公主，目光落到顧楚生身上，皺著眉頭瞧了一會兒後，慢慢道：「那人我瞧著，怎麼這麼像顧家那個大公子？」

當初顧楚生親自入宮告發自己父親，這樣的舉動一般人做不出來，淳德帝對顧楚生印象還是很深的。

見他被人左追右砍，淳德帝的眉頭越皺越深。他身後頭髮半白的奴才上前，小聲道：「老爺，是顧楚生。」

淳德帝聞言，神色一凜，他用扇子敲了敲旁邊一個侍衛，吩咐道：「把人給我救下來。」

此時顧楚生已經好幾次差點被砍到，虧得他善用地勢，居然借著桌子和那些人周旋了這麼久。

淳德帝身邊都是精英，此時往戰局裡一入，局勢瞬間顛倒。

其中一個殺手怒喝：「休管閒事！」

楚瑜在梁上聽著這話，頓時覺得有些奇怪。

這一聲「休管閒事」裡，帶著若有似無的北狄腔調。華京的人大概聽不出來，然而在邊疆與北狄交戰多年的楚瑜卻是瞬間察覺了不對勁。

這明明是姚勇派來的人，怎麼還有北狄口音的人？

如今大楚戰場正與北狄打得難捨難分，姚勇身為主帥，若與北狄有勾結……

楚瑜想到這裡，頓時一身冷汗。可旋即又冷靜下來，不對，若是姚勇與北狄有勾結，怎麼敢將北狄人當成自己的殺手來用？

楚瑜一時想不明白這是怎麼回事，卻將目光盯在那殺手身上。

注意到之後，楚瑜便從那殺手出手的動作裡慢慢體會出了不對。他的劍法看上去是大楚的路子，可手卻總在收劍時下意識讓劍鋒微微傾斜，北狄多用圓月彎刀，刀鋒稍微傾斜可以讓刀鋒砍在人身上更加有力，故而這是北狄人慣常動作，但放在大楚的劍法來講，沒有一個門派的劍法有這樣的習慣。

與那個殺手交戰的侍衛明顯是個出身在京城的貴族子弟，路子純正，劍法磅礡，一心一意光顧著交戰，根本沒看出這殺手的不對來。

楚瑜思索片刻，覺得此人不能死在這裡，便暗中取了塊銀子，在那殺手靠近窗戶時，朝著那侍衛扔了過去。

也就是這片刻阻礙，讓那殺手成功越窗衝了出去，楚瑜瞬間跟上，如今顧楚生既然被皇帝發現，便是得救了，她也不用再守著，不如跟上這個殺手，半路將人截了過去。

那殺手是個聰明的，皇帝根本沒有多餘人手追他們，於是他這一跑，倒沒廢多少工夫就跑了出來。

他見自己安全了，便喘息著靠在小巷牆上，單手拿出一個藥瓶，咬開上面的瓶塞，將藥丸一口倒完。

而後他將藥瓶扔在一邊，又拿出布條嫻熟地給自己包紮好傷口。

等做完這一切，他用劍撐著自己，打算離開時，就聽到一個女聲笑著道：「壯士既然包紮好傷口，便隨我走一趟吧？」

那人聞言，猛地向後拔劍，就在這瞬間，女子抬手扶住他的手肘，在他劍落下來時，出手點在他的穴位上，隨後在他反應過來下一瞬間手法熟練地卸了他的下顎。

那人僵住身子，楚瑜瞧了他一眼，喃喃了一句：「個子挺大啊。」說著，楚瑜將劍往腰間一掛，說了句「得罪了」了之後，便單手扛著那人，直接上了房頂，幾個起落就到了衛家接應的地方。

衛秋帶著人等在這裡，一看見楚瑜扛著個人來就愣了，衛秋皺了皺眉頭：「大夫人，這是誰？」

「哦，我覺得他不對勁兒，就把他撿回來了。」

楚瑜將人放下來，一把拉開對方臉上的布。

一張端端正正的臉出現在眾人面前，這人五官深邃，輪廓剛毅，到是典型的北狄人長相，然而相比真正的北狄人，其眼窩又淺了些，膚色也白上許多，倒一時分不清是哪裡人了。

在場的衛家人看見這長相，都不由得皺起眉頭，衛秋轉頭看向楚瑜，詢問道：「您是覺得這是北狄奸細？」

聽到這話，那人明顯是急了，想說什麼，支支吾吾了半天。

楚瑜點了點頭，吩咐衛秋道：「先把他嘴裡清一遍，把那些死士的毒藥全清乾淨了再合下顎。」

衛秋點了點頭，讓人將這人扔上馬車，隨後一行人便回了衛府。

衛韞早就等在家裡，楚瑜趕回來後，抬手同他道：「我先去換件衣服，具體情況衛秋同你說。」

說完楚瑜便風風火火去沐浴更衣，衛韞轉頭看向衛秋，卻是道：「沒事兒吧？」

衛秋明白衛韞問的是什麼，點頭道：「大夫人沒事，不過帶回來一個人。」

衛韞皺了皺眉頭，衛秋繼續道：「長得像北狄人，現在關押到地牢裡去了。」

「我去看看。」

一聽北狄兩個字，衛韞便留了心，他直接到了地牢，那人已經被掛在刑架上。

衛韞站在那人身前，靜靜瞧著他。

對方看見衛韞，嗤笑出聲：「原來是衛家那個膽小鬼啊，怎麼，躲在後方撿回一條命，如今就到老子面前耀武揚威了？」

所有人沒說話，衛韞靜靜看著他。

「我認識你。」他冷聲開口：「九月初三，你曾與我交過手，那時候，你還是北狄的人。」

衛韞記得他，這人身手不錯，人又狡詐，當時夜裡帶了一百人來偷襲糧草，剛好遇到衛韞守夜。

其實也不是衛韞剛好在守夜，而是那天他父親特別吩咐了他，讓他一定要守好糧倉。

當初不覺得什麼，他從來不去仔細想太多事兒，衛忠叫他守，他便守著，結果一守真守出了事兒。

這人在他手下走了幾個回合，武藝當的上一聲「不錯」，因此他對他記憶深刻。

此刻見到他被關在這裡，衛韞皺起眉頭道：「你來華京做什麼？」

「大夫人說，他是來刺殺顧楚生的。」

聽到話，衛韞眉頭皺得更深，他抬眼看向對方：「你是誰派來的？」

「關你屁事兒！」對方「呸」了一聲。

衛韞冷笑起來：「行，你硬骨頭，我便看你硬氣到什麼程度！堂堂大楚人認北狄為主，怕是北狄一條好狗。」

「你放屁！」對方被這麼一激，大吼：「放你娘的千年陳屁！衛小王八我告訴你，你可以罵老子，但你不能說老子是北狄的狗。我他媽在北狄忍辱負重這麼多年，不都是為了大楚嗎？要不是老子放水，你以為那天老子燒不掉你那些破糧草？」

「你不是北狄派來的，你還能是誰派來的？別以為隨便說幾句冠冕堂皇的話就能糊弄我。」衛韞把目光落到烙鐵上，平靜道：「給他一晚時間，今晚他不說實話，明天就給他臉上烙一個『北狄狗』。」

「衛韞我操你大爺！」對方怒吼。

衛韞勾了勾嘴角：「有本事你就操。」

青年：「……」

衛韞也懶得和他糾纏，吩咐衛秋問些什麼後，轉頭就走。等出了門，衛夏小聲道：「侯爺，這人看上去呆頭呆腦的，不像個奸細啊。」

「他不是。」

衛韞肯定開口，其實那人說得對，當初他的確是有機會燒了糧草的，是他故意放了水。而且看那人的長相……

衛韞抿了抿唇。

北境與北狄常年征戰，有一年衛家失利，失了一個城，城中百姓沒來得及完全撤離，留了一些人，而留在那裡的女子……

看了那人的長相，應該是北狄與大楚的混血，這樣的孩子算不上多，其出身大多是能猜出來的。這樣的人，若還能當北狄的奸細，那真是沒有半分良知了。

而此人雖然一路罵罵咧咧，氣度卻還算坦蕩，應該做不到這個地步來。

衛韞思索從地牢出來，到了地面上，同衛夏吩咐道：「同他們說，別真給他上刑，先多餓幾頓，不說再打。」

「行。」

衛夏點點頭，還想說什麼，便見到衛韞健步如飛往大堂去了。

到了大堂裡，衛韞坐在案前，等了一會兒後，才見楚瑜來。

楚瑜這次來，穿得規規矩矩，和平日的散漫大有不同。他瞧了一眼，心裡有些疑惑，卻也沒有多問，只是道：「妳來之前我收到了消息，陛下將顧楚生安置在長公主府。」

聽到這話，楚瑜愣了愣，隨後低下頭，憋住笑，沒有說話。

衛韞有些疑惑，皺起眉道：「妳笑什麼？」

「沒什麼，」楚瑜抿著唇，笑意卻是遮掩不住道：「就覺得，長公主這次，倒是得償所願了。」

聽了楚瑜的話，衛韞這才反應過來，按照長公主的性子，顧楚生去長公主府，怕是羊入虎口，還是口感特別好那種羊。

他忍不住也笑了：「顧大人豔福不淺，想必會是段好時光。」

「別和我貧了。」楚瑜轉頭看過去：「如今顧楚生已經告了狀，下一步怎麼辦？」

「我會修書給宋世瀾，」衛韞平靜道：「且等著吧。」

楚瑜點點頭，然而想了想，她嘆了口氣道：「可憐百姓了。」

衛韞沒說話，楚瑜怕他將責任攬在自己身上，便道：「我隨意說說，你別放在心上，這過錯不在你，在姚勇。」

「將士不上戰場，卻躲在這後院玩弄詭計，這錯如何不在我？」

衛韞笑了笑：「姚勇有錯，我亦有過。只是說，」衛韞目光悠遠，「我並不會後悔罷了。」

楚瑜沒說話，她不知如何寬慰，衛韞抬頭看她，好久後，卻是道：「這些事且先不提，其實今日來，我主要是想同嫂嫂商議一件事。」

「你說。」見衛韞神色鄭重，楚瑜忙坐直了身子。

衛韞目光裡帶了幾分苦澀：「其實衛家人才濟濟，很多事不需嫂嫂去做，日後嫂嫂多顧及自己，往事如煙，該散便散了吧。若是散不了，何不重新拾起來，好好修補呢？」

楚瑜愣了愣，片刻後她便明白，衛韞指的是她救顧楚生的事。她忙道：「其實救他不過舉手之勞，我只是覺得此事我比較合適。這事兒誰合適誰做，小七你在顧慮什麼？」

衛韞沒說話，楚瑜想了想道：「你可是擔心我受傷？這你不用擔心，我心裡有數的。」

衛韞沉默低頭，楚瑜見似乎不對，又道：「你還是覺得，我身為衛家大夫人，做這些事，失了身分？」

說著，楚瑜便笑了：「這事兒又不是明面上做，大家也不知道，物盡其用，我能幫忙……」

話沒說完，衛韞便站起身，同楚瑜道：「我還有他事，嫂嫂先自便吧。」

楚瑜被他這一番動作搞得莫名其妙。

衛夏衛秋跟著衛韞走出來，衛夏勸慰道：「大夫人也是一番好意，雖然是魯莽了些，但凡事看最終結果就好，您……」

「不必說了。」衛韞平靜出聲，打斷了衛夏的話，衛夏抬頭看他，見衛韞神色平靜道：「是我的不是。嫂嫂說的都有道理，她有自己的選擇，這事兒也的確她做最合適，她願意做，做得好，我除了擔心，沒什麼好多想的。」

「顧楚生乃青年才俊，他們的事兒，本輪不到我擔心。大哥已去，總不能真讓嫂嫂為他守寡一輩子，就這樣吧。」說著，他轉身走進書房：「不管了，也管不了。」

衛夏被他這番話說得啞口無言，也不知道該接什麼。見衛韞坐到桌前開始批衛家各地線報，衛夏苦著臉道：「我還是去廚房看看給侯爺的藥熬好沒吧。」

說完，衛夏便轉身跑了。衛秋留在衛韞身後，好久後，衛秋慢慢道：「其實與您無關的事兒，您不悅什麼呢？」

聽到這話，衛韞的手微微一頓，墨染在紙面上，他垂下眼眸，遮住眼中的神色。

「我不喜。」他淡然道：「卻不知為何不喜。或許是為著大哥，又或許是我自私，太過依賴嫂嫂，便總想留嫂嫂在府裡一輩子。」

「有時候我其實不太明白，這些女子為何一定要嫁人？彷彿不嫁人，不成婚，沒有一個孩子，她們一輩子就毀了一般。但若不是遇到喜歡的人，一家人過一輩子，不是很好嗎？」衛韞說著，眼裡帶著茫然：「我會孝敬嫂嫂，她若擔心無人養老送終，衛家如今還有五位小公子，隨便哪位寄養給嫂子，也沒有什麼。她若擔心日後在外被人欺負，我便為她掙一個誥命之身，有我護著，她捅破天去，又有何妨？」

「她嫁了人，尤其是嫁給顧楚生這樣的人，日後受了欺負，你說又要怎麼辦？一家人管一家人的事兒，我難道還要去逼著顧楚生休人不成？」衛韞越說越苦惱，說到最後，他將筆擱下，重重嘆了口氣道：「我就是覺得顧楚生這人不行，可卻也攔不住，我能如何？」

「顧楚生不行，其他人便可以嗎？」衛秋平靜發問。

衛韞愣了愣，半天後，支吾道：「如今……大約還沒遇上好的吧。」

衛秋不再說話了，話說到這裡，也沒什麼好多說下去的。

他看著衛韞坐在原地，似乎在思慮什麼，便道：「主子，還是看線報吧。」

「嗯。」衛韞被他喚回神智，也不願再多想，低頭看向線報。

然而他總覺得，隨著衛秋的發問，內心有了那麼一絲不尋常。

他似乎意識到什麼，卻又不大明白，於是藏在最深處，乾脆守在邊上，不再觸碰。

衛韞與楚瑜交談完後，隔天早上，顧楚生便在公主府醒了過來。

他醒來的時候，屋裡炭爐燒得旺盛，彷若炎炎夏日，感覺不到半分寒意。他的傷口已經包紮好，身上就穿著一件水藍色冰絲長袍，露著大半胸膛。

長公主坐在他邊上，瞧見顧楚生睜開眼睛，趕忙探了過去，給顧楚生搖著扇子，拋了個媚眼道：「喲，你醒啦？」

顧楚生一看見長公主，便知道不好，他故作鎮定抬起手，在被子上拉了拉自己的衣服，然後同趴在他上方的長公主道：「公主請自重，顧某乃外男，還請公主離顧某遠一些，以免玷汙公主清譽。」

「哎呀，你同我談什麼清譽不清譽啊？」長公主眨了眨眼睛：「你都進了長公主府，還有什麼清譽好講？」

顧楚生不說話，手裡緊攥著自己衣襟，盯著床頂，有些緊張。

就是這時，一聲輕笑從外面傳來：「你們這是做什麼？」

長公主抬頭看向外面，見一男子，長髮用玉帶束在身後，身著水藍色長衫，端著一碗湯藥，施施然走了進來。

他的眉目生得俊雅，五官看上去十分柔和，讓人感覺不到半分威脅，這樣的長相，讓他顯得格外近人。

聽見這個聲音，顧楚生舒了口氣，長公主離他遠了些，瞧著那人道：「這顧楚生來了，你倒比我還著急。」

「為公主分憂，這本是我分內之事。」對方說著話，走到顧楚生身邊，他將顧楚生扶起來，湯藥遞給了他。

顧楚生沉默著接過那湯藥，好半天，終於斟酌著開了口：「謝過……」

「過往的名字，便不用再提了。」他輕飄飄一聲，便讓顧楚生將剩下的話埋進了唇齒之間。顧楚生想了想，點頭道：「也好。」

他舉碗喝下湯藥，彷彿感覺不到苦似的。那人就守著他，長公主在旁邊瞧了一會兒，見著無趣，便同那人道：「你們慢慢聊，我先走了。」

說完，也不等那人開口，長公主便轉身離開了。

等長公主的身影澈底不見，顧楚生才轉過頭來，打量面前這個人。

這人將其他人遣退下去，熟練地站起來，去炭爐裡換了炭火，在炭火裡加了香。

「她喜歡聞香味，隨著心情不同，喜歡的風格也有所不同。」那人突然開口，聲音平淡：「我如今已是調香好手，但與你相比還是三腳貓的功夫，如今你剛好有時間，不如在公主府教我一二？」

「您開了口，顧某又怎敢拒絕？」顧楚生苦笑了一下，片刻後，還是道：「您如今，過得可好？」

「很好。」對方點了點頭：「這半生以來，從未有一段時間，讓我如此安眠。」

「那便好，」顧楚生點點頭，重複道：「那便好。」

「我如今有了新的名字，叫薛寒梅。」

那人突然開了口，慢慢走了回來，顧楚生有些詫異，不明白他為什麼同自己突然說這個。

對方笑了笑，聲音裡有些苦澀：「她還是掛念著他啊，你看那人叫梅含雪，如今我的名字，也不過是那個人倒過來了。」

「您不用想太多……」

顧楚生一時不知道該如何說。

這個人和長公主的事，向來是剪不斷理還亂，上輩子他在不久後病逝，他死了之後，長公主便散盡身邊所有面首，死活鬧著追封他為駙馬，將他放進了皇陵。

他上輩子生前就常對顧楚生說，長公主對他，不過是看在梅含雪的面子上而已。然而等他真的死了，顧楚生去陪著長公主送他入皇陵時，他問她：「妳既然為了梅含雪留了他這麼多年，為什麼最後入皇陵的不是梅含雪，而是他？」

那時候長公主沒說話，許久後，她輕輕笑了。

年齡從來與長公主無關，無論多少歲，她都那樣美豔動人。直到那一刻，顧楚生才驟然發現，長公主老了。

她眼裡含著眼淚，嘲諷著笑出聲來：「我都把他葬進皇陵了，你們怎麼還是不信，我是當真喜歡他的？」

「我對他說了千百遍這話，他不信。」

「臨死前，他還問我這句話，還不信。」

「我到底要怎麼做，」長公主眼淚落下來，捂住胸口，咬牙出聲：「我是不是要把心挖出來，你們才明白，我當真喜歡他。」

「我當年喜歡梅含雪是真心，我後來喜歡他，也是真心。」

想到這人和長公主的結局，顧楚生心生不忍，只能道：「長公主殿下，是真心喜歡您的。」

「我知道。」對方笑了笑：「她同我說過很多次了。」

然而，他卻是從來不信的。

他沒說出後面的話，顧楚生卻明白他的意思。這人的心思向來難以轉變，顧楚生見勸不住，也不再勸了，只是問道：「您如今可有什麼不舒服？」

「問這個做什麼？」薛寒梅有些奇怪，隨後道：「我必然是比你好過很多。」

「您過得好，」顧楚生嘆了口氣：「想必我父親，也放心了。」

薛寒梅聽見顧楚生的父親，便不再說話了。

他跪坐在床前，好久後，才慢慢出聲，卻是一句：「對不起。」

顧楚生愣了愣，忙道：「您不必多想，這本是我父親願意的。」

薛寒梅搖了搖頭，卻不肯再多說。

顧楚生想了想，換了個話題，「您近來，可有什麼打算？」

「能有什麼打算？」薛寒梅笑了：「我以往就求在她身邊過一輩子，如今終於能在她身邊過了，我又有什麼不願意的？」

「那……也好。」顧楚生點了點頭，真心實意笑開：「您能想開，那就再好不過了。」

兩人聊了一會兒天，薛寒梅便走了出去。當天晚上，下了一場巨大的冬雪。

那年大楚的冬雪下了好幾次，仗也打了好多場，前方節節敗退，皇帝震怒不已。許多地方，甚至連信使都會被北狄的軍隊攔截殺害，根本傳不出任何消息。

楚瑜每天固定時間去看線報，瞭解各地的消息。她近來與衛韞的話越發少了，衛韞察覺，卻也沒有多說，似乎隱約覺得，這樣少話，也是對的。

然而多少會有那麼些難受，於是一起看線報的時間，便變得格外珍貴，兩人安靜分享著消息，將有價值的消息互相分給對方。

「這地方可有意思了，」衛韞突然看到了一條線報，笑著道：「一直給朝廷派人求援，但這地方其實根本沒被圍困，被攔截了三路人馬，也不知是不是那縣令嚇破了膽，這麼著急求救？」

「哦？」楚瑜其實不感興趣，卻還是順口詢問：「哪個地方的守官如此膽小？若都像他們一樣，這兵馬……」

「鳳陵。」

楚瑜話沒說完，衛韞就爆出名字。楚瑜猛地抬頭，大驚失色，忙道：「你再說一遍，哪個地方？」

「洛州鳳陵。」

第十九章　真相

聽到這話，饒是早有準備，楚瑜也嚇了一跳。

鳳陵要出事兒她是早就知道的，可是鳳陵出事也該是宋文昌死了，楚臨陽帶兵偷襲北狄，折到鳳陵之後的事兒了，為什麼會在此時就開始求援？

楚瑜將鳳陵的線報拿出來看，再三確認鳳陵的確沒有被圍困後，皺著眉頭道：「他們派了三波人到華京來，到底想往華京裡送什麼？」

「我讓人去看看吧。」衛韞思索片刻後，同楚瑜道：「鳳陵距離此處不過兩天的距離，我讓人去看看。」

衛韞說完後，便招來人，讓人去鳳陵探查。

也就在此期間，楚瑜將其他地方的線報翻了出來，戰場上幾乎都在敗退，也沒什麼異相，而楚臨陽一天前還而給衛韞飛鴿傳書，位置在距離鳳陵約有一日路程的陽關。

她心裡還是放心不下，抬手給楚臨陽寫了書信，詢問了楚臨陽如今前線情況之後，抬頭同衛韞道：「你幫我給宋世瀾去一封書信，若是適當時機，可殺宋文昌。」

「這麼急？」

衛韞有些詫異。

楚瑜垂眸，如今殺宋文昌，的確是著急了一些，然而上一次衛府之事已讓她明白，要想改變這世上的命運，就從根源上解決。

宋文昌死了，楚錦就不會去求援，楚臨陽也就不會去救人，更不會為此而死。

反正，宋文昌也是要死的，早死晚死，不如死得有價值一點。

想了想，楚瑜又道：「告訴他，若他不好下手，我來幫他。」

衛韞這下更疑惑了，他皺眉道：「妳與宋文昌有仇？」

「倒也沒仇，」楚瑜看著線報，平靜道：「只是我有他近兩個月內必死的理由。」

兩人說話期間，衛秋帶著一堆紙呈了上來，同衛韞道：「侯爺，地牢裡那個人審了一些東西了。」

衛韞應聲，讓衛秋將紙呈上來。

這個人叫沈佑，的確是當年衛家放棄那個城池出生的人，年不過二十三，在大楚與北狄邊境長大，因為長相兩邊都不太接納，卻也能自娛自樂混跡於兩邊。十三歲之前在街頭當混混，十三歲時被姚勇發現，專門帶回來培養成間諜，十七歲入北狄軍營，在北狄軍營裡待到二十三歲，回來之後隱姓埋名，乾脆到姚勇手下當他的殺手。

這次殺顧楚生本來輪不到他出手，只是顧楚生太難追，於是姚勇幾乎是傾巢之力，將所有殺手都派出來找人。

衛韞看完紙上的資料，皺了皺眉頭：「他既然當著間諜，為什麼會突然回來？」

「他不說。」衛秋平靜道：「人已經打得不行了，再審下去不行，下屬便先來稟報。」

「你……」衛韞愣了愣：「不是說不要怎麼打的嗎？」

「我沒打幾下，」衛秋平靜道：「都是些皮外傷，他身子骨弱，受不住。」

這一位大漢，居然是如此柔弱的男人，在場眾人內心都有點複雜。

衛韞最先回神，也不再說他，反而是轉頭同楚瑜道：「妳說這姚勇可真是能耐。說他行，戰場上盡耍些心眼，打起仗來除了棄城就是當逃兵。說他不行，專門培養去北狄的間諜這事兒，他又做得如此純熟，也算厲害了。」

楚瑜沒說話，她總覺得這事兒有那麼幾分不對勁兒。

衛韞見她不語，將紙交到一旁給衛夏整理成冊，吩咐道：「再回去問，問出他為什麼不當那間諜，沒有什麼問題的話，便放了。」

「他是姚勇的人……」衛秋遲疑著開口。

衛韞有些無奈，嘆了口氣道：「是我衛家不義在先，又怎能怪人怨恨？」

當年衛家棄城而去，雖然已經救下了大半百姓，但沒護住的就是沒護住，對於那一部分人而言，這就是衛家的不義。

也不管有沒有道理，這世上大多數人做出決定，不過是個人有個人的立場，哪裡又有什麼道理不道理。

「若不是有大妨礙，便好好安置，不再理會了。下次再為敵，再殺不遲。」

衛韞吩咐下去，這次衛秋沒有勸阻，平平穩穩道：「是。」

衛韞與楚瑜說著話的時候，地牢之內，所有人都以為已經暈死過去的沈佑慢慢睜開了眼睛。他背對著守衛裝死，守衛見他一直不動，以為他昏死過去，早已經放鬆了警惕。最機敏的衛秋如今已經走了，他等了許久，便該是此刻了。

他抬手悄悄放到大腿內側，從那裡抽了一根細小的管子出來，將管子裡的粉末倒出來，悄無聲息放到身後。

那粉末味道極其濃烈，剛放出來沒多久，所有人就聞道了一股異味，一個侍衛皺起眉道：「什麼……」

話沒說完，他就覺得兩眼發黑，「哐」一下倒了下去。其他幾個立即察覺不好，站起來就想動手，卻都沒堅持住，一個接一個倒下去。

沈佑站起來，用手上的手鏈搭上牢門上的鎖鏈，將兩條鏈子扭成奇怪的角度，三兩下之後，就聽「哢嚓」一聲，門上鎖鏈就斷了，沈佑又從耳朵中抽出一根小棍，這小棍是幾根細長的小棍折疊，打開之後，沈佑放入鎖中，搗騰兩下，鎖就被他打開來。

他快步上前，從侍衛手中偷了鑰匙，又拿了刀和一些藥品、銀子，換上對方的衣服後，趕緊跑了出去。

他這一切動作做得極快，彷彿做了很多遍。

衛府地牢之上正是一座假山，外面便是衛府的花園。

這時王嵐扶著肚子，沿著假山散步，她如今已經快臨盆了，侍女有些擔心道：「這麼冷的天，夫人您就別逛了。」

「今日是阿榮的生日，」王嵐聲音溫和：「他每年生日，向來喜歡在後院假山中玩耍，我今日有些想他了。」

「夫人……」侍女嘆了口氣：「您快臨盆了，就別想這麼多了。」

「無妨的。」王嵐笑了笑，抬頭看了看天色：「妳去給我拿件衣服吧，我想一個人待一待。我就在這裡不走，妳快去快回吧。」

侍女應了聲，退了下去。王嵐坐在一塊石頭上，看著旁邊的水池，心裡想起衛榮。衛榮孩子氣，哪怕已經當官很久了，還喜歡在假山裡和她捉迷藏嚇唬她。

王嵐想起夫婿，忍不住笑起來，嘆息道：「六郎，我再過兩年便要走了，你說到時候……」

話沒說完，她就聽見假山後傳來急促的呼吸聲和腳步聲，王嵐有些奇怪，剛回頭，就看見那假山之中憑空冒出個男人來！

王嵐「啊」的驚叫出聲，只是聲音才出了一半，那人便衝上來捂住她的嘴，同時拆了她的髮簪抵在她脖子上，低吼了一聲：「閉嘴！」

他動作太快，她根本看不到，沈佑看見面前的女子，不過十六七歲模樣，被他這麼一嚇，眼中便盈滿了眼淚。

邊境女子多強悍，他從未見過這樣如嬌花一樣的人，看她穿著打扮，精緻華麗，應是衛府家中頗有地位之人。

她就這麼怯生生瞧著他，乖巧溫順，完全不說話。

沈佑一時也凶不起來，啞著聲音道：「妳別說話，我便放了妳，妳若出聲，我即刻殺了妳，可明白？」

王嵐拼命點頭，身後慢慢放開手，見她真的不反抗，沈佑慢慢安下心來，王嵐蒼白著臉，害怕地瞧著他。沈佑的目光落到她的肚子上，收了刀道：「我一般不殺女人婦孺。」

「您……您有大俠風範。」

王嵐面色慘白，汗珠滴落下來。

沈佑察覺有幾分不對，但形勢匆忙，他也無法，不知道怎麼，小心翼翼出了聲：「那……我走了？」

話出口，沈佑就覺得自己有病，自己在逃命呢，還和人家說什麼「我走了」，他們很熟嗎？

沈佑轉身便走，隨即就聽「哐」一聲響，那女子驟然摔下來，扶在石頭上，斜躺著，開始急促喘息。

沈佑瞬間回來，看見王嵐的模樣，有些害怕道：「妳……妳怎麼了？」

王嵐聽到他說話，燃起了幾分希望，她抓住沈佑的袖子，全是期盼道：「大俠，妾身膽小，方才被您嚇到了……如今……怕……怕是要生產了。」

「什麼？」沈佑呆愣了片刻，隨後道：「妳……妳等等，我替妳叫人。」

可是說完他就愣了，叫個屁的人啊，他在逃命啊，叫了不等於叫人來抓他嗎？他腦子有坑啊？

「謝謝……」王嵐喘息著道：「謝謝大俠……」

這話說出來，沈佑一時也沒了法子。

這人的確是他撞的，他是個敢作敢當的，尤其是對女人。

沈佑想了想，咬牙道：「算了。」

說著，他便起身道：「妳等著，我給妳叫人。」

「大俠別走！」王嵐哪裡肯讓他跑了，死死拽著他的衣袖道：「妾身害怕……」

一面說，王嵐的眼淚就落了下來。沈佑一看她哭了，頓時沒了法子，只能道：「行行行，我在這裡給妳叫人。」

說著，沈佑沉了口氣，用了內力大吼了一聲：「來！人！啊！有人在假山這裡生孩了啦！」

沈佑這一聲幾乎讓衛府前前後後都聽見了。

沈佑又連著吼了幾聲，再遲鈍的人也反應過來了。

如今衛府臨產的也就王嵐一個，一聽這話第一瞬間，楚瑜和衛韞就察覺不好，讓人準備了產房、大夫、產婆，直接朝著聲音的方向過去。

而沈佑喊完之後，立刻回頭，同王嵐道：「姑奶奶，我現在在跑路，人我給妳喊了，我先走了啊？」

「大俠，我是您撞了生的……」王嵐哭著道：「您怎能拋下妾身一人在此？您做的事兒，您得負責啊。」

「我的天，」沈佑倒吸一口涼氣：「這孩子不是我的啊。我撞了妳，我也給妳叫人了，妳還想怎麼樣？」

「你至少……要等到有人來……萬一……萬一我死在這裡了，怎麼辦啊？」

王嵐越想越害怕，裙子下就見了紅。

沈佑哪裡見過這個場面，當場嚇傻了，看著女子裙下染了紅色，結巴道：「那……那……那現在我怎麼辦？」

王嵐說不出話了，她輕輕喘息，沈佑趕緊將手搭給她，一個勁兒輸著內力。

被沈佑用內力吊著，王嵐這才勉強撐著清醒，楚瑜和衛韞趕了過來，看見這場景，趕緊讓人去給王嵐餵參湯，抬著人送去產房。

王嵐被人抬到擔架上，朝著沈佑笑了笑道：「給大俠……添麻煩了。您真是個好人。」

沈佑愣了愣，這輩子還沒人這麼同他說過話。

他也不知道為什麼，驟然覺得有些臉紅。

他看著王嵐被人抬走，衛韞看著他一直盯著王嵐的方向，慢慢走過去。

「兄弟，」衛韞打量著他，勾起嘴角：「厲害啊？」

沈佑終於反應過來。

操他大爺，這次真把人叫來抓自己了！

他面上故作鎮定，冷靜道：「不就是來抓我回去的嗎？」

說著，他伸出手：「來綁吧。」

「綁您做什麼啊？」衛韞笑了笑：「來來，您請，我親自照顧你。」

沈佑臉上一白。

他就知道，自己被抓回去，肯定要完。

可沈佑依舊強撐著自己，跟在衛韞身後，由衛韞畢恭畢敬請到了地牢。

請到地牢之後，衛韞使了個眼色，衛秋就上前去，給他徹徹底底綁在架子上。衛韞笑著坐下來，看著一臉倔強的沈佑，從衛夏手裡接了茶道：「沒想到沈大人居然還是這樣的人物，能從我衛府地牢從容逃脫，順便還救下我衛府六夫人。」

「過獎了。」沈佑梗住脖子：「老子與你們這些華京娘娘腔不一樣，要殺要剮一句話吧。」

衛韞輕笑了一聲，放下茶杯，抬起手來，衛夏將沈佑的口供冊子交過去，衛韞翻開冊子：「我本想就這樣算了，卻發現您有這樣的好手段，真是十分驚喜，沈大人這樣的手段，」衛韞目光一頓，他停在冊子裡一份來自衛府的補充資料上。

上面清清楚楚寫著「沈佑於九月初七失蹤，蘇查四處尋找，至今下落不明」。

九月初七。

九月初八是衛家埋骨之日，這個日子……真的如此巧合嗎？

衛韞冷下眼神，抬眼看向他，聲音冷了不少，接著上面的話道：「姚勇怕是在沈大人身上花了重金培養，我就這樣將你匆匆放走，那無異於放虎歸山。你我不若做個交易，」衛韞往前探了探道：「你告訴我你所知道的，我便放你走，還給你一個新身分，如何？」

「姚大人對我恩重如山，你死了這條心吧！」沈佑冷哼。

衛韞沒說話，他翻著手裡的冊子，聲音平靜：「你今年二十三歲，算起來，二十四年前，是我衛家棄了華城。當時衛家守將不足，若是強行守城下去，怕是會全軍覆滅，只能護住大半百姓撤離。」說著，衛韞慢慢說了聲：「對不起。」

沈佑冷下臉來，他沒說話，衛韞慢慢抬眼抬眼看向他，目光裡帶了彷若要將他千刀萬剮的狠意：「二十四年前，是我衛家對不起你。如今你也還了，便該算一算你欠我衛家的帳了吧？」

「我如何還了？」沈佑冷笑，衛韞盯著他，目光裡全是了然，他嘲諷笑開。

「九月初八，白帝谷發生了什麼，你不記得嗎？」

聽見這話，沈佑面色巨變。

衛韞盯著他的神色，眼中彷彿深海之下，波濤翻湧。

可他克制住自己，只是在袖下的手死死抓住了扶手。

其實他不知道是什麼事兒，他詐一下沈佑，然而沈佑這個反應，卻是坐實了他的猜想。

沈佑知道當初發生的事兒，甚至與當初發生的事兒，有直接關聯！

衛韞面上裝作雲淡風輕的樣子，彷彿什麼都掌握於手中，他平靜道：「我看了你的身世，姚勇花了這樣大價錢培養你，讓你在北狄二皇子蘇查手下做到哨兵長官，如此高位，為什麼你突然退了？」

「白帝谷一戰前，你消失在戰場，蘇查如今還在派人找你，你做了什麼，自己心裡不清楚嗎？」

沈佑依舊沉默不語。

他慢慢冷靜下來，看著衛韞，明白自己方才那片刻間的失態，已讓衛韞猜出了始末。

而衛韞看見沈佑平靜下來，也知道自己已經錯過了最好的機會。

他將冊子放回衛夏手中，冷著聲道：「沈佑，不管你與我衛家是怎樣的深仇大恨，可是就衝你做這件事，你豈止是助了北狄？你的行為，與賣國又有何異？」

「我沒想過賣國！」沈佑猛地出聲。

衛韞看著他，嘲諷地笑，「你為一己之私協助姚勇陷害忠烈，於關鍵時刻將前線主帥滿門害死，如此行徑，還和我說，這不是賣國？」

衛韞再也克制不住，猛地拔劍指在沈佑鼻尖：「我本沒想過你有如此能耐。」

直到看到沈佑的手段。

這樣手段培養出來的人物要花多大的代價，衛韞再清楚不過。就這樣一個探子，為什麼不留在北狄，反而回到了姚勇身邊？

一開始衛韞沒想明白，可是看見沈佑的供詞，看見沈佑消失的時間，衛韞突然意識到——一個如此大代價培養的棋子被收回來，只有兩個可能，要麼沈佑在北狄，不能再用了。要麼，沈佑的作用已經盡到了。

可沈佑為什麼去北狄？

以姚勇的性格，真的是為國為民，為了打北狄培養了這樣的奸細嗎？

不可能，他姚勇從來不是這樣的人。

所以就是說，在九月初七那日，沈佑做了什麼，這是姚勇的目的，導致他不得不離開北狄。

而後九月初八，戰場之上，衛家滿門被滅。

衛韞閉上眼睛，感覺內心血氣翻湧，手微微顫抖，他怕自己看見這個人，就想一劍殺了他。

沈佑看見衛韞的樣子，沉默著沒說話。

好久後，他終於道：「我真的，沒有叛國。」

「解釋。」衛韞捏著拳頭，逼出這兩個字。

沈佑沒說話，好久後，他慢慢道：「其實您都已經猜出來，為什麼還要我說呢？我說出來，這是我的不忠。」

「你不說那就是你不忠不義！」衛韞大吼：「對國不忠對人無義！沈佑你以為我為什麼讓你說？我是給你一個機會讓你贖罪！我衛府滿門落到今日，你難道沒有半分愧疚的嗎？」

沈佑沉默著，衛韞的劍氣劃過他的臉，他卻紋絲未動，聽得衛韞再吼了一聲：「說話！」

「我對不起衛家諸位，」沈佑抬眼看向衛韞，神色平靜：「可衛家也對不住我母親……」話沒說完，衛韞一巴掌抽了過去：「我說衛家對不起你，是我衛家給自己的要求。可這不是世間道理！我衛家可以自責，卻輪不到你來責備！」

「你講不講理？」沈佑冷笑：「犯了錯還不讓人說了？」

「行，」衛韞點頭，將劍交給衛夏，提了鞭子過來，冷聲道：「你若要講這世間道理，我便與你講這道理！」

「當年我衛家守城，不過三千兒郎，對敵一萬，我衛家沒有即刻棄城，反而立刻疏散百姓，與城池激戰一天一夜，護住大半百姓出城。一日之後，三千兵士僅存不到一半，剩下一半都護送百姓出城，而百姓近乎無傷，於情於理，我衛家作為將士，可是盡了責任？」

「可你們把我母親留在了城……」

沈佑的話還在唇齒間，一鞭子狠狠抽了過來，打得沈佑腦子發暈，嘴裡全是血氣。

「我衛府是做什麼的？是保家為國，不是為了護衛你一家！你自己沒看過戰場嗎？若再拖遲，他們占了城池，追兵上來，誰都活不下去！為了保住你母親一干人等，要所有人等著一起送死嗎？那一千五百人，是留著護衛其他百姓路上不被流兵所擾。且我再問——」衛韞內心有無數惡毒念頭湧上來，他提著鞭子指著沈佑：「是不是在你心裡，百姓的命是命，那些沙場征戰兒郎的命就不是命了？」

「城中籠統只有幾百人，為了這幾百人，我衛家子弟兵一定要死到最後一人，才是正理？而且那些人為什麼沒有及時出城，你自己又不明了嗎？召集出城時回去拿銀子的、回去找人的、躲著不願離開的……」

「再退一步，」衛韞的聲音慢慢低下來：「哪怕我衛家在此戰中有錯，何至於此？」

沈佑低著頭，沒敢看他，聽見面前少年聲音沙啞道：「何至於，七萬兒郎葬身於谷，再不得回？」

全場安靜下來，衛韞看著沈佑，有些疲憊道：「沈佑，但凡你有一點良知，便不該做出此事來。」

「我……沒想的。」沈佑慢慢閉上眼睛：「衛韞，我雖埋怨衛家，但從沒想過要讓衛家走到這一條路上。」

「是，是我給的消息，」沈佑深吸一口氣，睜開眼睛，彷彿下了某種決心：「是我得知，北狄欲在白帝谷設伏，假作殘兵被你們追擊，然後在白帝谷以十萬兵馬伏擊，所以我給了紙條。可我不知道發生了什麼，明明我已經給了信，第二日你父親還是追了出來……還是……」

沈佑抿了抿唇，咬牙道：「這件事，我不知道我有沒有錯，我不知道衛元帥為什麼出城追兵，可是衛韞，我從未想過要害你衛家。」

聽到這話，衛韞沒說話。

他看著沈佑，聽沈佑道：「我得了消息，傳給姚大人，我以為你們會有什麼辦法，一旦蘇查沒有伏擊成功，我怕就會暴露，所以我連夜出逃，回到姚大人軍中。」

「然而一切出乎我意料之外，可這也不是我能管的了。」

「姚勇沒做什麼嗎？」衛韞冷著聲。

沈佑眼裡帶了嘲諷：「你以為，我會知道？」

衛韞被沈佑反問得梗住。

他沉默下來，沈佑問得對，他怎麼可能知道姚勇做了什麼？

衛韞沒有多說，他轉過身去，只留了一句「看好他」，隨後便轉身離開。

衛韞回到地面上，便朝著王嵐生產的產房趕去。到了門口，便看到蔣純攙扶著柳雪陽，和楚瑜一起站在門口，滿臉焦急。

裡面沒有什麼動靜，這反而讓人覺得不安。

柳雪陽反覆問著：「會不會有事兒啊？」

蔣純在一旁安撫著柳雪陽，柳雪陽才勉強鎮定了些。

衛韞走到楚瑜身旁，詢問道：「六嫂如何了？」

「沒消息就是好消息。」楚瑜倒也不擔心，笑了笑道：「等著吧。」

說著，楚瑜看到衛韞衣角的血跡，如今他總是穿著素白的衣服，沾染了血格外明顯，楚瑜有些疑惑：「不是就隨便問問嗎，怎麼突然動了手？」

「嗯？」衛韞低頭看了自己的衣角一眼，隨後漫不經心道：「問出些東西來，等一會兒我再同妳說吧。」

楚瑜如今記掛著王嵐，沒有追究的心思。

等到晚上，王嵐終於順利生產，產婆捧了個奶娃娃出來，笑著朝柳雪陽道：「恭喜老夫人，是位千金呢！」

柳雪陽小心翼翼接過那奶娃娃，楚瑜則先走了進去，看見王嵐還躺在床上，房間裡瀰漫著一股血腥氣，她朝大夫走了過去道：「六夫人沒事兒吧？」

「回稟大夫人，六夫人無甚大礙。」

「阿瑜……」王嵐的聲音從床上傳來，楚瑜趕忙走過去，蹲下來道：「我在這兒呢，怎麼了？」

「那位大俠，」王嵐虛弱道：「可還好？」

聽到楚瑜問沈佑的事兒，楚瑜愣了愣，隨後遲疑片刻：「應該……還好吧？」

「我覺得他是個好人……」王嵐瞧著楚瑜，小聲道：「要是沒犯什麼大錯，同小七說，便算了吧……」

楚瑜笑了笑：「妳先養身子，別擔心這些，我會去同小七說的。」

聽了這話，王嵐才放心地點了點頭。

楚瑜見王嵐也累了，便讓她先睡了過去，柳雪陽抱了孩子進來，輕輕放到邊上，楚瑜讓蔣純和柳雪陽守著，便出去了。

到了門口，衛韞還在候著，楚瑜見他神色擔憂，便道：「沒事兒，你放心吧。」

衛韞點了點頭，眉目舒展了很多。兩人隨意走在長廊上，也不知道是往哪裡去，楚瑜思索著道：「那個沈佑是怎麼惹了你，讓你親自動了手？」

衛韞沒說話，有很多東西壓在他身上，可他卻不能說。楚瑜察覺他情緒不對，皺眉道：「可是有什麼事？」

「我總算知道，」衛韞控制著語氣，儘量平靜道：「當初父親為什麼出兵了。」

楚瑜猛地頓住步子，回過頭來看他。衛韞立在長廊，神色淡定，慢慢開口：「沈佑告訴我，他是姚勇派在北狄的奸細，九月初七，他提前獲知北狄會假裝戰敗引誘我父親出城，然後讓我父親前來追擊，再在白帝谷設伏，於是他就傳信給姚勇，要姚勇做好準備。」

楚瑜點了點頭，猜測著道：「姚勇沒告訴你父親？」

「告訴了。」衛韞神色裡帶著幾分嘲諷：「如果姚勇沒告訴我父親這件事，如果不是他們制定了某個需要讓我父親出城追擊的方案，我父親穩妥了一輩子，又怎麼可能明知有詐而不追？」

「那……」楚瑜思索了片刻後，慢慢道：「那莫非是姚勇與你父親商議將計就計，最後姚勇卻放任你父親……」

楚瑜沒有說下去。

將這樣的政治手腕放在軍人身上，著實太過殘忍。

衛韞聞言，卻還是搖了搖頭。

「妳記得最後通報白帝谷那一戰，是多少對多少嗎？」

「二十萬對七萬？」

楚瑜認真回想著，衛韞提醒她：「可沈佑說，他得了消息，白帝谷中埋伏十萬兵馬。」

楚瑜微微一愣，沈佑說白帝谷有十萬兵馬，可最後戰報二十萬埋伏在白帝谷伏擊，要麼是沈佑說謊，要麼是清點的人說謊。而當時衛韞就在戰場上，要在一場征戰後，在他眼皮子底下將十萬計成二十萬，怕是不能。

「當時在白帝谷北狄的屍體就將近十萬，」衛韞平靜道：「所以沈佑說的不對。」

「那他說了謊？」

「妳可知蘇查是什麼人物？」

衛韞突然拐彎到了北狄二皇子蘇查身上，楚瑜思索片刻後，迅速將北狄皇室關係捋了一下。

這個蘇查是二皇子，母親卻是一位婢女，他母親在他年幼時因犯了事被賜死，從此被皇后收養，作為六皇子——也就是太子蘇輝的左膀右臂培養。

然而這個蘇查能力太過顯著，最後蘇輝登基時，蘇查已經獨霸一方，完全有自立為王的能力。只是他忠心耿耿，故而兄弟沒有生出間隙。

「妳或許沒有和他交手過，但蘇查此人極為機敏。妳想想，沈佑是華城出生的孩子，蘇查怎麼能如此信任他？而沈佑在蘇查手下又是什麼角色？不過一個先鋒官。設計埋伏我軍之事，怎麼一個先鋒官就能知道？而且還知道得如此精準，連具體有多少人馬都知道？」

「若不是沈佑叛國，那就是蘇查故意設計了。」

楚瑜聽明白衛韞的話，皺起眉頭。

衛韞神色平靜：「姚勇怕也是著了蘇查的道。此次出軍，應是姚勇收到了消息，太子好大喜功，認為這個機會千載難逢，然後讓姚勇與我父親將計就計。當時姚勇暗中藏了九萬軍馬在白城，於是提前到白帝谷設伏。而衛家軍三萬駐城，七萬迎敵。本以為以我衛家精銳之師，加上姚勇十四萬軍打對方十萬，應該是盡殲之局。誰想那個消息從一開始就是錯的。」

說著，衛韞慢慢閉上眼睛，雙手籠在袖間，沙啞聲道：「我父兄被困谷中時，才發現，那不是十萬軍，而是整整二十萬。」

「而姚勇知道，整個白城軍力加起來，也不過十九萬，如果這一仗要硬打，他手中九萬人馬，怕是剩不了多少。」

楚瑜明白了衛韞設想的局面，為他補全了姚勇的想法。說完之後，她靜靜打量著衛韞。

上一輩子，衛韞在沒有任何人幫助之下，還能在絕境中翻身，取姚勇人頭進宮，逼著皇帝給衛家追封，可見這個人心智手腕都極為高明。

後來文顧武衛，絕不是衛韞運氣好得來的。

然而知道是一回事，如今衛韞在她身邊，從來都是純良無害的模樣，於是她很長一段時間，甚至覺得，這是一隻溫順的家犬，不開心時，也頂多是齜牙咧嘴，甚至有些傻氣。

然而直到此刻，楚瑜卻才發現，這人哪裡能用「傻」來形容？

僅憑沈佑的供詞外加戰場考察，他便能從這零零碎碎的事情中，還原一件事原本的樣子。所有人聽見沈佑的事，第一個反應就是姚勇有問題，姚勇沒有告訴衛忠。

他卻能想明白，姚勇不但告訴衛忠，還準備了一個計策。這件事的開始，沒有任何人想叛國叛家。

只是後來所有人走在自己的路上，因著自己的性子，「被逼」走到不同的路上。

他如今，也不過十五歲而已。

楚瑜靜靜看著衛韞，一時心中五味陳雜。

而衛韞沒有睜眼，他放在袖中的手微微顫抖，只是繼續他所猜測的事道：「他向來膽小，事情超出預料之外，怕早已嚇破了膽，加上衛家軍與他根本沒有任何交集，我父兄一死，他還可從此成為元帥。」

所以這個局，或許開局無意。

然而走到那個程度時，對於姚勇不過兩個結局——要麼和太子一起領罪，背上此戰巨損之過。

要麼，駐守在山上，眼睜睜看著衛家在白帝谷全軍被殲，再在最後時刻隨便救援一下，假作從青州趕來，奇襲而至。

下面將士不知道發生了什麼，兵荒馬亂，只知道前面讓衝就衝，讓停就停。

姚勇不是沒打，只是他在衛家滿門都倒下後才去打，又有什麼意義？

這場戰爭從頭到尾，都是太子、姚勇、衛忠三人的密謀，衛忠死了，也就誰也不知道了。

而宮裡本就太子、姚勇耳目眾多，衛忠的書信，或許都送不到皇帝手裡。

皇帝只能是憑著自己的直覺猜測，是太子好大喜功，讓衛家背了鍋，卻根本不能想像，姚勇愛惜自己人馬，怕被皇帝責怪，竟用七萬人，來掩蓋自己的無能！

正是這樣重重的保護色，讓姚勇大了膽子。

也正是如此，如果不是沈佑說出當時的事情，大家大概只是猜測姚勇將此戰責任推卸給了衛忠。

而如果不是衛韞去親自勘察地形，他熟悉馬的種類分辨出姚勇當時在場，怕是沈佑自己都不知道，他的消息，竟是被這樣使用。

大家能明白姚勇讓衛家背鍋，推卸責任，卻不能想像，這不僅僅是推卸責任，而是這七萬人就不該死，這場仗本能贏！

如果姚勇拼盡全力，不惜兵力，與衛家一起拼死反抗，十九萬對二十萬，以衛家七萬人斬十萬之勇，怎麼贏不了？

衛韞咬著牙關，卻止不住喉間腥甜，唇齒輕顫。

楚瑜察覺他不對，擔憂道：「小七……」

「我沒事兒。」衛韞目光裡全是冷意，他捏著拳頭，聲音打著顫道：「嫂子，我沒事兒。」

這怎麼能沒事？

楚瑜看著他，心裡湧出無數憐惜。

衛韞抬眼看見她的目光，也不知道為什麼，驟然生出許多狼狽，他轉過身去，沙啞著聲道：「我想一個人靜靜，我先走了。」

「我陪你吧。」

楚瑜趕忙出聲，衛韞頓住腳步。

他沒回頭，背對著她，少年身形格外蕭索。

「嫂嫂……」他聲音疲憊：「有些路，註定得一個人走。」

「誰都陪不了。」

衛韞慢慢抬眼，看向長廊盡頭處，「千古流芳」四個大字。

那是衛家祠堂，祠堂大門如今正開著，祭桌上點著蠟燭，燈火搖曳之間，映照靈位上的名字。

衛韞看著他們的名字，緩慢道：「也誰都不該陪。」

這些路那麼苦、那麼髒、那麼難，又何必拖別人下水，跟著自己一起在這泥濘世間滾打？

說完之後，衛韞朝著那祠堂疾步走去，然後「轟」的一聲，關上了大門。

楚瑜站在長廊上，目光慢慢往上挪去，看見那黑底金字——千古流芳。

楚瑜看著那四個字，久久不言。

長月有些不明白：「夫人，您在看什麼啊？」

楚瑜沒說話，晚月給楚瑜披上大氅，溫和聲道：「夫人，一切都會過去的。」

「過去是會過去，」楚瑜轉過頭來，輕聲嘆息：「我就是心疼。」

「我這輩子啊，」楚瑜真心道：「從沒這樣心疼過一個人。」

上輩子的顧楚生她沒這麼心疼過，因為她總覺得顧楚生不會倒下，所有疼痛都不會打到他，所有困難都不會阻攔他。

而這輩子的衛韞，明明他同少年顧楚生相差無幾，都是家中落難，都是自己重新站起來，可楚瑜看著他，一路跌跌撞撞，當他說那句「有些路註定一個人走」時，她心裡驟然疼了起來。

她疼惜這個人。

這是楚瑜第一次發現，對於這個孩子，她所投注的感情，早已超過自己以為的道德和責任感。

她嘆息，走上前去，手扶在門框上，許久後，只說了一聲：「小七。」

裡面的人沒出聲，他跪坐在蒲團上，卸下玉冠，神色平靜看著那些牌位。

覺得那些似乎都是一雙雙眼睛，注視他，審視他，要求他挺直腰板，將這份國恨家仇，記在心裡。

這些眼睛注視下的世界，天寒地凍，冷酷如斯。

然而便是這個時候，有人彷彿在冬夜寒雪中，提了一盞帶著暖意的桔燈而來。

她來時，光落天地蒼宇，化冰雪於春溪，融夜色於明月。

她就站在門外，輕聲說：「小七，你別難過，哪怕你父兄不在了，日後還有我。」

「嫂嫂陪著你，你別怕，嗯？」

衛韞沒說話，他看著眼前閃爍的燈火，那燈火映照在衛珺的名字上面。

他覺得似如兄長在前，又有那麼幾分不同。

這樣的不同讓他不敢言語，他不明白是為什麼，只能挺直腰背，閉上眼睛，一言不發。

楚瑜等了一會兒，見裡面沒了聲響，她嘆息了一聲，說了句：「我先走了，你待一會兒便回去吧，祠堂冷，別受寒。」

說完之後，她便轉過身，往自己房間回去。

等她的腳步聲澈底走遠了，衛韞的心，才終於安靜了。

楚瑜本擔心衛韞太過難過，一時緩不過來，一夜未眠，都在問著衛韞的消息，等衛韞終於睡下了，她才舒了口氣，這才安心睡了。

等第二日醒來，楚瑜忙去找衛韞，這日出了太陽，清晨陽光甚好，她趕過去時，就看見衛韞蹲在長廊前，正低頭餵貓。

他也不知道從何時起，學著華京那些貴族公子模樣，穿上了繁複華麗的廣袖長衫，戴上了雕刻精美的玉冠。

他低頭逗弄著貓的時候，衣袖垂在地面上，他給貓兒順著毛，那貓兒似乎十分黏他，在他手下蹭來蹭去。

楚瑜看見這樣的衛韞，頓時舒了口氣，上前道：「你今日看上去心情還好？」

「謝謝嫂嫂關心，」衛韞笑了笑：「尚算不錯。」

「想開了？」

楚瑜站到他身後，他也不再蹲著，將貓兒抱著起身，同楚瑜一起往飯廳走去。

一面走，衛韞一面道：「哪裡有什麼想開不想得開？事情都已經發生了，我不過是明白了他們怎麼去的，有些難過罷了。」

「姚勇不會有好下場。」楚瑜笨拙安慰，上輩子的姚勇，是被衛韞提著人頭進了御書房。

聽到這話，衛韞溫和笑了笑：「是，我信。」

「小七……」楚瑜猶豫片刻，終於道：「雖然，姚勇做這些很不對，可是我還是希望你不要被他影響。這世上還是好人比較多。」

「嫂嫂是想說什麼？」衛韞摸著貓，其實已經明白了楚瑜的意思，卻還是明知故問。

楚瑜嘆了口氣：「我怕你走歪路。」

上輩子的衛韞，不好說壞，不好說不壞。

他殺人如麻，曾屠城以震嚇敵軍。對於他的仇人，他的手段從來算不得光明。

然而另一方面，他撐起大楚北方邊境，他守大楚安危十二年，對於對他好的人，他行事磊落光明。

可是如果可以，楚瑜還是希望，那些活閻王之類的名聲，不要跟著衛韞。

本是少年名將，何必成為奸雄？

衛韞聽著楚瑜的話，慢慢笑了。

「嫂嫂放心吧，」他的手落在貓身上，一下一下拂過貓柔順的毛髮：「人一生不過修行，欲求出世，先得入世。在紅塵看過大悲大苦大惡，仍能保持本心不負，方為大善。」

「我想，我所經歷一切，都不過是修行。」衛韞彎下腰，將貓放到地面：「走過了，便是圓滿。所以我不著急。」

「歪路我不會走，嫂嫂放心吧。」

路有明燈，哪怕紅塵遮眼，也能循燈而行。

只是這些話衛韞不會說，他慢慢發現，有些話，似乎不該說出來。

見衛韞想得開，楚瑜放了心，同衛韞聊了幾句後，便去看王嵐。去的時候，王嵐正在床上寫什麼，楚瑜捲簾走了進去，含笑道：「這是寫什麼呢？」

「我聽聞那位壯士被關在地牢，是個危險人物。但他畢竟救過我，我救不了他，便打算給他送些好吃的，也算報恩吧。」

說著，王嵐抿了抿唇，有些不好意思道：「我正在寫個字條，同他說明這是報恩的飯菜，讓他不用擔心。」

楚瑜聽了，隨意點了點頭：「挺好。」

衛韞關沈佑的理由，楚瑜已經明白，這事兒算不到沈佑身上，如今關著沈佑，也不過是怕衛韞估計錯誤，所以先不放人罷了。

王嵐要送，楚瑜便幫她去送。

王嵐不僅準備了飯菜，還有一張紙條，上面寫著：恩公相救，妾不勝感激，特備膳食，望恩公笑納。

沈佑拿了紙條，冷笑一聲，同楚瑜道：「妳幫我給她帶句話，明知道恩公被不關著還不來救，拿一頓好吃的就打發，她當我是乞丐啊？我不跑不掉是她的責任，她得給我負責！」

楚瑜有些無奈，沈佑想了想：「哦，我說了，這話妳可能不帶。妳拿紙筆來，我給她寫，寫完了她得在紙上回覆我看過了才行！」

楚瑜：「……」

她不想多和沈佑糾纏，便他說什麼是什麼，趕緊送了飯，給王嵐送信回去。

王嵐看見信就哭了，哭著道：「我也不是故意的，他被關能怪我嗎？又不是我讓他犯事兒的，我為什麼要擔這個責啊？」

楚瑜：「……」

她覺得王嵐的想法也就沈佑能理解了。

兩人就這麼利用吃飯送紙條對罵，罵來罵去，紙條內容逐漸莫名開始不給人看了。

此時已經到了開春，皇帝終於忍無可忍，逼著宋家出軍。宋世瀾不肯，宋文昌卻因陣前罵陣積了一肚子火氣。

楚瑜算了算時間，也該是宋文昌被困的時候了，這是殺他最好時機，宋文昌單獨領軍出去被困，如果不是宋世瀾礙於父命一直幫著宋文昌，宋文昌早就死了，哪裡還能撐一個月，等楚臨陽去救援？

然而這一次不一樣了，宋世瀾得到衛韞的支持，哪怕他取了宋文昌的命，他爹鬧起來，衛韞便借兵給他，直接與他爹幹起來，也未可知。

所以，對於宋世瀾而言，他不怕他爹，宋文昌也就沒有了保的價值。

沒有宋世瀾保宋文昌，哪怕宋世瀾不動手，宋文昌怕也撐不了幾天。

而這一切比楚瑜預料得還快。

春至當日，邊境便傳來消息，宋文昌被困。

楚瑜上午收到消息，下午楚錦便找了上來。

楚瑜知道她要說什麼，讓人將她放了進來，她看楚錦神色匆忙，眼裡全是惶恐。

「姐姐……」她全然亂了心思：「我聽說宋世子在戰場上被困了？姐姐，衛小侯爺在不在？妳去求求小侯爺，讓他去救救宋世子吧！」

聽到楚錦提到衛韞，楚瑜微微一愣，她放下茶杯，嘆了口氣道：「阿錦，這戰場上的事兒不是隨著妳性子來的。妳若是擔心宋世子有三長兩短會對妳婚事有影響，這妳不必多慮……」

「妳把我想成什麼人了！」楚錦提高了聲音：「妳以為，我只在意他的身分地位嗎？」

楚瑜被楚錦吼愣了，楚錦抿緊唇：「姐姐，人心都是肉做的，他待我好，我不是不知曉。」

「姐姐，」她跪了下來：「算我求妳，救救他吧。」

楚瑜沒說話，好久後，她慢慢道：「人心都是肉長的，衛韞待我好，我也不是不知曉。我既然知曉，又怎麼能讓他去冒這樣的險？小七如今為什麼還待在華京，妳看不明白嗎？」

這話說得楚錦臉色煞白，楚瑜平靜道：「阿錦，妳想救他，妳可以去救，這我不反對。可妳去救，別拖上別人。妳若有情有義，便去他身邊，求著別人為妳犧牲，這又是怎麼回事兒？」

說著，楚瑜有些疲憊，她站起身來：「話便說到這裡，我先走了。」

楚錦跪在地上，看著楚瑜走回去，身體微微顫抖。

她咬著牙關，許久後，她起身，毅然走了出去。

而她剛走出衛府，楚瑜便將暗衛叫了出來，平靜道：「她若去找大公子，只要靠近洛州，就將人攔下來，一直到此戰結束，再放出來。」

「必要時候，」楚瑜閉上眼睛：「用一些非常手段，也非不可。」

楚錦出去後，楚瑜雙手攏在身前，看著庭院裡積雪在暖陽下化開。

楚錦來求她了，那麼宋文昌的事兒就再也耽誤不得，哪怕楚錦走不到洛州，她也不能讓宋文昌再活著。

想了片刻，她正要吩咐什麼，外面便報，卻是蔣純來了。

如今家中庶務幾乎都是蔣純在管，蔣純過來，大多是來同楚瑜對帳或者說些需要出去交際之事，然而對帳此事前兩天才對過，今日蔣純來，楚瑜不由得有些疑惑。

然而她也沒有多想，上去迎了蔣純進來，笑著道：「無事不登三寶殿，前兩天才對了帳，今日怎麼來了？」

「我過來，是有件事兒想要同妳說的。」蔣純上前來，嘆了口氣：「我近日打算出門一趟。」

這話讓楚瑜愣了愣，但很快反應過來：「妳想出去，同婆婆打了招呼，出去便是了，有何需要吩咐我的？」

說著，楚瑜笑起來：「這兵荒馬亂的，莫非是要出遠門不成？」

話說完，蔣純卻沒否認，反而點了點頭。

楚瑜詫異瞧她，蔣純嫁進來多年，都十分規矩，雖然不說像王嵐、張晗那樣大門不出二門不邁，但平日也很少外出，頂多是去寺廟中拜香誦佛，連娘家都沒回過幾次。

楚瑜放下茶杯，有些擔憂道：「可是出了什麼事兒？」

「我聽聞如今兵近汾水，我有一位發小在那裡，」蔣純說著，嘆了口氣道：「說來妳也別笑話我，我這次想去汾水，給我那位發小出出氣，若是可以，我大概會將那發小接回衛府，給她安排一個位置做活。」

「這是小事，」楚瑜點點頭，有些好奇道：「那位夫人是怎的了？」

「她與自己丈夫是娃娃親，長大後，她丈夫不喜她，執意想迎一位青樓裡的清倌兒做夫人，她婆婆便逼著他丈夫娶了她，迎了那女子做妾。她丈夫因此不喜於她，寵妾滅妻，如今過得十分淒慘。」說著，蔣純嘆了口氣：「我前些時日收到她來信，說自己有個孩子，不願再放在府邸中，想託付於我，我本想忙過這陣子再過去，但今日得了消息，說兵近汾水，我怕打到她哪裡去，她丈夫必然不會帶她逃難，到時候找人便難了。」

楚瑜明白蔣純的心思，蔣純這輩子本也沒幾個貼心人，所謂發小，大概是很重要的人了。於是楚瑜忙道：「那讓小七準備一隊人馬給妳，妳快去快回吧。如今北狄的確逼近汾水，去晚了怕就打起來了。」

說著，楚瑜又道：「我再給妳一封書信，到時候若有任何事，可去找宋世瀾……」

話沒說完，楚瑜就愣了，她本還在想，找誰去給宋世瀾送那個信和人，好殺宋文昌。殺兄之事事關重大，不可走漏半點風聲，如果不是讓宋世瀾徹底放心知道是衛家人的人，宋世瀾絕不會妄動。如今蔣純過去，蔣純是衛家二夫人，無論如何，也不是偽裝的衛家人。而且蔣純帶著精銳過去，再正常不過，殺了宋文昌便回來，誰也不能將這兩者關聯起來。

楚瑜想了想，轉身頭蔣純道：「姐姐，我有一事想要拜託。」

「嗯？」

蔣純抬頭，楚瑜站起身，到書桌前快速寫了一封信，裝入信封之中，交到蔣純手中。

「我會讓小七給妳兩隊人馬，一隊是普通護衛在明，一隊是精銳殺手在暗。妳到時候明著去汾水，暗地裡帶著殺手夜至宣城，將此信交給宋世瀾，然後協助他殺了宋文昌。」

聽見這話，蔣純神色嚴肅起來：「妳要讓宋世瀾殺兄取而代之？」

「這是小七與宋世瀾之間的交易。」

蔣純沉默片刻後道：「可如今動手，會不會太過倉促？」

「宋文昌已經在小橋縣被北狄圍困，」楚瑜給蔣純分析：「如今全靠宋世瀾在旁邊打騷擾戰，牽制北狄不去全力進攻宋文昌，才保住宋文昌一條命。而且，北狄也有可能是想用宋文昌作為誘餌，誘大楚派兵宣城，方便空出其他關鍵的地點給他們進攻。我怕我哥當真去救他，所以此人既然要死，不如早死。」

「妳到了之後，可讓宋世瀾夜襲北狄，北狄亂起來後，宋文昌必定要上城樓觀戰。妳讓殺手趁亂摸上城牆，夜取宋文昌首級後將人扔入戰場，偽裝成北狄刺客，然後立刻抽身。」

「去的殺手身上帶著火摺子，」楚瑜說到這裡，抿了抿唇，終於還是道：「一旦被發現，點火自燃，不留半分辨識痕跡。」

殺宋文昌這件事，不能查出與宋世瀾有半分關係，與衛家也不能有半分關係。

蔣純沒說話，片刻後，她點了點頭道：「我明瞭，此事妳放心吧。我明日啟程，到時候府裡就靠妳多照看。妳若有事出去，便將事交給阿嵐。」

楚瑜應聲，蔣純想了想，皺眉道：「還有一個事兒，就是阿嵐和牢裡那個人，妳要多看著些。」

「他們怎麼了？」

楚瑜有些奇怪，不明白蔣純怎麼突然提到這件事。不過蔣純如今管家，家中大事小務她知道得清楚，她讓看著，必然是發生什麼。

「我是覺得，如今阿嵐與那人通信，頗為頻繁了些。」蔣純擔憂道：「那人畢竟是關在地牢裡的，我怕身分上……是不是有些不合適？可是這畢竟是阿嵐的選擇，我也干涉不了太多……」

蔣純說到這裡，楚瑜總算是明白過來，她睜大了眼，有些奇怪道：「就沈佑那嘴皮子，不是在和阿嵐吵架嗎？我……我瞧著他們第一次通信，阿嵐都被他氣哭了！」

蔣純聽了楚瑜的話，有些無奈地瞧著她：「妳平日其他事兒上七巧玲瓏心，怎麼就沒明白過來呢？吵架哪裡有這麼天天傳著書信吵的？兩看相厭就不看了，怎麼還會像現在這樣天天巴不得送五頓飯過去傳信的？」

「啊？」

楚瑜真的有些奇怪了，就沈佑那樣的人，不被氣死就好了，還能天天念著？

還吃五頓？

「早上送了早飯，中午送午飯，下午送點心，晚上送晚飯，等到了夜裡，還得送夜宵！」

楚瑜沒說話了，她想沈佑在衛府，一定過得極好。

蔣純瞧著她明白過來的模樣，嘆了口氣道：「其實阿嵐喜歡就好，只是這個人的身分到底……」

「身分，倒不是問題。」

問題在於，沈佑做過的事兒。

歸根到底，楚瑜對於衛家的感情，其實更多只是一個追隨者。將衛家作為她信念的執行者，所以她來到衛府。衛府給她溫暖，她感激。直到後來認識蔣純、衛韞這些人，和他們熟悉，她才將衛府從一個牌匾的位置上，慢慢放正，放在心裡，當成親人一樣鮮活的存在。

可是她終究不是王嵐這樣與丈夫相愛、有了子嗣的少夫人，所以在看待沈佑的問題上，她能看得更清楚。

白帝谷一戰，沈佑帶錯了消息，可消息半真半假，也不算全錯。當時本就是守城消耗之戰，哪怕是對方埋伏十萬人，其實都不該出兵。楚瑜千叮萬囑，本就是因為無論當年現在來看，當時就該固守城池，北狄糧草不濟，自會退兵。

楚瑜不知道衛忠為什麼出兵，更不知道衛忠為什麼帶著衛家滿門出兵，如果當時衛家守城不出，哪怕這個消息說錯了人數，也不至於此。

更重要的是，就算出兵，也不是不可，十九萬對二十萬，本也是兩開局面，姚勇卻能臨陣脫逃，以致戰敗。

這一場決定性的問題根本不在於沈佑，沈佑當時消息說明的是十萬還是二十萬，都不是輸的關鍵問題。關鍵問題在於，這一仗根本不該打，打起來了，姚勇也不該逃。

且不說此戰關鍵本就不在沈佑。退一步來說，就算沈佑的有罪，失職有之，但並非有意，且客觀上無法避免。這樣的罪和當年衛家拋下城池一樣，只能是良心罪，懲罰不過以示懲戒，在細作這樣高風險之事上，若竭盡全力卻還是做不到而犯下的錯也要被治罪，這世上誰又願意去做難事？

可是對於當事人而言，失去丈夫的王嵐、失去父兄的衛韞，以及被迫在戰場出生的沈佑，他們則很難放下這份芥蒂——所有衛家之死有關聯的人，他們怕都難以面對。

故而衛韞、王嵐等人和沈佑之間的糾葛，楚瑜放得下，王嵐卻未必能接受。

楚瑜想了想，同蔣純道：「此事妳不用多想，我會看著他們的。」

蔣純點了點頭，楚瑜既然管事兒，她也就不用多操這個心。

於是蔣純再和楚瑜核對了一下去汾水後的細節，便下去改道去找衛韞。

楚瑜在房間裡坐了一會兒，想了想，到地牢裡去。

沈佑正在地牢裡吃東西，一面吃一面寫什麼，看上去極為開心。

在地牢裡這些日子，他看上去養胖了許多，比一開始見到那個殺手看上去靈動了幾分。

楚瑜一進來，他一手提著雞腿，一手握著筆道：「妳先別收，我還沒寫完呢。」

「你要寫多長啊？」楚瑜笑著坐到椅子上。

沈佑愣了愣，隨後抬頭看向楚瑜，詫異道：「妳來做什麼？能招的我都招了啊！」

楚瑜含笑不語，打量了他片刻後道：「沈公子好氣色啊，看來在衛府過得不錯。」

沈佑不說話，他放下雞腿，有些窘迫道：「有事兒妳就說，別和我拐彎。」

「好，」楚瑜點點頭：「我就是來問問，聽說你和我衛府六夫人近來關係不錯？」

聽到這話，沈佑面色僵了僵道：「妳胡說八道什麼呢，那小娘子我天天和她吵架都來不及，還什麼關係不錯？」

「哦，如此一般，」楚瑜點點頭道：「我就放心了。」

沈佑舒了口氣，聽楚瑜繼續道：「你做過什麼，你還記得吧？」

沈佑微微一顫，他轉過頭來，看向楚瑜。楚瑜目光溫和：「我並不是找你麻煩，只是沈佑，一份感情得坦坦蕩蕩。你對阿嵐沒有意思最好，若你對阿嵐有意思，有些事兒，你得早說清楚。」

沈佑沒說話，好半天，他沉著聲音道：「妳說什麼事兒？」

「我說什麼，你自己心裡不清楚嗎？」

「沈佑，」楚瑜的身子往前探了探：「你自己做的事兒，你是真的，覺得自己半點錯都沒有嗎？」

沈佑冷笑：「我有什麼錯？」

「你若覺得沒錯，你告訴小七這些事兒做什麼？」楚瑜盯著他，目光裡全是了然：「你不說，我們或許一輩子都不會知道這件事與你有關係，當然，或許小七一輩子，也都知道不了真相。」

「你告訴我們，」楚瑜平靜道：「不就是你想來補償嗎？你拿錯了消息，雖非自願，可是終究是你拿錯消息。只是這非人力之過，你如今已經受了小侯爺一頓鞭子，衛府也就不再追究。可你自己良心裡，沒有愧疚嗎？」

「你有。」楚瑜肯定道，她盯著他的眼睛，全是通透了然，「你本可以一直在姚勇手下安心當殺手，可你不但來華京殺顧楚生，還當著眾人的面，暴露了你的口音，那句話本可以不是你喊的，對不對？」

沈佑沉默不語，楚瑜看著他，有些惋惜：「你知道衛家人在，所以你是故意想被抓，喊了那句帶著北狄口音的話。你的供詞裡，也故意把九月初七這個日子單獨點出來，如果想要隱藏，大可以換一個不那麼敏感的時間。你做這一切，都是為了引著我們讓你說出來。你以為，這樣的法子，就對得起你的恩公姚勇了嗎？還是說，你覺得在衛家挨那麼一頓打，就能讓你心裡舒服一點？」

「沈佑，」楚瑜輕輕嘆息：「何必呢？」

沈佑不說話，楚瑜慢慢道：「事已至此，過去的，也就罷了。只是你與六夫人的事情，你自己要想明白。一段感情你得坦蕩，過去做了什麼，你得先讓她知道。」

「我不讓她知道，」沈佑沙啞開口：「那妳會去說嗎？」

楚瑜沉默片刻：「我沒想過。」

說著，她看著沈佑：「你會不說嗎？」

空氣裡安靜片刻，楚瑜嘆息道：「本是大好男兒，何必強作如此姿態？」

「好。」沈佑突然開口。

他深吸一口氣：「那勞煩夫人，能否讓我沐浴更衣，我親自去同她說？」

楚瑜點了點頭，吩咐下去，轉身道：「我先去等你。」

沈佑應聲，楚瑜走到門前，沈佑突然道：「夫人。」

楚瑜頓住腳步，回頭看他，見沈佑跪在地面上，神色平靜：「我做如此姿態，是因為我知道原諒一個人有多難。」

「當年衛家已盡全力，我母親仍舊因此落難，我看衛家，尚且心有芥蒂，而衛家因我傳錯消息至此，若談原諒，心中未免太過憋屈，故而沈某怕衛家因心胸磊落原諒我。衛家恨，可大大方方恨，沈某如此心思狹隘之人，不值得這份磊落，要打要罵，要殺要剮，悉聽尊便。」

楚瑜瞧著他，搖了搖頭。

「你死又有何意義？」她嘆了口氣：「若真是愧疚，何不為國為民，多做點事來安你自己的心？」

「至於原諒不原諒，坦然來說，於我心中，你之過錯，在此戰中微不足道，無需如此責怪。而其他人如何，也並非我所言說。」

「沈佑，」沈佑恭敬叩首：「謝過夫人。」

楚瑜點了點頭，轉身離開。

到了大廳裡，楚瑜看著書卷等了一會兒，晚月便通報說沈佑來了。沈佑穿了白衫青袍，髮束松木冠，楚瑜放下書來，點頭道：「隨我來吧。」說著，楚瑜帶著沈佑往王嵐房間過去。

王嵐如今還在休養，楚瑜去的時候，王嵐正抱著孩子在床上逗玩。

楚瑜走到王嵐房間裡，笑著道：「阿嵐身體可還安好？」

王嵐見楚瑜來了，連忙就要起身，楚瑜快步走到她身前，笑著道：「妳且先停著，我今日是受人所托而來。」

「嗯？」王嵐眨了眨眼：「大夫人是有什麼事兒嗎？」

「沈佑想見妳。」楚瑜笑著開口。

王嵐愣了愣，隨後忙道：「這……這怎的好？他本就是外男，還是……」

「妳先別忙著拒絕。」楚瑜嘆了口氣：「妳聽我說，妳家裡之前同衛府說過，等孩子兩歲，妳是要回王家的。」

王嵐沒說話，她抿了抿唇，沒有出聲。

楚瑜瞧著她的神態，溫和道：「沈佑於妳，怕是有心的。」

「這事兒，」王嵐嘆了口氣：「等以後再說吧。這兩年，我只想安安心心守在衛府。」

「可妳對他，當真沒有半分意思嗎？」

「大夫人……」

「若是有這意思，有一些話，還是當面說開好。」楚瑜固執道：「妳且聽聽他要說什麼吧？」

王嵐聞言，抿了抿唇，終究道：「那還請夫人稍等，我梳洗後就來。」

楚瑜應了聲，去了前堂，讓人設置了屏風，沈佑等在屏風外。

她拍了拍沈佑肩膀，平靜道：「我先出去了。」

沈佑應了一聲，看上去頗為緊張。

過了一會兒，王嵐從房間後饒了出來，她手裡持著團扇，遮住臉來到屏風後，端正跪坐下來，柔聲喚了句：「沈公子。」

沈佑一時有些無措，他跪坐在地上，沉默無言。

王嵐和他靜靜等了一會兒，王嵐有些安耐不住：「方才大夫人同我說，沈公子有話要說，不知沈公子，是想說什麼？」

王嵐說完，自己忍不住低了頭。

其實沈佑要說什麼，她是猜測出幾分的。近來通信，雖然都是吵吵鬧鬧，可若說對那人的心思半分不知，其實是假的。

可是衛榮去了並不久，她如此做，過不了心裡的坎兒，可是那人寫了信來，又忍不住回。

於是每次告訴自己不過是規規矩矩回信無妨，卻又在深夜裡輾轉難眠，唾棄自身這份放浪。

如今沈佑來了，她更覺不好，怕對方說出來，也怕對方不說，心中忐忑難安，只是覺得，若是說出來，便拒絕了吧。

真的喜歡她，便會等她。

若是不能等，那就算不得喜歡。

於是做好了所有盤算，王嵐這才開口，卻在開口後，久久不聞人聲，直到許久後，她才聽到對方沙啞的聲音：「沈佑來此，是特意來向六夫人，請罪。」

他一句話頓了三次，說得極為艱難。王嵐有些詫異：「你有何罪相請？」

沈佑閉上眼睛：「害衛家之罪，沈佑，特來相請。」

聽到這話，王嵐睜大眼睛，沈佑卻是在黑暗中找到那份堅定。

其實來時就做好了所有的打算，如今又怕什麼？

面對衛韞那雙眼睛時他都沒怕過，如今不過是屏風後一個小姑娘，他有什麼好怕？

沈佑聲音平緩，慢慢說出自己的生平。

他出生於煙花巷，因他母親當年城破時被北狄擄去，賣入北狄為娼，他在北狄長到十三歲，受盡屈辱，母親也被折辱而亡，直到一個將軍攻下那座城池，救出所有大楚百姓。

他為報母仇，被那位將軍帶回去，培養成為一名奸細，十七歲回到北狄，投身入北狄軍營之中，成為二皇子蘇查手下先鋒官。

他拿錯了消息，然後衛家七萬人死於白帝谷。

他跪俯在王嵐身前，沙啞道：「我雖不知到底發生了什麼，卻也知道，衛家之事，與我必有關係。沈佑雖為小人，卻未失良知，輾轉反側，藉殺顧楚生之機，特意前來衛府自首。」

聽到這些話，王嵐整個人都是愣的。

她看著外面這個人，內心不知該是什麼情緒，聽見丈夫亡故相關的經過，她眼裡忍不住蘊滿熱淚，卻也知如此哭泣，在人前失禮，只能道：「這些話，沈公子與侯爺說過便好，事已至此，沈公子向妾身請罪，又有何意？」

「人已不復……」王嵐聲音裡帶著哽咽之聲：「縱使怪罪，妾身奈何？」

這哭聲將沈佑所有話堵在唇齒間，讓他所有話語都變得格外卑劣。

他本想說，之所以向夫人請罪，是因在下有求娶之心，願赴湯蹈火以贖此罪，望夫人垂憐。

然而這哭聲將他的話狠狠堵住，他再如何，也說不出這樣的話語。

於是他跪在地上，許久後，只能道：「夫人方才生產，切勿太過傷心。沈佑有罪，願為夫人做牛做馬，哪怕夫人不願，沈佑也要為夫人效犬馬之力。」

「你走吧！」王嵐不願再聽。

對間接害了自己丈夫的人有了那樣的心思，這當是何等難堪？

她從悲傷化作屈辱，提了聲道：「勿再相見，你速速出去吧！」

沈佑沒說話，他聽著這話，便已明白。

對於王嵐來說，或許這一輩子，都不願再見了。

沈佑跪趴著，他忍不住，慢慢抬起頭來。

屏風之後，依稀只能看見一個人影，然而他卻清楚記得，第一次撞見她時，那眼中盈盈水光。

他哪裡是見了女色就暈頭？

不過是這眼睛瞧進他心裡，他方才懂了這份惻隱之心。

他貪婪地看著那屏風之後。

這份感情，說已是山盟海誓，那未必有。

可是這份淺淺心動，對於沈佑來說，卻是頭一次，這是他頭一次來華京，來南方，這裡如他所想，風景精緻細膩，便連一份喜歡，都能溫柔又纏綿。

他聽著那哭聲，終於慢慢垂下頭去。

「聽夫人吩咐，沈佑這就退下了。」

說著，他叩首行禮，站起身來，行到門口，終於還是忍不住回頭。

「六夫人，」他看著那屏風，沙啞開口：「此言雖然不齒，可我對六夫人，確有真心。」

王嵐微微一愣，沈佑轉身離開。

夾風帶雪，一如他平日在北方那樣乾淨俐落的作風，再無回頭。

王嵐慢慢抬起頭來，見屏風外只有樹枝在風中輕輕搖曳，她咬緊下唇，終於忍耐不住，啜泣出聲。

楚瑜便站在長廊上，她雙手攏在袖間，斜斜靠在長柱上，見沈佑走過來了，她直起身子，平靜道：「說好了？」

「嗯。」

兩人走了，楚瑜送沈佑回地牢，「你大概要在衛府再待一陣子，事情沒查清楚，姚勇不死，你怕是不能出去。」

「嗯。」沈佑應聲。

楚瑜見他的神色，淡道：「談得不好吧？」

「應該的。」沈佑平靜開口。

楚瑜想了想道：「你一開始既然對六夫人有心思，為何不早說？」

沈佑沉默不語，許久後，他終於道：「我本沒有這個心思，不過是隨意客套應付，牢中我不知道做什麼，她來了信，我便回信。」

說著，沈佑抬頭看著天空，慢慢道：「等後來有了心思，我便不敢說，也沒打算說，等我離開衛府，這事兒也就了了。」

「如今呢？」

沈佑沒有說話，好久後，他深吸一口氣。

「我想娶她。」他抬頭看向楚瑜，楚瑜頓住步子，有些詫異。沈佑目光堅定：「方才同妳說話，我想得清楚。妳說得對，我今日就算死了，又有何意義？白帝谷一戰，疑點重重，絕非我一人之過，我會幫著小侯爺查清真相。等我幫衛家報了仇，我再為她做牛做馬。這輩子她喜歡我，那很好。不喜歡我，那也無所謂。」

「你同她認識不久吧？」楚瑜有些不理解這樣的感情。

沈佑輕輕笑開：「我沒喜歡過人，實話說，如果她只是一個普通小姑娘，她拒絕了我，那我離開就是。可她是六夫人。」

沈佑眼裡有些苦澀。

衛家的六夫人，他欠了衛家，欠了她。

哪怕不喜歡她，也該補償她。

守在她身邊，是贖罪，也是追求。

他不知道哪一天她會放下，哪一天自己會心安。但是這條路，他卻想走。

楚瑜明白他話語裡的意思，兩人沉默著，聽見一個清朗的少年聲響起來：「你怎麼在這裡？」

楚瑜和沈佑回頭，看見衛韞站在長廊前，他盯著沈佑，皺著眉頭。楚瑜正要解釋，就聽沈佑笑了一聲，「老子神通廣大將你衛大夫人迷得七葷八素……」

話沒說完，衛韞便一袖子直接把人抽翻滾進了庭院。沈佑翻身起來，大罵道：「衛韞我操你……」

音還掛在嘴裡，衛秋直接塞了一個布團進沈佑嘴裡，壓著沈佑下去。

衛韞轉頭看向楚瑜，楚瑜有些尷尬道：「他胡說八道……」

衛韞點點頭：「我知曉，」說著他轉身道：「嫂嫂可打算去飯廳用飯？」

「是時候了。」楚瑜點點頭，同衛韞一同往飯廳走去，衛韞雖然沒開口，楚瑜卻趕緊將她把沈佑帶出來的事兒添油加醋說了一通。

衛韞皺著眉頭聽著，有些疑惑道：「嫂嫂的意思是，沈佑看上了六嫂？」

「是了。」楚瑜點點頭，她打量著衛韞的神色，猶豫著道：「我想你的確不大喜歡沈佑……」

衛韞明白楚瑜指得是什麼，他搖了搖頭：「此事我分得清楚，我只是有些好奇，」衛韞笑起來，神色溫和道：「他這樣一個人，竟也會死心塌地喜歡一個人。」

「遇到那個人，誰都一樣。」楚瑜笑了笑，抬手拂過自己耳邊碎髮。

衛韞轉頭瞧她，見那花苞落在枝頭，恰好掛在楚瑜身後，他忍不住開口：「喜歡一個人，真會喜歡到為她放棄所有嗎？」

楚瑜有些詫異，隨後想起來，十五歲的少年，怕正是好奇的時候。

她抿嘴輕笑：「那要看你有多喜歡了。」

衛韞皺起眉頭，似乎認真思索起什麼。那貓兒一樣的眼如琉璃乾淨漂亮，楚瑜瞧著他認真思索的樣子，忍不住大笑起來。

「小七，」她拍著他的肩：「若你日後喜歡上一個人，一定記得告訴嫂嫂你的心得。」

「想必，」楚瑜彎著眉眼：「是極有意思。」

衛韞瞧著女子笑若春光盈堂，只是靜靜看著。楚瑜有些奇怪：「你怎的不說話？」

衛韞面無表情點了點頭，應聲道：「好。」

說完之後，衛韞轉過身去，從她手下滑開，往飯廳走去。楚瑜摸了摸鼻子。

哦，她就知道，衛韞最近不開心。

而衛韞只是想著他跪在祠堂裡，看著衛珺牌位那一刻的感覺。

他覺得有什麼呼之欲出，卻又不敢言語，於是他不聽不言，只覺得一日復一日壓抑下去。

春花已經開始蓄勢，綠葉抽出枝芽，少年素衣玉冠行於長廊之上，手握暖爐，合著春光，竟讓楚瑜有一瞬間覺得目眩。

看著對方的背影，楚瑜忍不住回頭，詢問晚月：「妳說小七是不是長高了一些？」

晚月抿唇一笑：「小侯爺畢竟長大了呢。」

楚瑜微微一愣。

是了，早晚有一日，這個少年會長大。

他會有比及他父親的優秀俊朗，會如十三歲那年入城時那些華京女子所盼，堪稱一聲，衛家玉郎。

第二十章 鳳陵城

沈佑被關回地牢之後，當天夜裡，蔣純便領著人出發了。

楚瑜千叮萬囑，讓蔣純務必小心，蔣純笑了笑道：「我不妨事，妳平日裡多照看一下婆婆就好了。」

楚瑜應了聲，又拉著蔣純手囑咐了一遍要記得的事，這才放蔣純離開。

蔣純離開後，沒隔兩日，謝韻便急急忙忙找了上來。

聽到謝韻來了，楚瑜便知道，必然是楚錦有了動作，她倒也沒著急，將謝韻請回屋中後，給謝韻倒了茶，謝韻滿臉焦急，方才落座，便同楚瑜道：「阿瑜，阿錦不見了！」

「嗯？」楚瑜抬起頭，面上帶了詫異道：「阿錦如何不見的？」

「就昨日，」謝韻眼裡帶了眼淚：「白日裡她說她去買些胭脂水粉，我也無甚在意，晚上我睡得早，等今日起來，我才發現，她竟是一夜未歸，這才讓人四處去找，如今也找不到人了。」

「她身邊的隨從呢？」楚瑜大概猜到了楚錦去哪裡，但面上卻不能顯露。

謝韻嘆了口氣道：「她的隨從也不見了，怕是一起不見的，我本打算報官，卻從她枕下找到了書信，她說她要去洛州找臨陽，這可怎麼是好？」

楚瑜聽到這話，眼神冷了下來，面上卻是不動聲色道：「那再找找吧，我先給大哥去封信問問。」

「我已經派人去了，可是這一路顛簸，她一個女孩子……」謝韻說著就落起淚來，一面哭一面道：「也怪我了，以前妳父親讓她學武我不樂意，如今這世道，她武藝要有妳一半好，我又何必操這個心？」

「妹妹有她自己的好。」

楚瑜笑了笑，又安撫謝韻片刻後，讓人招呼著謝韻走了出去。謝韻一走，楚瑜便立刻讓人去找跟著楚錦的人，又寫了一封信給楚臨陽，說明自己讓人去找楚錦，讓他不要擔心。

等做完這些後，楚瑜將府中帳本拿出來看了看。

如今同楚臨陽借了錢，在洛州買了耕種的地，又在蘭州置辦了商鋪產業，衛府過得緊巴巴的，錢都要省著花。

這樣一看看到了夜裡，派出去找楚錦的人終於趕了回來，楚瑜本不在意，抬頭一看，卻見兩個人走進來，其中一個頗為狼狽，身上全是泥濘，正是跟著楚錦的人。

楚瑜皺起眉頭：「你怎麼回來了？」

楚錦還在往楚臨陽那邊趕，說了讓他們攔住楚錦，怎麼就回來了？

對方聽聞這話，立刻跪了下去，提了聲音的道：「屬下有罪，將二小姐跟丟了！」

「跟丟了？」楚瑜愣了愣，她猛地站起來：「如何跟丟的？」

「二小姐昨日出京，直奔洛州，屬下本打算在接近洛州地面上動手，誰知今日晨時遇見了流匪，屬下為護住百姓和二小姐與這些賊寇激戰，等回頭時，二小姐便不見了！」

「找！」楚瑜冷著聲：「即刻去找！」

侍衛得了令，趕緊出去找人。

這一找就找了兩天，楚錦卻是音訊全無，而戰線一點一點向華京逼近，華京的城中一片頹靡，許多百姓開始往後方遷徙，朝廷氣氛也明顯一日不如一日。

皇帝三番五次派人來請衛韞，衛韞都躺在床上裝病不見，皇帝拿他沒有辦法，只能不斷詢問朝臣出著主意，卻是誰都沒敢站出來，立軍令狀。

又過了七日，前線終於傳來了第一場捷報，然而看見捷報的時候，淳德帝卻不見半分喜色。那分捷報的消息，衛家早已提前半天知曉。

這份捷報，捷在北狄兵發汾水後不到半日，便被宋世瀾領兵擊退。

而淳德帝臉色如此不佳，則是在宋世瀾擊退汾水北狄軍後，直接回頭再強攻小橘縣。最後宋世瀾拿下了小橘縣，其兄長宋文昌，卻死在了戰亂中。

一直在打敗仗的人，半天之內就可收復汾水，對於皇帝來說，這就證明之前的戰役，宋世瀾沒有傾盡全力。而這樣一個人要代替宋文昌接替世子之位，名正言順掌握宋家兵權，皇帝感覺到心肝都疼了。

他都養了一批怎樣的狼崽子！

可淳德帝哪怕心裡明白宋世瀾和宋文昌怎麼回事兒，明面上卻仍舊是一句話都不能說的。不僅不能說，還得表！

於是淳德帝咬著牙，給宋世瀾下了冊封世子的聖旨。還賞了些綢緞黃金。

這樣的賞賜可以說是小氣了，可如今國難當頭，大家也沒說什麼。

當天淳德帝的表現，全都送到了衛韞手中。衛韞看著線報笑，一面笑一面同楚瑜說著朝上的場景，樂不可支道：「陛下心中，如今一定十分憋屈。怕是會氣壞身子吧。」

「氣壞身子沒什麼，」楚瑜笑著道：「氣壞腦子，就不太好了。」

說話間，外面傳來通報聲，衛秋見怪不怪道：「侯爺，陛下又派人來了。」

一聽這話，衛韞趕緊道：「快給我準備血包，我先回床上去。」

如今裝病這件事，衛韞已經做得十分成熟，傳旨太監才來到大堂，衛韞已經去臥室躺好了。楚瑜笑著在大堂接見了傳旨太監，起身迎著對方道：「小侯爺如今還在床上躺著，怕是難以來前廳接旨，還望公公見諒。這聖旨便由妾身代領，不知可否？」

代領聖旨這種事兒，若是放在平日，那當真是荒唐極了。

然而如今早已君不君臣不臣，戰場上幾乎沒有將領聽淳德帝的，衛韞不過是讓楚瑜代領聖旨，倒顯得不算什麼了。

那傳旨太監倒也沒生氣，笑了笑道：「不妨事。」

楚瑜舒了口氣，正要說什麼，便聽那太監道：「這聖旨，本也是下給大夫人的。」

楚瑜詫異抬頭，睜大了眼：「陛下何故下旨？」

「今日陛下邀請了衛老夫人進宮品茶。」對方笑得十分燦爛：「老夫人在宮中寂寞，想召大夫人前去一見，不知可還方便？」

一聽這話，楚瑜瞬間冷了神色。

蔣純出門，柳雪陽放心不下，今日特意選了日子，前去給蔣純燒香祈福。

楚瑜已經給柳雪陽安排了侍從，但卻沒想到，淳德帝居然瘋成這樣？

「在華京城中公然擄走大臣家眷，」楚瑜咬牙開口：「陛下可曾想過，若其他朝臣得知，會如何作想？」

「哎呀呀，衛大夫人這說的什麼話？」那太監將拂塵往手裡一揮，滿臉討好笑容道：「不過就是請去喝杯茶，還是老夫人同意了的，您怎的如此大驚小怪？」

楚瑜沒說話，她深深吸氣，心知此時需得冷靜。那太監笑著道：「母親在宮中，不知小侯爺是否有力氣來接旨了？小侯爺病得實在嚴重，也無甚關係，大夫人代替著進宮一趟，也是可以的。」

說著，那太監似乎已經篤定楚瑜會走，讓開了路，做出一個「請」的動作道：「大夫人，走吧？」

楚瑜沉默著，那太監笑咪咪瞧著她，似乎就在等著她發怒一般。

片刻後，楚瑜卻輕輕一笑，「那勞煩公公稍等，妾身梳洗後就來。」

說著，楚瑜也不等那太監說話，轉身就走進了內堂，回了自己屋中，迅速拿出許多首飾，插在腦袋上，而後在衣衫裡穿上軟甲，一面武裝自己，一面同跟進來的晚月道：「去同小侯爺說，我進宮去接婆婆出來，讓他好好裝病，如今皇帝就是在逼他出來，切勿輕舉妄動。」

衛韞布局這樣久，就是等著把淳德帝逼到退無可退，他再出來時，淳德帝才能無條件退讓。

而如今大楚看上去被打得多慘，到時候衛韞回來拯救戰局時，就能多亮眼。此刻姚勇還未澈底潰敗，衛韞不能出來，若是出來，前面做的功夫完全就白費了。淳德帝沒有被逼到絕境，姚勇也沒被剷除，此刻衛韞上戰場，怕是要重蹈他父兄覆轍。

楚瑜思索著局勢，穿上外套，繫上腰帶，快速道：「讓他放心，我會辦好一切。」說完，楚瑜收拾妥帖，便往外出去。

那太監有些焦急，來來回回走著，見楚瑜出來，舒了口氣，才恢復鎮定：「大夫人，請吧？」

楚瑜微微一笑，神色泰然道：「公公請。」

楚瑜行往宮中，開始思索這次皇帝讓自己進宮的意義。

皇帝的最終目標當然是衛韞，逼衛韞出戰，讓前線戰士出戰應該是皇帝如今的盤算。如今皇帝直系燕州一直按兵不動，為的就是出了事及時保皇。前線就是宋世瀾、姚勇、楚臨陽三家，但三家都不出力，就在戰場和稀泥，所有人互相博弈，完全就是將江山拱手相讓。如今皇帝自然要想個法子，逼著所有人出手。

他劫持了柳雪陽，就能逼衛韞，若她再進宮，就可以連著楚臨陽和楚建昌一起威脅。

楚瑜大概明白皇帝的心思，心裡有了盤算。

她隨著太監進了御書房，剛進去，就看見柳雪陽忐忑地坐在皇帝對面，正在與淳德帝下棋。

柳雪陽坐臥不安，明顯是已經察覺到情況不對，但她也不敢表現什麼，棋下得一塌糊塗。淳德帝卻十分有耐心，同柳雪陽道：「夫人不必擔心，朕不會對夫人如何，就是請夫人在宮中陪陪皇后，您以往也與皇后情同姐妹，不是沒留宿過宮中，今日怎就如此拘謹了？」

柳雪陽面露尷尬之色，楚瑜剛好隨著太監進來，恭敬將雙手放在額間，叩首道：「民女衛楚氏叩見陛下，陛下萬歲萬歲萬萬歲。」

楚瑜聲音平穩，鏗鏘有力。淳德帝同柳雪陽下著棋，等了一會兒，見柳雪陽一直看楚瑜，抬頭道：「衛夫人為何不落子？」

「陛下……」柳雪陽強撐著頭皮道：「你看我這兒媳……」

「民女衛楚氏，叩見陛下！」

楚瑜再一次提聲，提醒淳德帝。

淳德帝夾著棋子，冷聲道：「朕許妳說話了嗎！」

楚瑜跪伏在地上，平靜道：「民女知陛下如此急忙召見，必有要事，故而心急了些許，望陛下見諒。」

「心急？」淳德帝將棋子往棋盒裡一砸，怒道：「朕怕妳是心裡根本就沒朕這個皇帝，刻意羞辱於朕！」

「陛下說笑了。」楚瑜平靜道：「陛下為君，民女為民，怎敢談羞辱之言？」

「行了，也別同朕打官腔了。」

皇帝揮了揮手，太監便走上來，對柳雪陽做了個「請」的姿勢。柳雪陽有些為難，淳德帝抬頭看過來，柳雪陽抿了抿唇，還是沒膽子違背皇帝的意思，便轉身離開。

等柳雪陽走後，旁邊太監給皇帝遞上一杯茶，淳德帝吹著茶葉道：「朕讓妳來，是什麼意思，妳大概想明白了？」

「民女明白，」楚瑜平靜道：「但也不明白。」

「妳有什麼不明白？」淳德帝皺了皺眉。

楚瑜跪著沒有抬頭，聲音卻十分清晰：「陛下讓民女入宮，不過是想藉此機會澈底控制楚家與衛家。可這戰場上明明有姚勇、宋家在前，陛下為何不逼他們，反而來逼我等？衛家如今只剩下小侯爺，陛下一定要趕盡殺絕才成？」

「荒唐！」淳德帝怒吼：「讓將士上場殺敵，怎就變成了趕盡殺絕？倒是你們衛家，口口聲聲說著忠君報國，朕念衛家忠義，放了衛韞小兒一命，如今他是如何回報我的？」

「戰場逃兵如此之多，」淳德帝明顯是憋到了極限：「妳以為朕不知道是怎麼回事？你們把朕當傻子嗎？早知你衛家有如此謀逆之心，朕哪裡容得下你們？」

淳德帝站起身，怒吼道：「還質問朕為何不逼姚將軍？你們巴不得讓姚將軍上前線作為主力拼殺得你死我活，到時候無人護衛皇室，你們便可取而代之了是吧？」

「陛下，」楚瑜抬起頭，認真地看著他：「衛家這麼多年，在陛下心中就落了這樣一個印象嗎？」

聽到這話，淳德帝平靜了些許，他看著楚瑜，慢慢道：「衛忠自然是不一樣的。你們衛家的忠心，我從不疑，可衛韞小兒！」

淳德帝咬牙切齒：「他呢？別以為我不知道他耍什麼把戲！」

楚瑜沒說話，她只是輕笑。

淳德帝皺眉：「妳笑什麼？」

「民女在笑陛下糊塗！您既然信衛家，為何不信我家小侯爺。您恨小侯爺不上戰場，可您可記得，衛家是如何死在戰場上的？如今姚勇為主帥，您再讓我家小侯爺上去，您這是逼著他去送死啊！」

「胡說八道！」淳德帝怒喝：「姚將軍忠心為國，哪怕你們與他有所間隙，一國將領，何至於如此徇私？」

「徇私？」楚瑜嘲諷道：「陛下捫心自問，白帝谷之事，是誰徇私？」

「你們知道什麼！」淳德帝有些不耐煩道：「朕有自己的考量，為何你們就不能明白朕的思慮？我知道你們是為白帝谷一戰怨恨，可是白帝谷一戰，人已經死了，的確是太子貪功冒進，這事朕自會尋其他由頭找他麻煩，你們一定要逼著皇家承認，是太子失誤害死這七萬士兵嗎？」

「所以這個罪就要衛家來擔嗎？」楚瑜提高了聲音，厲喝道：「擔了還得心無怨恨，大公無私，再去送死嗎？」

「朕讓他上戰場自有朕的安排，他乃故人之子，你們心中朕就齷齪至此嗎？」

淳德帝怒得急促喘氣起來，片刻後便開始咳嗽，旁邊太監趕緊召喚太醫，這一番折騰下來，淳德帝也沒了力氣。

他虛弱道：「罷了，妳先去休息，妳母親也在宮裡，就去陪著她們吧。」

聽到這話，楚瑜眼中閃過一絲冷光，她平靜道：「陛下，臣女今日進宮，並非來當陛下的人質。」

淳德帝慢慢轉頭，看楚瑜跪在地上，平靜道：「臣女進來，是想同陛下做筆生意。臣女自幼習武，也隨父親征戰沙場。您留臣女在宮中，無非是想逼迫我父兄小叔為您鞏固疆土，可我父兄如今已然盡力，小叔抱恙，不如由臣女率軍前去，為陛下守城，陛下看如何？」

淳德帝靜靜看著她，楚瑜抬頭看著淳德帝：「陛下要我父兄做什麼，大可說來，臣女也可。」

楚瑜這話說得明白了，要逼楚臨陽楚建昌和衛韞是不可以的，但同樣的事可以由她來做。

淳德帝不說話，楚瑜繼續道：「陛下，如今用人之際，只要能達到目的，用誰不是用？我父兄小叔乃做大事之人，您以為，幾個女子性命，能比的上你們的宏圖大業？」

淳德帝有些動搖，楚瑜打量著他的神色，還要說什麼，就聽淳德帝道：「朕要做的事，也不難。」

他看著楚瑜，目光裡帶了些猶疑，卻還是道：「朕派妳去，守住鳳陵至少一月，一月後，若天守關破，朕欲遷都鳳陵。」

楚瑜聽到這話，皺起眉頭。皇帝慢慢道：「朕可撥兩萬兵馬給妳，妳去守城，守住了鳳陵，」皇帝眼中意味深長：「朕就還人。」

又是鳳陵城。

楚瑜聽到這個名字，心裡不由得有些詫異。隨後便又迷霧縈繞在心頭，她皺起眉頭，忍不住道：「若民女不去呢？」

「那朕就扣妳在這裡，我看妳哥哥去不去！」淳德帝冷笑一聲：「妳哥不去，妳就給鳳陵陪葬吧！」

楚瑜聽了這話，不由得覺得更為奇怪。

鳳陵一個小城，為什麼皇帝這麼篤定它一定會被攻打。最重要的是，為什麼他會考慮遷都鳳陵？

而皇帝這個態度，明顯是無論如何都會保鳳陵的。所以上一輩子，楚臨陽去守鳳陵，真的只是為了楚錦嗎？

且，她本以為此次請命必然困難重重，卻不想皇帝只是猶疑片刻就應下，到底是為什麼？

楚瑜腦海裡思緒萬千，面上卻是沉默不顯，低頭應了聲「是」之後，皇帝調了人馬給她，直接道：「妳收拾一下，今夜出城，事不宜遲。」

楚瑜沒有多說，皇帝這麼急切，自然有這麼急切的原因，而鳳陵她也的確想守，一方面，她要斷絕一切楚臨陽去鳳陵的可能性；另一方面，鳳陵城三番五次發來求援、皇帝又如此執著於此城，必然有他的道理。

楚瑜應了聲，也沒有多說，懷著心事回了衛府。

方才入了衛府大門，她便看衛韞急切地走了過來，焦急道：「妳可有事？那老匹夫召妳去做什麼？」

楚瑜沒說話，只是往府裡走去，她也在思索淳德帝的意圖，而且出征一事，她要如何開口，也是一個問題。

衛韞見她不語，面色不由得越發難看，他跟著楚瑜進了房間，看見楚瑜吩咐晚月、長月開始收拾行李，他捏著拳頭，艱難道：「就算妳覺得我是個孩童，可也應當同我說明白，到底是發生了什麼。我畢竟是這衛府的小侯爺，妳……」

「我只是在想要如何同你說。」楚瑜聽到衛韞這樣說，趕忙出聲，晚月、長月收拾著東西，楚瑜扭頭看向衛韞，嘆了口氣道：「婆婆和我母親，如今都在宮裡。」

衛韞眼中帶了冷光：「我知道。」

「陛下邀我進宮，本是為了讓我也為人質……」

「所以妳為何不同我說一聲就擅自進宮！」衛韞提高了聲音，神色激動：「母親已經在哪裡了，妳若也被他帶走，我當如何！」

「母親性情剛毅，卻向來做事不得法，」上輩子衛家落難，柳雪陽便是直接提劍和人硬拼被誤殺，說不上軟弱，可卻是個冒失的。楚瑜嘆了口氣：「單獨在宮中怕是會出事，我陪著也好。如今我沒陪著，倒是有幾分不放心。」

「妳對自己倒很是自信。」衛韞冷笑，「母親會有事，妳就不會有事？」

楚瑜察覺到衛韞不悅，她有些尷尬道：「我……這不好好出來了嗎？」

「答應了什麼出來的？」衛韞冷著聲音。

楚瑜摸了摸鼻子：「我……今夜帶兵出城，去守鳳陵。」

聽到這話，衛韞臉色巨變。他吩咐人道：「把大夫人關起來！」

隨後轉身便走。

楚瑜回來時就知道衛韞絕對不會給他去，她忙道：「唉唉，你等一下啊，我真的沒事兒。」

她本來就在邊境長大，後來大楚風雨飄搖那六年，她和顧楚生在戰場奔波，顧楚生在後方，她一直在前線，本就可為將士。她追著上去，心中一急，拉扯住衛韞袖子道：「你別生氣，你且聽我說。鳳陵那地方易守難攻，陛下執著於那裡，一定有自己的原因，加上鳳陵再三求援，我們派出去的人都沒有音訊回來，我本也該去看看……」

最重要的是，如果她不去，皇帝一定會下令楚臨陽去。

上輩子楚臨陽去了鳳陵，她以為是為了楚錦，然而卻有沒有一種可能，上輩子楚臨陽，本就是皇帝派出去的？又或者是楚臨陽自己要去守這座城？

這一仗，她不打，她怕楚臨陽打，如果楚臨陽去了鳳陵，結局怕就如衛家……

她已經這麼努力改變，若還是變不了，她當如何？

楚瑜抿緊唇，握著衛韞袖子，懇求道：「小七，你讓我過去看看。」

「為什麼？」衛韞回過頭來，審視著她：「為什麼一定要過去？」

楚瑜沒說話，衛韞皺起眉頭，過了許久，楚瑜，終於道：「我……自有我要去的理由。」

她雖然沒有明說，可神色卻十分堅定。衛韞目光往下，落在她抓著他的袖子上，那些責罵就全部止在唇齒之間。

她的手很漂亮，不同於其他女子那樣纖纖玉手，她的手指長得很長，骨節分明，頗有英氣。然而那手又白皙通透，色澤如玉。

衛韞看著那握著他袖子的手，這是她第一次露出這樣類似於懇求的情緒，他說不出任何拒絕的話語。

許久後，他慢慢道：「妳若一定要去，我陪妳去。」

「不可。」楚瑜皺起眉頭：「你如今對外稱病，若同我去了，陛下便可尋了由頭找你麻煩。最重要的是，若此刻北狄兵發天守關，你當如何？」

大楚的底線是天守關，他們可以假作退兵，卻不是無底線。天守關不能破，因為天守關若破，那大楚最大的天險就沒了。反而是大楚擊退北狄時，要逆著天守關打過去。

衛韞說不出話來，楚瑜笑了笑道：「你真的不用太擔心，我看見不對勁會回來的。而且我這個人命特別大，我……」

楚瑜說著，衛韞目光落在她身上，他看著面前這個人，聽著她說話，內心似乎很平靜，又似乎很害怕。

兩種情緒交織在一起，讓他不知所措。

作為鎮國候，他知道如今正面戰場不在鳳陵，楚瑜帶兩萬兵馬應該無妨，而且在天守關破前，他得安撫住皇帝情緒，要保住宮中他母親安危，加上他家人如今在華京中多一日，就多一分危險，楚瑜帶兵出去，最合適不過。

可是內心深處，拋開所有理智來看，他又總覺得讓她一個人去任何凶險的地方，他都忐忑難安。

哪一位將士出征前不是以為自己必當凱旋歸來？他與父兄出征前，誰又知道會一戰埋忠骨？

他靜靜看著她，什麼話都沒說。

這時，長月、晚月已經把東西收拾好，外面兵馬也備好，一個男人走進來，恭敬道：「末將張雲，乃南城軍統帥，點兵兩萬，奉旨前來，協助大夫人共守鳳陵。」

楚瑜點了點頭，抬手道：「張將軍請堂外等候，待我梳洗片刻就來。」

張雲應聲而出，楚瑜轉頭看著衛韞，無奈道：「我實話說吧，你允也好，不允也好，我既然已經應下了陛下，就必須要走。」

衛韞沒說話，他垂頭不語。楚瑜嘆了口氣，轉身離開。衛韞跟著她的步子，目光慢慢移過去。那人背影堅定剛毅，哪怕女子之身，卻似乎也是頂天立地。

衛韞覺得心中酸楚乾澀，看那身影背對他越走越遠，他終於也明白，這人他攔不住。

他終於出聲：「妳站住。」

楚瑜頓住腳步，衛韞看著她，沙啞道：「妳到鳳陵後，我會再調兩萬兵馬過去，只守不攻，等我拿到帥印，取下天守關，我來接妳。」

楚瑜聽到這話，心裡舒了口氣，她嘴角揚起笑意，卻沒回頭，只是道：「好。」

等了一會兒，衛韞沒有出聲，楚瑜正提步要走，就聽他突然叫出她的名字：「楚瑜。」

這是他頭一次叫她名字，楚瑜不由得有些詫異，她回過頭去，看見少年站在門前，長身而立，夜風吹過，長廊上燈火輕輕搖晃，燈光打在他白衣之上，印出幾分暖意。

他目光平靜，眼如深潭，他見她看過來，終於出聲。

「妳得活著回來。」

楚瑜愣了愣，不由得笑了，正笑著要開口說什麼，就聽對方道：「妳若不活著回來，我就把北狄一路屠過去。」

聽到這話，楚瑜心中一驚。

上輩子衛韞之所以會被稱為活閻王，就是因為他曾經連屠北狄十一城。

他打仗善用騎兵，且攻城極快，攻城前他都會問可降，若是不降，攻城之後，全城盡屠。如此連屠十一城，北狄再無城敢反抗。不過兩年，就澈底攻下北狄。

大楚建國百年，從未有過如此鐵血手段人物，眾人又怕又敬，對於這個穩固了大楚江山的將軍，文臣向來褒貶不一。

她看著面前的衛韞，覺得唇間發苦，衛韞抬眼看她，聲音平靜中帶著涼意：「如果你不想看我成這樣的人，就好好護著自己，好好回來。」

聽到這話，楚瑜艱澀道：「你放心。」

衛韞閉上眼睛，轉過身去，背對著她道：「妳走吧。」

楚瑜低頭，小聲道：「你好好照顧自己。」

說完，她便轉身出去，疾步走出後院。衛韞聽到她的腳步聲消失，終於控制不住自己，廣袖一掃，便將旁邊花瓶狠狠砸了下去。

衛夏猛地抖了一下，苦著臉道：「如今大夫人也走了，侯爺開始砸東西，誰來攔住喲？」

「那就砸唄。」衛秋淡淡開口。

衛夏立刻變了臉：「你知道什麼？你知道家裡東西多貴嗎？現在家裡錢都買地了，小侯爺出的是氣，花的是白花花的銀子，大夫人省錢省的那麼不容易，小侯爺劈里啪啦就砸了，這銀子你掙啊？」

聽到這話，衛韞舉著花瓶，冷著臉慢慢放了下來，大吼了一聲：「滾！」

楚瑜走出庭院時，便已經收拾好了心情。如今當務之急，是去鳳陵搞明白，這個地方到底是怎麼回事。如今想來，當年楚臨陽被圍困在鳳陵三個月，鳳陵戰至全城近空，那一戰慘烈如斯，到底真正的原因是什麼？當年的鳳陵，到底經歷了什麼？

楚瑜帶著長月晚月來到府前，同張雲一起到城郊，點了兩萬兵馬後，由楚瑜領隊出發。因怕有人不服，張雲親自跟著她出城。

這兩萬兵馬都是淳德帝直系部隊，且都是輕騎，騎兵向來精貴，重在行軍速度，可見如今淳德帝對鳳陵十分在意焦急，願意將兩萬騎兵交給楚瑜，算是下足了本錢，楚瑜不由得再次對鳳陵的分量進行了重估。

「張將軍，」楚瑜思索著，不由得詢問張雲道：「那鳳陵究竟是什麼地方，您可知曉？」

「鳳陵城就是鳳陵城，」張雲有些奇怪看了楚瑜一眼：「還能是其他地方不成？」

「若只是普通地方，陛下為何如此緊張？」楚瑜打量著張雲的神色，張雲皺起眉頭，卻是道：「的確，陛下為何如此緊張？」

於是楚瑜明白，從張雲的口中怕是套不出什麼消息來了，或許這位將軍自己本身，也不清楚情況。只是淳德帝讓他去，他就去，僅此而已。

輕騎急行，不過兩日，便抵達鳳陵，楚瑜吩咐臨水邊安營紮寨，派人先到鳳陵城先打探消息，休整之後，再靠近鳳陵。

安營紮寨之後，楚瑜眺望鳳陵城，大多數城池建立於山谷，群山環繞，在山上建立第一道防線。然而鳳陵城卻是少有直接建立於山上的城池，因而易守難攻。聽聞鳳陵城當年本是一個山寨，後來逐漸修建成城，大楚建國之後，方才單獨規劃為縣級。

此刻鳳陵城山下，零零散散有人往山上走，楚瑜不由得有些奇怪：「這些人都是進出鳳陵城的？」

「都是難民。」

張雲與楚瑜這兩日熟悉起來，他是個直爽人，朋友眾多，看了那些人的衣著一眼後，便道：「華京邊上也有很多，打仗打得厲害，這些百姓就四處逃散。」

上輩子流民沒有這樣多，如今顧楚生不在昆陽，衛韞不上前線，於是流民四處逃亡。楚瑜皺著眉頭，那張雲規勸道：「流民多是好事，證明百姓沒有被大規模屠城。要是都被屠了，妳還能見到幾個人啊？」

聽到這話，楚瑜笑了笑。如此多的流民，大多是衛家和宋家撤退時都優先護住百姓撤了去。雖然棄城，但並沒有大面積傷亡。

如此一想，倒也沒有那麼傷感，她嘆了口氣：「只願趕緊結束這一場吧。」

張雲聞言，愣了愣，隨後有些猶豫道：「大夫人，其實有些話，我也不知道該不該講，可不講我憋在心裡。」

「你說吧，」楚瑜笑了笑，張雲嘆了口氣道：「我知道衛小侯爺和陛下鬥氣，可是白帝谷這事兒，畢竟是北狄人幹的，小侯爺再怎麼鬥氣，如今國難當頭，將士如此做，實在是讓人有些寒心。」

楚瑜喝了口酒，面色平靜：「你是如此想的，還是很多人如此想？」

「大家都這麼想。」張雲打量著楚瑜的神色：「您回去了，能勸就勸吧。」

「張將軍，」楚瑜回頭：「您和姚元帥認識嗎？」

張雲愣了愣，楚瑜神色平靜道：「你以為是衛家不想上前線？你以為是宋家想退？你以為是我楚家不敢迎敵？」

「護著百姓離開的是我們，棄城的是姚勇，死在戰場的是我衛家，拿到帥印的是姚勇。

如今姚勇手握帥印乃兵馬大元帥，您讓小侯爺上前線去，您覺得小侯爺該如何自處？」

張雲不是澈底傻的，他慢慢回過味來，他忙抬手道：「您別說了，剩下的我也不想知道了，咱們好好守好鳳陵，華京的事兒與咱們無關。方才我的話收回去，您別見怪。」

說著，張雲忙擺手退了下去。

楚瑜沒說話，她坐在石頭上，手裡提著酒囊，再抬頭看了一眼，那些流民步履闌珊。

過了一會兒，有人來通報楚瑜道：「大夫人，有流民前來乞討，我等是否將其趕離？」

楚瑜抬頭看了遠處正在和將士說話的人一眼。

那是個年輕的女子，她臉上抹了黑炭，披著斗篷，身邊帶著三、四個孩子，最大一個看上去不過十歲，最小一個不到那女子大腿間。

那人似乎在苦苦哀求著將士，楚瑜皺了皺眉，她覺得那女子眉眼有些熟悉，想了想後，她同人道：「將人帶過來我看看。」

士兵有些詫異，卻還是聽了吩咐，過去同那士兵說了幾句，那女子便拉著孩子，一直同士兵彎腰道謝。

那女子怯怯地來到楚瑜身前，她沒敢抬頭，帶著幾個孩子恭敬跪下去。

她跪下去的姿態很優雅，抬手放在額間，再屈膝俯身，是規整的華京貴族禮儀。

楚瑜皺了皺眉，旋即聽見女子熟悉又溫柔的聲音響了起來：「民女見過將軍。」

聽到著聲音，楚瑜猛地睜大眼睛，她不可思議看著面前女子，驚詫道：「阿錦！」

那女子身子猛地一顫，她低著頭，微微顫抖，沒敢動彈。

楚瑜站起身來，疾步朝她走來，楚錦聽見那漸近的腳步聲，心跳飛快，在楚瑜即將觸及她那一瞬間，她猛地站起來，便朝著外面想要跑出去。

楚瑜眼疾手快，一把抓住楚錦的手腕，捏著她的下巴就板了過來！

女子臉被迫面向楚瑜，那被黑炭塗滿了的臉上，還依稀能看到正在結痂的傷口，傷口縱橫劃在女子面容之上，讓她原本算得上美麗的面容變得猙獰可怖。

楚瑜呆呆看著面前女子，楚錦從最初的惶恐驚詫，慢慢冷靜下來。她眼裡還含著眼淚，緊緊捏著拳頭，一言不發。

旁邊幾個孩子衝過來捶打楚瑜，大吼道：「妳放開我姐姐！妳放開！」

楚瑜詫異回頭，其中一個孩子舉著石頭就砸了過來，士兵猛地按住那孩子，楚錦驚怒出聲：「你們住手！」

「都停下來！」楚瑜大吼，這一聲吼，所有人終於安靜下來，幾個孩子被壓著跪在地上，惡狠狠看著楚瑜。楚瑜慢慢放開楚錦，一時竟有些不知所措。

楚錦沒說話，眼裡的霧氣散去，她穿著早已破損的斗篷，慢慢轉過頭來。

「這幾個孩子，已經兩天沒吃東西了。」她艱難地說：「有什麼我們裡面談，先給他們吃點東西吧。」

楚瑜點了點頭，讓人將孩子帶孩子帶下去，楚錦叫住囑咐道：「等一下！別給他們吃流食，你們別一下吃太多！」

吩咐了這一聲後，楚錦才回過頭來，她抬手整理了衣衫，雙手攏在袖間，彷彿是樹立起是所有刺的刺蝟，做好了備戰準備，哪怕衣衫襤褸，也彷彿是在華京穿著華袍帶著金簪一樣，優雅平靜開口道：「走吧。」

楚瑜沒說話，她點了點頭，領著楚錦進了帳篷。

一路上她都在打量楚錦，她記得這個妹妹一貫喜歡哭啼，熱衷於華服美食，如今卻似被打磨過後的石頭，帶了那麼幾分令人意外的光彩。

楚瑜領著楚錦走進帳篷，坐了下來。楚錦似乎一直在等她審問，然而楚瑜沉默片刻後，卻是道：「他們沒吃東西，妳吃過了嗎？」

楚錦沒說話，然而楚瑜卻是明白了，依照著楚錦方才對那幾個孩子照看的程度，孩子沒吃，她也不會吃太多。

她嘆了口氣，同旁邊人吩咐些吃的後，同楚錦道：「妳先喝杯熱茶暖暖腸。」

楚錦抬眼看她：「妳沒有什麼要問我的？」

楚瑜搖了搖頭：「終究是妳的事，妳要同我說便說，不同我說，也無妨。」

楚錦沒有說話，好久後，她才道：「我知道妳派人跟著我。」

楚瑜沒說話，她喝了口茶，楚錦平靜道：「我以為妳是不願救文昌，所以阻攔我去找大哥，於是出城之後，我遇到流匪，故意衝進流民中，甩開了他們。」

「妳也挺厲害的。」楚瑜不由得笑了，楚錦捏著拳頭，沒有說話。

帳篷裡安靜下來，楚瑜看著燭火「啪」的一下爆開，她喝了口熱茶，聽見楚錦的聲音。

「是我錯了。」

楚瑜慢慢回頭，她不明白，為何楚錦突然有了這樣的念頭。

楚錦捏著拳頭，咬著牙關。

「是我把這世間想得太簡單，是我錯了。」楚錦說著，眼淚慢慢落下來。

楚瑜嘆了口氣：「阿錦，不要多想，回來就好。」

楚錦搖頭，她抬手去抹自己的眼淚，黑炭被抹開，露出她猙獰的疤痕。楚瑜轉過視線，楚錦卻是停不下來，一直在落淚。

楚瑜靜靜等了一會兒，楚錦總算哭完了。

她冷靜下來，慢慢道：「我要送這幾個孩子入鳳陵城，除此之外，我還有一事要說。」

楚瑜點了點頭，漫不經心道：「妳說吧。」

「鳳陵城裡，怕有古怪。」

楚瑜微微一愣，隨後冷下聲音：「妳從頭說來。」

而另一邊，衛韞坐在府中，正在給楚臨陽寫信，衛夏進來，恭敬道：「小侯爺，有客人拜見。」

衛韞皺眉抬頭，卻見衛夏身後露出個人。

對方披著黑色斗篷，見到衛韞之後，便抬起頭來。

他面上全是冷色，壓著聲道：「我聽說，衛大夫人去了鳳陵？」

衛韞看見來人，不由得愣住：「顧楚生？你不在長公主府……」

「是不是？」顧楚生完全克制不住情緒，提了聲音：「她是不是去鳳陵了？」

衛韞皺起眉頭，顧楚生這樣的詢問讓他內心有了幾許不適，但也察覺出此事或許與楚瑜相關。於是他如實點頭：「是，她領兵兩萬，去駐守鳳陵。」

顧楚生聞言，身形晃了晃，衛夏嚇得趕緊扶住他：「顧大人，您怎麼了？」

「去追……」顧楚生顫抖著聲音，隨後轉過身去，急促道：「給我五萬人馬，立刻給我！」

衛韞眉頭皺得更深：「你和我要人，得說明白是怎麼回事。鳳陵不過一個小城……」

「可北狄主力在那裡！」顧楚生提高了聲音：「至少有十萬兵馬在那裡，你們給她兩萬人，是去送死嗎！」

衛韞猛地睜大了眼，墨落在紙上，暈出一片惶恐焦急。

——《山河枕【第一部】生死赴》未完待續——

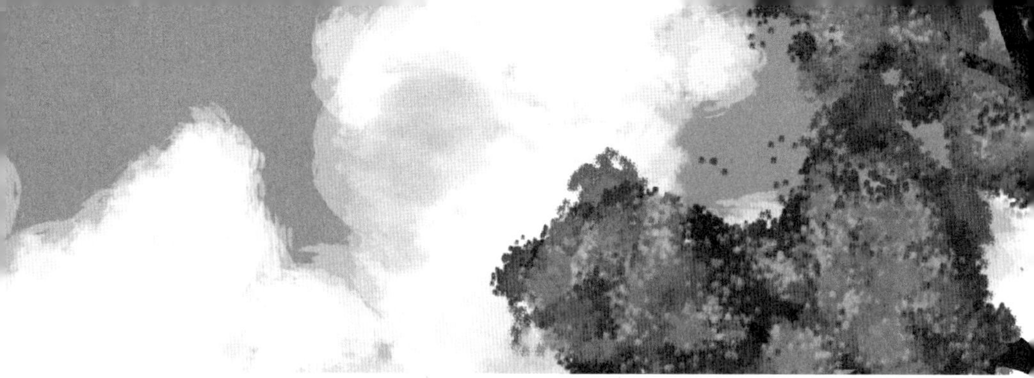

高寶書版集團
gobooks.com.tw

YE 069
山河枕【第一部】生死赴（中卷）
作　　者　墨書白
責任編輯　吳培禎
封面設計　單　宇
內頁排版　賴姵均
企　　劃　何嘉雯

發 行 人　朱凱蕾
出　　版　英屬維京群島商高寶國際有限公司台灣分公司
Global Group Holdings, Ltd.
地　　址　台北市內湖區洲子街88號3樓
網　　址　gobooks.com.tw
電　　話　(02) 27992788
電　　郵　readers@gobooks.com.tw（讀者服務部）
傳　　真　出版部(02) 27990909　行銷部 (02) 27993088
郵政劃撥　19394552
戶　　名　英屬維京群島商高寶國際有限公司台灣分公司
發　　行　英屬維京群島商高寶國際有限公司台灣分公司
法律顧問　永然聯合法律事務所
初　　版　2024年4月

本著作物《山河枕》，作者：墨書白，由北京晉江原創網絡科技有限公司授權出版。

國家圖書館出版品預行編目(CIP)資料

山河枕. 第一部, 生死赴/墨書白著. -- 初版. -- 臺北市：英屬維京群島商高寶國際有限公司臺灣分公司, 2024.04
冊；　公分. --

ISBN 978-986-506-953-7(上冊：平裝). --
ISBN 978-986-506-954-4(中冊：平裝). --
ISBN 978-986-506-955-1(下冊：平裝). --
ISBN 978-986-506-956-8(全套：平裝)

857.7　113003923